当务之急：2014—2017年中国的最大风险

邱震海◎著

人民东方出版传媒
東方出版社

图书在版编目（CIP）数据

当务之急／邱震海 著. —北京：东方出版社，2014. 2
ISBN 978-7-5060-7231-1

Ⅰ. ①当… Ⅱ. ①邱… Ⅲ. ①新闻采访—作品集—中国—当代 Ⅳ. ①I253

中国版本图书馆 CIP 数据核字（2014）第 024520 号

当务之急：2014—2017 年中国的最大风险
（DANGWUZHIJI：2014—2017 NIAN ZHONGGUO DE ZUIDA FENGXIAN）

作　　者：邱震海
责任编辑：付云阳
出　　版：东方出版社
发　　行：人民东方出版传媒有限公司
地　　址：北京市东城区朝阳门内大街 166 号
邮政编码：100706
印　　刷：三河市金泰源印务有限公司
版　　次：2014 年 4 月第 1 版
印　　次：2015 年 4 月第 16 次印刷
印　　数：95001—100000 册
开　　本：710 毫米×960 毫米　1/16
印　　张：17. 25
字　　数：177 千字
书　　号：ISBN 978-7-5060-7231-1
定　　价：39. 00 元
发行电话：（010）64258117　64258115　64258112

如有印装质量问题，请拨打电话：（010）64258029

目 录

前 言
未来三年：中国成败在此一举

2013 年是重要的一年，因为十八届三中全会确定了未来改革的方向。2014 年是更为重要的一年，因为一系列的改革举措都将在这一年里开始实施。在这个关键时刻，在历史的坐标下审视一下中国改革的历程及其弯路，不是没有意义的事情。

中国矛盾：盘根错节，犬牙交错

不知大家有没有注意到下面的这个现象，即今天中国的问题，已经很难从单一的角度切入：一些表面看上去是周边安全的问题，其根源却往往不在周边安全本身；另一些表面看是十分敏感的社会和政治问题，追根溯源后却发现，其真正的根源在于经济模式的失衡；而另外一些看上去似乎是纯经济层面的问题，却关联着社会和政治的方方面面。

内政联着外交，经济联着政治，现实的情绪有着很深的历史根源，又关联着对未来走向的茫然。这就是今天中国的现实，也是未来若干年中国必然要面临的挑战。

如果这样说还太抽象，那请允许我讲一个亲身经历的故事。去年的某一天，我从广州白云机场坐出租车去广州市中心，近40分钟的时间一路与司机聊天；司机是个凤凰卫视迷，尤其爱看军事节目，所以那天我们一路的话题就是钓鱼岛和南海风云。由于那天我穿了便装，又戴了墨镜，所以司机没有认出我来，但显然觉得我的声音有些耳熟，说我很像每周日晚上主持《寰宇大战略》的那个评论员。

"我们现在就盼着打仗。"司机毫不讳言对战争的热衷。

"打仗有什么好玩的？说不定就家破人亡了。"我开始与司机逗闷子。

"打仗好啊，这样就可以重新洗牌。不然像我这样的人，可能到80岁还在开出租车。"司机坦率得让人吃惊，也让我感到一丝沉重。

我决定继续和他逗闷子："打仗真不是好玩的事。不打仗，你说不定还能开个出租车；一打仗，你不但出租车开不成，说不定还得上前线，命都没了。"

"命没了就没了。我不像很多人拥有物业、企业，更不像贪官有财富可贪。我是无产者，无牵无挂。现在这日子反正也看不到希望，还不如索性搏一下。"司机的回答越来越坦率。

他的回答让我感到越来越沉重了。我觉得已无须再和他逗闷子了。

但真正让我沉默的，是他下面的这句话："我告诉你，今天的中国，有我这样想法的人，在社会底层有很多。"

事情到这里已经很清楚了：我不否认这位司机朋友的爱国情怀，但他对战争的热衷，真的只是为了爱国吗？他与其说是在表达爱国情怀，还不如说是在宣泄对个人命运的焦虑，甚至是对内政的焦虑和不安。

这位司机一定不知道，他上面所说的这些话，其实是在展现一个转型中国的“立体型困惑”：周边安全情绪的背后很可能是转型的经济模式出了问题；而对经济和民生的焦虑，一不小心就会延伸到政治和安全领域。

这位司机可能也不知道，今天中国的一些看上去很敏感的政治、社会问题，其根源其实一点也不敏感，就在于我们的经济和民生模式出了问题。

既然这样，今天中国周边安全问题的终极解决方案，一定不仅仅是外交家和军事家所能提供的，而必须有对内政转型的通盘把握；今天中国的经济问题及其解决方案，也一定不是纯经济学家们所能提供的，而必须有背后的具有政治高度的考量。同样，今天中国的社会稳定问题，甚至中国的腐败问题，也不是司法和纪检系统就能解决的，而必然联系着对中国转型更深层逻辑的把握和运用，其中包括建构一个合理的经济和民生发展模式，重新界定政府与市场的关系，培育成熟的民间社会，架构独立运作的法治等。

35 年改革的基本特点

这种“立体型困惑”所导致的“立体式改革运作”，是过去 35

年中国改革开放没有遇到过的。过去 35 年改革开放的进程，有两个最基本的特点：第一，从每一个孤立的领域单独切入，然后逐步拓展、延伸，其间无论是从农村到城市的改革，还是从经济到社会的改革，无不如此；第二，在“摸着石头过河”的过程中，允许试错、纠错的循环往复。

过去 35 年，中国有三个重要的里程碑：一是 1979 年正式开启改革开放进程；二是 1992 年开启市场经济的进程；三是 2001 年加入世贸组织，全面融入全球化进程。这三个里程碑在改革和发展的深度上层层递进，一步步使中国从 1978 年一个濒临崩溃的经济体，一跃而成为世界第二大经济体。

然而这三个里程碑所折射的中国改革和发展进程，基本上没有摆脱前面提到的两个特点，即从孤立领域切入和“摸着石头过河”。

从 1979 年到 1989 年的十年里，中国改革始于农村，终于城市，其原因就在于改革进入城市后，未能解决价格“双轨制”所导致的“官倒”，亦即今天腐败的早期源头。

1992 年开启市场经济进程后，中国改革遵循的逻辑是：在政治稳定的前提下，以政府高度干预之手，强力推进经济发展。这既有 1989 年以后的无奈，也有浓厚的“东亚模式”的特点。必须承认，这一模式在过去 20 年里强力推进了中国经济，但也带来了今天无穷无尽的矛盾和问题。若没有过去 20 年政府之手的强力推动，中国的经济不可能有如此迅猛的发展；但也恰恰由于过去 20 年政府之手的过度主导，中国才有如此严重的官员寻租、腐败和国进民退、民营经济萎缩，以及人民幸福指数下降等一系列严重问题。

可以说，今天中国经济的绝大部分成就都是过去20年里的这一模式带来的；同时，今天中国经济、社会乃至政治的绝大多数问题也是过去20年里的这一模式所导致的。所以，如果说过去20年是中国成就和中国问题的“量变”，那么20年后的今天已到了中国成就和中国问题的“质变”的临界点。

一个逻辑的结论就是：今天的中国，其实已经到了社会和政治转型的临界点，只不过我们今天还不知道如何转型，或还不敢大胆转型而已。

另一个逻辑的结论是：今天和未来的中国，无论成就还是问题，都不再通过单一领域的切入就能解决，而必须诉诸跨领域的、综合的视野和手段。

另外，2001年加入世贸组织并全面融入全球化进程，更是使中国摆脱各种羁绊，如虎添翼。“入世”前很多人的种种不安和担心并没有发生；相反，中国“入世”后仅用了五年就在经济总量上超越德国，成为世界第三大经济体；然后，又仅用了四年就超越日本，成为世界第二大经济体。

当然，随着中国在短短几年里“一不小心”成为“世界老二”，中国和西方世界的关系也变得复杂起来。从贸易冲突到能源、领土争端，从意识形态到民间情绪，从历史恩怨到面向未来的茫然，这几年中国与西方世界（包括日本）的冲突无休无止，其根本原因就在于国力逆转所导致的西方世界的心理失衡，以及中国对此缺乏足够的心理准备和成熟思想。

中国双重转型的艰难

另外，大家不知有没有发现，我们今天谈中国时，其实涉及两个互相关联，但本质上又有区别的进程：一个是发展，另一个则是改革。

所谓发展，是指中国的现代化发展进程。这一进程不是始自 1979 年，它一直可以追溯到 19 世纪中国的第一次现代化努力——洋务运动，也历经民国阶段，一直延伸到 1949 年中华人民共和国成立和 1979 年改革开放。它是整个中华民族为走上现代化之路，各路仁人志士所做出的不懈努力的综合，也是中国从一个落后农业国逐渐走向现代工业国，从一个封建专制国家逐渐走向现代文明国家的漫长而艰难的历程。

中国从农业国向工业国转型的进程，带有一般现代化（首先是工业化和城市化）的共同特点，往往可以在国际和历史的背景下，找到西方国家曾经有过的经验和教训。

而所谓改革，则首先指对 1949 年后建立的计划经济体制的改良和转型。这一计划经济体制的建立，最初是中国执政党为实现民族现代化而做的一种尝试，但不幸被证明行之无效。尔后中国执政党的代表人物——邓小平，先是在 1979 年开启了改革开放，后又在 1992 年开启了向市场经济转型的进程。

中国从计划经济向市场经济转型的进程，则带有史无前例的特征。必须承认，由于体制惯性使然和体制转型的滞后，中国的改革至今仍遇到许多羁绊。

中国的发展和改革进程，在现阶段中国特定的时空背景下交汇在一起，相辅相成，相得益彰。但也须承认，改革的滞后有时又拖慢了中国现代化的进程。

未来改革：拒绝试错，少走弯路

但在发展和改革之外，这些年其实还伴随着另一个进程，那就是试错和纠错的进程。由于体制的羁绊，同时也由于改革早年谁也没有经验，因此在“摸着石头过河”的逻辑下，中国的改革35年来“摸”出了许多成绩，但也“摸”出了很多问题：

——20世纪80年代由价格“双轨制”导致的“官倒”，现在多年后回首，当时有没有一种更好的设计或选择？

——20世纪90年代以政府之手强力推进经济发展，当年是否预计到今天产生的诸多副作用？

——过去20年，政府职能在干预和审批方面高度“越位”的同时，也有在承担公共服务产品方面的严重“缺位”。当时是否可能有一种更好的设计？

……

如果我们把眼光放到老百姓普遍关心的住房、医疗和教育领域，其差错大都始于20世纪90年代后半期。在计划经济做法严重窒息了上述三个领域活力的情况下，以市场化的方式推进改革无疑是正确的方向。但市场化不等于政府的保障之手就可完全缺位。事到如今，当房价已极度扭曲、畸形，医疗和教育领域的问题也已积重难返的时候，我们再来反思当年的改革设计及其问题，显然不是没有意义的。

同时，中国的房价显然已是极其荒唐的现象。但一个荒唐的现象是否可用另一个荒唐的手段来治理？答案显然是否定的，不然一定将导致更大的荒唐。然而过去几年房价调控的实际情况却是，我们用高度的行政干预试图抑制或打压房价，有的地方甚至还捡回了户籍制度——一个必将被市场经济的逻辑扔到历史垃圾堆里的陈旧事物。

当年盲目迷信市场化而忽略政府保障之手，“倒脏水把孩子也一起倒掉了”；今天为打压房价而捡回高度行政干预和户籍制度，“捡孩子把脏水也一起捡回来了”。这样的荒唐和折腾，在中国改革的进程中屡见不鲜。

更要命的是，所谓打压房价，始终都是在打压需求面，而从未在高房价的供求面（土地财政和流通性过大）动过任何手术。因此，这一两年我们看到的现实是：虽然限购、限贷措施异常严厉，但刚性需求依然如洪水般推高了一线城市的房价。

……

这样的现象还可以罗列很多，听上去似乎有点吹毛求疵，但其实是为了我们以后的路能走得更加稳健。

一个不可否认的事实是：这些年我们常常在试错和纠错的循环里徘徊，甚至误以为纠错也是改革，因此还往往乐在其中。岂不知很多的“试错”本可避免，改革原本可以走得更顺畅一点。

事实是：很多时候，我们试错和纠错的成本超过了改革的收益。

这也就难怪改革的机会成本被无限推高，人民往往为此而跌入失望的境地。

在中国改革的早年，这样的试错和纠错是完全应该被允许的，不然就不可能排除阻力，推进改革。但在改革进行了35年之后，尤其在中国已成为世界第二大经济体时，任何“试错”都可能牵一发而动全身时，“改革—试错—纠错—再改革”的循环及其成本很可能是未来中国难以承受的。

认真研究中国转型的深层逻辑

这一循环之所以发生，相当程度上在于我们对转型的深层规律缺乏认真、系统、扎实的研究。

举一个例子：2008年世界经济危机爆发，各国政府都在出手救市；我们一位很高级的官员据此公开表示：这再次证明我们的体制是行之有效的。换言之，既然各国政府都在干预经济，那么中国的政府干预经济就是正常的，完全无须改革。

这实在是一个理论上的巨大误区，它完全混淆了成熟市场经济下政府的调控作用与中国经济体制的本质区别。作为一个脱胎于计划经济的体制，中国的经济体制依然残留着极其浓厚的计划经济思维和行为模式，这种政府“越位”的做法恰恰需要继续改革；而同时，由于对市场化缺乏全面认识，中国在诸如住房、医疗、教育等领域又过度市场化，政府完全“缺位”的现象又恰恰需要纠正。

遗憾的是，所有的这些政策误区，都由于上述理论误区而在

2008 年以后得到了加强。2008 年以后，一方面政府干预之手越伸越长，经济自由度严重下降，腐败日益上升；另一方面，政府保障之手不见踪影，住房、医疗等公共服务产品完全被推入市场化的漩涡，任由国民在漩涡里沉浮、挣扎……

五年后的今天，我们认识到了这些误区并开始纠正，但成本已经太高。这样的折腾，不是因为事情本身有多难，而完全是因为我们当年的官员及其智囊没有好好做功课。

未来三年：我们走向何方？

反思过去是为了未来。

未来的三年，中国面临的挑战一定将大大超过过去的五年。原因有以下几个：

第一，当中国“一不小心”成为“老二”之后，她与“老大”及其周围国家的关系将变得愈发复杂，“老大”一定会布下很多陷阱(包括经济领域的陷阱)，就等着“老二”跌入其中。

第二，中国的经济放缓将呈现周期性和结构性兼有的特点，尤其是人口红利下降等供求面的矛盾，将倒逼中国直面创新不足、高端人才不足和经济自由度萎缩等一系列深刻而难解的问题。

第三，中国能否有效缓解因转型而产生的社会矛盾，将直接决定中国未来的政局稳定与否，以及能否有从容的心情应对各种更为艰难的挑战。

所有这些问题，都可能在 2014～2017 年间浮上表层，也需要在这三年间找到有效的切入口和“药方”。

说到“药方”，略有医学常识的人都知道，其“药理”必须与“病理”吻合，这样才能对症下药，药到病除。不然，若“药理”与“病理”不符，也许能缓解阵痛于一时，却必定不能消除病症于永久。这真可谓“一个病症，多种药方”。但“药理”是否针对“病理”，则十分考验“医生”的水平。

改革开放35年来，“药理”与“病理”脱节的事时有发生，虽未酿成重大“医疗事故”，但“治疗”的速度明显拖慢了，走的弯路明显增多了。

改革开放35年以来，中国其实从一开始就已走上一条良性的不归之路，其终点就是在经济繁荣和公民私有财产基础上，完成公民权利的保护、社会多元的呈现、利益集团间良性的博弈、法治规范的架构、理性精神的确立、新的高度上的公平正义的实现等。

这一切都是市场经济的内在规律和逻辑。符合这些规律的“药方”必然能将中国带向国家强大、人民富裕的光明未来，并逐步缓解消除各种社会矛盾。反之，革命时代的做法，也许能在短期内极大地振奋人们的精神，缓解社会阵痛，但必然无法解决市场经济环境下的矛盾。

就这个意义而言，我在前些年曾提出“市场经济四位一体”的概念，即政府—市场—社会—法治，今天我们在改革领域所做的许多事情，都是在处理政府与市场的关系。但大家有没有想过，重新界定政府与市场的关系之后，政府放出的权力交给谁？答案必定是交给社会。但我们的社会是否有足够的成熟度来承接政府释放出来的权力？如果没有，届时是否又会面临一轮新的试错—纠错的过程？当我们的一只轮子走在政府退出市场的轨道上，另一只轮子却走在继续抑制社会成长的轨道上，长此以往的结果，要么是两只轮子分道扬镳，要么是两只轮子彼此碰撞。

更重要的是，即便有一天政府退出了市场，并把大部分权力交给了社会，独立法治的位置又在哪里？若没有独立法治，那么再快、再好的市场经济都只是昙花一现，而不具备长远发展的前景，更不能被称为成熟、完善的市场经济。

所有这一切，都需要我们从现在起就未雨绸缪，而不能再循着“改革—试错—纠错—再改革”的陈旧逻辑继续发展。而这一切的核心，是执政党的转型。

这一切显然都不可能在未来的三年里完成，但又必须在未来三年里有所开启，或至少有所感悟。

“李克强难题”与两组速度的平衡

未来的三年，对中国而言显然是异常关键的三年。除了上面论述的这些问题之外，最关键的是，未来三年里，中国的经济将经历周期性和结构性放缓兼而有之的挑战；而一旦经济放缓，所有深层次问题就都将浮上表层。

中国的改革，过去若干年里一直在“急不得”和“等不得”之间徘徊、挣扎。因为种种原因，我们总认为改革“急不得”，因为一急就会乱。因此，我们一直采取拖延战术，居然也就这么一路“成功”地拖延下来了。但你知道我们为什么能够“成功”地拖延？为什么众多的矛盾能被缓解或掩盖？因为当时我们的经济在上升，而且经济上升的速度跑过了社会矛盾上升的速度。

但未来几年，这个优势将不复存在。本书后面的章节将告诉你，未来几年，我们将面临一个艰难的抉择：要么继续依靠高投资的策略维持经济高速增长，但是以经济自由度持续下降为代价；要么开始积极的经济调整，但是以适度的经济下滑为代价。

但今天和未来的中国，为了“稳增长”，必须继续依靠投资的“急风暴雨”；但要“调结构”和“促改革”，又必须依靠“文火炖汤”式的微调。“文火炖汤”能否敌得过，或逐渐替代“急风暴雨”？这是“李克强经济学”面临的挑战。

从这个意义上说，2014年上半年，将没有什么“李克强经济学”，有的只是“李克强难题”。而“李克强难题”能有的“解题”时间，充其量也就只有两到三个季度。换言之，最晚到2014年第三季度结束，“李克强难题”必须找到一个正确的“解题思路”。

关键是：今天和未来的中国问题，绝不仅仅是一个经济学的问题，而是一个经济与社会、政治盘根错节，内政与外交犬牙交错的问题。因此，未来几年，中国有两组速度须引起人们的高度关注：

第一，经济增速放缓和社会矛盾上升速度之间的平衡。

第二，零碎改革的速度与社会矛盾上升速度之间的平衡。

就前一组速度而言，一旦经济增速放缓，其与社会矛盾上升的速度之间将是一种什么关系？各种社会矛盾将以何种方式和何种程度得以爆发？

就后一组速度而言，未来几年，各个领域的改革措施都将陆续登台。这些措施孤立地看都有重大意义，但若和社会矛盾上升放在一起看，下面的问题就来了：若这些零碎的改革跑不赢社会矛盾上升的速度，那么再好的改革都可能是无意义的，因为社会矛盾一旦爆发，所有一切都将发生质变。

从这个意义上看，如果说过去若干年，中国的改革是“急不得”，那么未来三年中国的改革则将是“等不得”。但“急不得”和“等不得”之间如何保持平衡，依然是一个巨大的挑战。

未来三年：高度关注一系列深层隐患

本书后面的章节还将告诉你，中国经济的问题，绝不仅止于人们通常谈论的“三驾马车”（即投资、出口、消费）的调整，抑或房地产、地方债和金融风险的掌控，而是还涉及一些经济供求面上的更加深层的问题。未来三年里，中国人口红利消失的情况将全面凸显，而其后果至少将影响未来 20 年的中国经济。未来 20 年里，中国必须在没有人口红利的情况下，寻找经济持续高速增长的动力和源泉。

然而本书后面的章节还将告诉你，当中国必须寻找新的经济持续高速增长的动力的时候，我们的创新精神和机制是严重缺乏的，我们的经济自由度是严重不足的，甚至还在持续下降之中……

本书后面的章节还将告诉你，中国除了面临人口红利下降的危机外，还面临另一个可能更为深重的危机，那就是人才危机。前者是低端劳动力数量的危机，而后者则是高尖端人才数量的危机。当前和未来的中国，需要100万高尖端人才，而目前中国这类人才则只有一万人；更要命的是，这一万人还在向海外流失之中。庞大的中国经济体就像一个日益成长的身躯，而其内部的血液却在悄悄地持续流失。等有一天我们的身躯长成世界第一大经济体时，却会忽然发现，躯体里的血液已流干了……

我们时常自大地以为，我们在崛起，美国在衰败，美国已穷得连联邦政府都要被迫关门。但本书后面的章节还将告诉你，过去五年美国的经济调整取得了相当大的成功，它在加强监管的同时，创新的活力和经济自由度依然不减，而这是一个经济体长远发展的最重要的支柱；相反，中国的经济调整在成功“保八”的同时，却带来了许多后遗症，最致命的是原本就不足的经济自由度还在继续下降，创新精神和机制依然“只听楼梯响，不见人下来”。

本书后面的章节也将告诉你，由于页岩气等先进开采技术的提升，美国不但开始真正实现“能源独立”，而且正在悄悄改变世界的能源格局，这无论对于中国还是俄罗斯都将具有极其深远的影响。中美两国，一个是世界第二大经济体，能源消耗仅次于美国，并高度依赖外来能源；另一个则是世界第一大经济体，消耗着全球最多的能源，却已能做到能源出口。两者相比，高下立现。

与此同时，当我们正“埋头拉车”，即埋首于自身问题的解决时，美国正在全球贸易规则方面重新建章立制，中国过去赖以飞速发展的全球化很可能因此而被虚化。未来三年，中国若不采取积极有为的战略，很可能又会被迫从现有的全球经济制高点上下来，重拾别人已经制定的游戏规则。

……

一切都与未来三年有关。

中国面临着许多我们自己可能都看不见的深刻危机。这些危机都将在未来三年里或显现，或激化。

而我们也只有三年的时间。

如果到 2017 年，我们仍不能找到解决这些问题的“钥匙”，那么中国未来的麻烦将很多，现阶段的成就很可能只是昙花一现而已。

而长期以来已习惯了“改革—试错—纠错—再改革”逻辑的我们，能否抓住机会，励精图治？

希望我只是杞人忧天而已。然而未来三年，中国确实成败在此一举……

第一章
中国经济：开始进入风雨飘摇？

一、中国经济到底怎么了？

不知大家有没有注意到，从 2012 年上半年开始，中国经济就进入了“风雨飘摇”的时代：从那年刚一开始，不知不觉间，人们就有一种感觉——中国经济的某种不确定时代可能即将来临。

这种不确定感觉来自哪里？坦率地讲，我也说不清楚。也许是经历了 2011 年一整年异常严厉的房地产调控，人们对于包括房价在内的中国经济的各项指数已不再具有信心；也许中国经济前几年的各种表现，尤其是 CPI（居民消费指数）已经让人预感到中国经济可能出现一些“状况”。

也许是出于职业敏感，也许是源于某种“第六感觉”，从 2011 年下半年起，我就在我主持的节目中持续关注中国经济增长何时放缓的问题。从那时起到现在，中国的一些经济学家陆续成为我的《震海听风录》和《寰宇大战略》节目中的常客。久而久之，这些经济学家里的“北派”和“南派”，开始借助我的节目平台展开意见交锋，有时甚至还“打”得不可开交。

所谓“北派”，乃指以北京为中心的经济学家，其对中国经济的看法以乐观居多；而“南派”则多以上海、深圳为基地，对中国经济多倾向于谨慎观察，甚至常有批评之言。

说起来，经济学家的工作与医生有点类似，只不过医生面对的是生理之病，而经济学家面对的是经济之病。每当经济出现不稳，经济学家的工作首先是“诊断”，其次是“开药”。

久病成良医的朋友都知道，一个疑难杂症，不同医生的诊断可能会有差异，其开出的处方也可能千差万别：有些医生开出的药，也许只能缓解病痛于一时，而不能消除病根于永久；而有的医生则能一眼看出病因，并能手到病除。这是庸医与良医的区别，也是临床经验是否丰富的区别。但有的病则是经验丰富的良医也从未遇到过的，这就成了医学上的一大难题；谁能攻克这一难题，那无疑就能成就医学上的一大进步。当然，如果病治好了，但病人付出了巨大而痛苦的代价，那就成了医学上的“硬着陆”；若在没有明显痛苦的情况下将病治好，那无疑就是“软着陆”。

经济学家的工作某种程度上比医生更难，因为他们面对的不是身体，而是社会，没有必然的规律可循。于是，我们就会遇到一些永远在预言，但其预言永远不准的经济学家；我们也会遇到一些习惯于“下猛药”，只缓“病痛”却不除“病根”，甚至还可能加重“病根”的经济学家，那应该就是经济学界的“庸医”了；但也有一些经济学界的“良医”，眼光精到，“用药”准确，那无疑是经济学界的“良医”了。

在日常生活中，身体真有病了，人们还是要找医生，只不过要找到一个好医生不容易；同样的道理也适用于经济学家。因此，“不要轻信经济学家而又不得不听经济学家”就成了经济不稳来临时人们的一个十分两难的选择。从这个意义上说，久病成良医，“尽信医不如无医”。

经济学家里最有民间声望也最有争议的，无疑就是郎咸平了。无论是早年的“郎顾之争”，还是近年屡次发出“中国经济到了最危险的时刻”，郎咸平似乎永远都以最犀利的语言和姿态站在风口浪尖上，也为很多民众和第一线的企业家所追捧。

这位美国大学训练出来的经济学家，骨子里依然有着严密的西方学术训练所遗留的痕迹，但使用的是为中国最大多数民众和企业家能够听懂的语言（甚至是有些煽情的语言），因而也成为最为人所知，甚至最有争议的经济学家。

我们最早的见面是在2005年的某一天。那时的郎咸平还没有今天这么有名。他见到我的第一句话就是：“我很喜欢看你的欧洲问题分析。”说出这样的话似乎不符合郎咸平的性格，因为他对人的态度多是批评和苛责，而很少赞扬或恭维。但这话似乎又很符合郎咸平的性格，因为他素来我行我素，直来直去。

说完这句话后的几年里，郎咸平越来越忙，卷入了很多纷争，也越来越有名。我也专注于自己的事业。直到2009年，我们又开始电话联系，那时他的名声已非2005年时所能比。

我为了一件事给他打电话，他却抓住这个机会让我出席他的节目《财经郎眼》。这就是郎咸平，永远能抓住机会，也永远不会吃亏。

那时的《财经郎眼》还没有改版，摄影棚狭小而简陋，而且多半在晚上录像，但我还是不止一次从香港赶到广州去捧他的场，有一次甚至忙到晚上十一点多才吃上饭。说实话，我也是个“大忙人”，每周的日程都排得非常满，若不是碍于郎咸平的面子，恐怕很少能有人让我这么做。

与郎咸平的合作不算多。他的节目起起伏伏，时而被封，时而解禁。有一次他的节目又遭受短封。最后一期居然是我和他一起做的。但等到节目解禁时，当时录制的内容已略显过时，那一期就永远封尘了，我的辛苦也就永远白费了。我成了郎咸平为数不多的被封杀时的“陪葬者”，这让我至今还很不爽。这当然只是笑言而已。

节目里，郎咸平依然是保持一贯的犀利风格。有一次，他冷不防来了一句：“难怪我看你这么顺眼，原来你有欧洲学术的训练经历。”但就是这样一个时隔几年又一次对我的欧洲学术背景表示赞赏的人，却坚决不肯出席我的节目，还笑言：“我是个很小气的人。”但在我看来，他是个很不给面子的人。这当然也属于笑言了。

就是这个郎咸平，几次喊出“中国经济已到了最危险的时刻”。他的结论可能有些耸人听闻，他的论证方式可能有些“大白话”风格，但至少其中的一些资料和数据，以及对这些资料和数据的解读，是值得深入参考的。

潘石屹不是经济学家，而是地产大亨和网络大 V。不久前他在央视《新闻联播》中关于大 V 作用的那段结结巴巴的表白，很快成了网络上疯传的段子。而他自己也毫不计较，发微博称这折射了“民族资产阶级的软弱性”。

2011 年上半年，中国房价疯涨之后，遇到史上最严厉的调控。这时，几乎所有的地产大亨都噤若寒蝉，只有潘石屹愿意接受我的邀请，出席节目与牛刀对话。他还在微博上对任志强喊话：“任总，邱震海请你出席节目！”结果遇到的是沉默。

了解牛刀的读者都知道，这是一个对地产调控充满期待的评论家，曾预言“2012 年中国楼市将崩盘”，其力度远超谢国忠的“楼市下跌 50%”和李稻葵的“楼市下跌 20%”的预言。问题是，2013 年早已结束了，中国楼市不但未崩盘，而且价格还一路飙升。

在 2011 年调控最严厉的时候，潘石屹愿意出来与牛刀对话，还真是需要一点勇气的。节目中，潘石屹一如既往的小心翼翼。面对牛刀的大胆预言，潘石屹“小媳妇”似地表示：“我对 2011 年中国房价的预测是不上不下。”后来两年的房地产市场发展，验证了 2011 年上半年潘石屹那番不是预言的预言。

面对牛刀引用当年海南房地产的例子，潘石屹很小心却又很坚定地说：“我想给牛刀说的最重要的一点就是，今天中国的房地产市场跟十多年前海南岛的房地产市场是完全不一样的。当时海南岛的房地产市场基本上是没有最终的需求，全是草炒草建。而今天我们看到北京、上海的需求，尤其最近几个月时间，北京的房租上涨的幅度很快，这就是最真实的需求。”

下面这段对话也很有意思：

牛刀：中国的土地是全民所有，是公有制的，在公有制的土地问题上，首先得保证城乡居民的正常安居。如果保证不了城乡居民的正常安居，炒买炒卖土地，哄抬房价，这属于一种垄断性行为。不可能由开发商来垄断土地，而是政府在垄断土地，开发商只是充当卖地的中介，是一个经纪人，开发商把土地的价格抬起来，然后让所有人都到商品房市场去抢房子，这样的市场是不健康的。

邱震海：我们看一下石屹兄作为开发商是不是有不同意见，看您的表情显然是有点不同意见。

潘石屹：不，我同意你们的意见，你们两位的意见和网友的意见我都同意。还有就是各个地方政府对土地的依赖，无论是土地出让金还是房地产开发占的税，占比都非常大。……我觉得土地的供应是一个特别重要的问题，一两句话也说不清楚。我想象中的一个理想模式就是，所有土地应该统一起来，国有土地可以出让，集体土地也可以出让。另外，所有人的身份应该统一起来，再不要划分北京人与外地人，也不要划分城市户口与农村户口。我想这可能是社会发展的最后一个比较理想的状态吧。

2013 年已经过去，当过去所有的调控措施都已失败，甚至政府已不再追求房价调控的时候，重新读一下两年半之前潘石屹、牛刀与我的对话，大家恐怕都会“别有一番滋味在心头”吧。

2014 年伊始，人们广泛关心的除了房价走势外，还包括中国经济的未来前途。

对已经高速增长 30 多年的中国经济而言，这个放缓的节点早晚都要来临，只不过我们大家不知道它什么时候来临而已。如果说这只是就经济的一般规律而言，那么中国经济在长期高速发展过程中已经累计了相当程度的问题和痼疾，这些问题也势必在一定时间以“量变到质变”的方式来影响中国经济的下一步发展。这种周期性放缓和结构性放缓兼而有之的情况，恰恰是现阶段中国经济的“疑难杂症”。

现在回头说说2012年的中国经济。

对一般民众来说，普遍感受到中国经济出现放缓迹象可能是从2012年开始的。2012年第一季度GDP同比增长8.1%，然而增幅却在之后五个季度连降。2012年第二季度，GDP第一次出现倒行“破八”。从2008年经济危机开始，我们一路都已听惯了“保八”的说法，所谓“破八”一定是上行破八。然而这一次却出现了第一次的倒行“破八”，并且GDP增速只有7.6%。到了2012年第三季度，虽然其他一切数据都有所回稳，但整体GDP的增速继续下降，跌到了7.4%。

如果我们继续看2012年前两个季度的经济数据结构，从中可以看出，由于国际市场尚未完全复苏，尤其是欧洲市场依然疲软，因此中国经济曾经赖以支撑的出口大幅下降；从2008年以来，中国决策高层一直试图拉动的内需依然十分微弱；而支撑中国经济继续发展的主要动力依然是投资。

将这三项组合在一起，人们很自然地就能得出如下结论：从2008年到2012年，中国经济结构调整的任务并未完成，甚至没有让人看到有即将完成的迹象。

这显然是一个令人十分沮丧的结论。原因很简单：谁都知道，由投资（尤其是政府大规模投资）拉动的模式在 2008 年后维持了中国经济的基本平稳，也完成“保八”的政治任务，但同时也带来了无穷无尽的后遗症，资产价格大幅上涨，国进民退，民营企业萎缩……

从这个意义上来说，对经济学家、企业家和一般民众而言，早点知道这个放缓的节点什么时候来临，并对此未雨绸缪，做出准备，无论如何都是一件有意义的事情。

再看看几年前世界经济危机的始作俑者——美国，反倒已经出现了经济复苏的迹象。一系列经济数据显示，美国经济不但已经开始复苏，而且奥巴马在过去五年里成功改革了美国经济，使其增添了活力。其中，美国经济的微观创新能力显然发挥了不可忽视的作用。

同样是五年的时间，中美经济调整似乎展现了完全不同的结局。

对此，不知道大家有没有这样的感觉，今天的中国缺少像邓小平改革开放初期那样的大视野、大思路、大战略，或者至少缺少像 20 世纪 80 年代的美国里根主义、英国撒切尔主义一样，能够强力扭转经济颓势、社会颓势的大视野、大思路、大战略。

二、过去五年：中国经济何以弯路重重？

让我们把目光往回看五个年头。2008 年 11 月，我应邀到浙江杭州参加在那里举行的“民营企业峰会”。已经记不清这是第几次民企峰会了，但在杭州举行的这一次峰会在中国民营企业历史上无疑有着重要的意义。其时，由美国“两房”危机引发的世界规模的经济危机才刚刚开始。

2008 年 11 月的杭州已经有了一丝凉意，但在参加会议的人们心中，似乎并没有感受到太多的凉意，因为一些中国经济和改革的重量级人物都云集峰会，其中有吴敬琏、高尚全等人。这之前的一个月，我组织了一个“纪念改革开放 20 周年系列节目”，高尚全、吴敬琏是节目前三集的两位重量级嘉宾。

高尚全这个名字，在 20 世纪 80 年代的中国改革历史上注定是有一席之地的。用他自己的话来说，他一生只做了一件事，那就是改革。80 年代任体改委副主任的他曾提出“有计划的商品经济”等在当时看来十分大胆的提法，这些后来都被写进了中共文件。2008 年 9 月我致电邀请高尚全出席节目时，他几乎不假思索就答应了。

与高尚全相比，吴敬琏近年来显然更引人注目，也更具有争议。首先，要成功争取吴敬琏出席节目就已然十分不容易。一般的媒体电话，都会成功地被吴夫人的礼貌言词所挡驾。“吴老最近身体不好，完全没有时间”基本上是吴夫人善意而规范的回答模式。

但 2008 年 10 月的一天，我居然接到了吴敬琏亲自打来的电话：

“邱震海先生吗？我是吴敬琏。您给我的留言我收到了，我下周可以出席您的节目。请您把节目提纲发给我吧。”吴敬琏显然从被他夫人挡驾的媒体名单里找出了我的电话，言谈中十分有诚意。我当时好奇的只是，吴夫人在一旁是怎样的神情……

吴敬琏在节目中侃侃而谈，儒雅而又犀利。“中国如果不解决权贵资本主义问题，30 年后可能出现像印尼那样的结局”这一犀利的观点，就是吴敬琏在我的节目中提出的。一期 36 分钟的节目，对于吴敬琏而言显然太短。节目录制完毕，我们当即约定了第二周再加一集。

一个多月后，吴敬琏在杭州的民企峰会上见到我，立即拿出他的新著《中国增长模式抉择》，签上大名赠我留念。在这本书里，他比较了苏联式以投资见长的粗放型增长模式（Extensive Growth）和以注重效率见长的集约型增长模式（Intensive Growth），强调只有集约型增长模式才是经济发展的持久源泉；而集约型增长的重要环节，则是生产性服务业的发展。他在这本著作中还透露，当时服务业在中国整体经济结构中的比例仅为 30%多；而在日本，这一比例则是 70%多，在美国更是达到了 80%多。

2008 年年末时读吴敬琏的这本书，也许觉得这只是对中国 30 多年经济历程的总结，以及对未来经济方向的指引。但五年后再展读此书，方有别有洞天之感，因为这五年的发展历程似乎证明了中国没有向着更加提高效率的方向发展，反而向着更加依赖投资的方向大踏步迈进。

投资，投资，再投资，成了 2008—2013 年中国经济发展极其重要的驱动力。其间，拉动内需、减少对投资和出口的依赖一直是中央政府努力的目标。但必须坦率地承认，这一努力的成效不大，甚至可以说完全失败。

时间又过了 10 个月。2009 年秋天，我再次到浙江考察，这时距美国由“两房”危机引发的世界经济危机的暴发正好过了一年。在浙江省委的指示下，浙江省搞了一个“典型促转型”活动，我应邀为其中的一个重要论坛担任主持。

论坛的具体内容我已经忘了，但我清楚记得的细节是，论坛云集了包括楼忠福在内的浙江省重要的民营企业家。当时，4 万亿人民币的刺激方案已经下达，中国经济在这一“强心针”的刺激下，正在呈现“脸色红润”的复苏局面。

论坛休息时，我想做点私下考察，在休息室里向企业家们问了一个似乎有些不当的问题：“四万亿人民币，哪位分到了一杯羹？”

正在抽烟、聊天的企业家们面面相觑，似乎不知如何作答，最终的回答都是摇头。只有一位企业家答道：“我的公司通过其他名义拿到了 400 万。”

400 万而已！这是我迄今听到的唯一从四万亿人民币投资方案中分到一杯羹的民营企业家。四万亿中的绝大多数都去了哪里？

几年后的今天，我们知道，它们都流向了国有企业和各政府单位。

2009 年秋天，我还到上海和江苏的一些城市作了相关考察。就连在出租车上，都从收音机里听到各城市的一些区政府在规划、出台各种投资项目。那一年的中国，似乎成了一个投资尤其是政府投资的大国。各种有用或没用的项目，各种暂时赚钱或不赚钱的项目，只要想得到的，就没有做不到的。四万亿人民币中的绝大多数，就这样白花花地流入了各种巧立名目的项目之中，大量的流通性货币开始泛滥……

于是，由于基建项目的实施，许多地方的 GDP 开始回升，暂时的就业保住了，8%的经济增长率保住了，社会稳定保住了。而至于基建项目完成之后，码头是否有货船开出，公路是否有货车奔跑，GDP 保住之后，钱是否流入老百姓的口袋里，那就全然没有人关心了。

也是在那一年的秋天，我在主持《有报天天读》节目时，从美国传统基金会的研究报告里，摘录了一份研究 20 世纪 90 年代日本经济衰退及其应对措施的报告。报告指出，1993 年日本经济开始衰退之后，日本政府也曾一度采用投资尤其是基建投资的方法来挽救经济。其结果是：基建投资的快速成果的确能拉动 GDP 上升，但无法体现在居民个人财富上。因此，从长远发展经济的角度看，必须慎用以投资拉动经济的手段。

几年后的今天，我们也已知道，投资，尤其是政府投资过大过多，加上缺乏计划性，不但导致产能过剩，而且还是民营经济萎缩的主要元凶。

但在 2009 年的中国，似乎没有人听得进去这样的声音。只要能保住 GDP，只要能保住社会稳定，管它是“强心针”还是“止痛针”，先用了再说。因此，投资，投资，再投资，就像一阵魔风，让中国的人们入魔、疯狂……

于是，也就是从那一年开始，国进民退成为中国经济发展中的一个逆转现象，民营经济的空间开始极度萎缩，国有经济空间和政府权力开始以加速度的方式膨胀。

2009 年，似乎是中国的一个分水岭。我经常和朋友们开玩笑说，凡是 2009 年之前买房的，现在基本上都赚了。正是从那一年开始，房地产价格开始飙升。大量投资必然导致资产价格上涨，这一普通的经济学原理开始在中国的经济实践中得到验证……

2009 年，也是中国民间情绪逆转的分水岭。国进民退，资产价格大幅上扬，腐败日趋上升，导致民间情绪开始逆转。对年轻人而言，“学得好不如嫁得好”“有个好成绩不如有个好爸爸”成了流行语，奋斗似乎已不再有意义。于是，两个极端产生了：对草根阶层而言，一腔怒火洒向社会渐渐成为常态，各种形态的社会稳定事件层出不穷；而对精英阶层而言，用脚投票——移民成为一种无奈的选择。多少财富，就这样在不知不觉中悄悄离开了这片 960 万平方千米的土地……

移民的朋友中流传着这样一句话：“国外是好山好水好寂寞，国内是好脏好乱好快活。”他们愿意走吗？到底是什么让他们离开这片生他们养他们，又给他们带来巨大财富的土地？

原因当然是极其复杂的。从经济模式开始的一连串失误继而蔓延到其他领域，显然是导致富人用脚投票的元凶之一。

……

后面几年里发生的事情，想必人们都已知道。国进民退继续加重，房地产价格一路飙升，政府权力更为集中；“保八”任务虽然完成了，但民间情绪一路逆转。

其间，从纯经济角度出发，政府也曾一再强调经济结构调整的重要性，亦即抑制投资，拉动消费，改变高度依赖出口的现象，同时尤其在房地产调控方面加大力度。但坦率而言，这些举措几乎无一获得成效。尤其是房地产调控在 2011 年达到最为严厉的状态，但

2013 年新政府上任后稍一放缓，一线城市的房价就离弦之箭一般再度飞驰。

这就是过去五年中国经济的现实，也是中国经济与美国经济在过去五年里走过的截然不同的道路。当美国经济开始其结构调整，尤其是微观创新开始发挥作用的时候，中国经济则进入了一条国进民退，以投资拉动经济，却导致国富民穷的“斜路”。

中国经济必须迅速走出这一“斜路”，才能获得发展前途；也只有走出这一“斜路”，才能迎来未来长远的光明。这是 2012—2013 年间中国经济面临的巨大挑战。

三、中国经济：直面真理，拒绝忽悠

恰恰在这一关键时刻，如前所述，经济数据告诉人们，中国经济已经开始下滑。也正是在这一关键时刻，刚从世界银行首席经济学家位置上卸任的著名经济学家林毅夫，于 2012 年下半年发表了一个著名的论断：中国经济要继续发展，将继续需要依赖投资和政府刺激措施。

听了这话，我当时的一个直觉就是：这是一个违背经济学规律的论断。因为但凡对经济学稍有常识的人都知道，凡是政府刺激措施（包括大规模投资和货币刺激），学理上称之为“政府货币政策逆向操作”，用通俗的话来说就是打“强心针”。“强心针”的短期效应可能是“脸色红润”，但长期下去必然带来后遗症或并发症；同样，政府逆向操作的结果，必然是短期繁荣而长期通缩。

林毅夫，这是一个在中国乃至全球经济学界都响当当的名字，原因很简单：他早年对中国经济建设提出了不少建言，尤其在新农村建设方面；而且他还是第一个担任世界银行首席经济学家兼负责发展经济学的高级副行长的华人。

如前所述，2008 年秋天纪念改革开放 30 周年时，我在《震海听风录》节目里组织了连续 13 期的系列访谈节目，高尚全、吴敬琏、江平、刘永好、温元凯、周瑞金、金观涛都先后出席了节目。我的朋友胡祖六曾建议我找找林毅夫，还热情地给了我林毅夫的联系方式，但当时林毅夫已到世行任职，出席节目料有诸多不便，我也就作罢了。然而我一直关注着林毅夫的各种研究观点。

林毅夫在香港出版的《解读中国经济》一书，是我少有的从头至尾仔细阅读的一本经济学著作。他在书中关于“农村改革及相关问题”“城市改革及遗留问题”“国有企业改革”“金融改革”“中国的成长是否真实与社会主义新农村建设”等的论述，都曾带给我很多启示。

但林毅夫给我留下最深刻印象的，还是他的两个核心观点：第一，中国经济未来还有二十年的高速增长期；第二，面对可能出现的经济放缓，中国依然需要采用投资和政府刺激的方式来拉动经济。

对于上述第一个观点，我曾主持过不少经济论坛，遇到过数不清的经济学家持此类乐观观点。2012 年年底在华南某市，有一位曾在外资银行任首席经济学家的学者，面对一帮民营企业家侃侃而谈，认为中国经济未来将展现庞大的市场潜力，那就是数以亿计的农民将转化为市民，中国的基建、汽车市场和消费品市场都有巨大的潜力。

也有的“准经济学家”（亦即那些对经济一知半解的评论人士）也到处鼓吹中国经济的第三次或第四次浪潮，甚至拍着胸脯担保，麦克风的分贝震耳欲聋，听得民营企业家们热血沸腾，于是愿意掏出大把的银子邀请这些讲者；然而听完热血沸腾的演讲回到家，企业家们突然发现原先的那些困惑依然存在，甚至更加无解。

用我的话来说，这就是忽悠；忽悠背后的原因，不是傻就是坏：傻是因为不懂，坏是因为故意。

2012 年年底在华南某市主持的那次论坛上，我实在忍不住了，于是在问答环节中，利用主持人的身份首先向演讲者发难，一下子提出三个问题：

鉴于中国市场的广袤和巨大潜力，您说的中国经济的前景，我们大家都可以认同。但问题是，今天中国在通往这个光明前景的道路上，还有很多难以排除的障碍，其中包括经济结构的障碍、创新阻力的障碍和各种体制的障碍。这些障碍不排除，您描绘的光明前景就难以实现。对此，您怎么看？

中国经济真正的活力在于民企，而非国企，然而过去五年中国最大的问题就是国进民退。这个问题不解决，中国未来就只能在政府投资和刺激的老路上徘徊，其结果必然是短期繁荣，长期却导致无穷的结构性问题。这个问题如何解决？

您说的大量基建将给企业带来商机，听上去固然不错。但过去五年的经验证明，民企能在“铁公基”项目中分到一杯羹的少之又少，即便分到了，也往往被国企以各种名义又拿了回去。未来的基建建设，怎么才能保证民企能和国企一样，地位平等，机会均等？

我的话音刚落，听众席上突然爆发出一阵掌声与喝彩声。这一来，搞得我反倒有些不好意思了，因为理论上主持人应该保持中立，而且我提问的本意是抛砖引玉，但一不小心却好像成了“质问”。

论坛结束后，有几位民营企业家对我说：“你刚才的三个问题，真是问出了我们的心里话。这些问题在我们心里都压了很久，但就是不能像你这样明确地表达出来。”

事实是：面对我的这三个问题，那位外资银行的前首席经济学家左顾右盼，不得要领，其回答更难以让企业家们满意。

这就是今天中国经济的严酷事实：一方面长期来看前景光明，但另一方面从现实来看又障碍重重。只要除掉障碍，前景一定光明；但问题是，体制障碍积重难返，经济结构的障碍又接踵而来。只谈障碍而不谈前景，自然会落入悲观或虚无；但只谈前景而不谈障碍，那无疑就是大忽悠了，不是傻就是坏。

今天和未来的中国经济，需要的是严肃、认真的研究和分析。拒绝忽悠，是所有关心中国经济走向的人们的共同心声。

但林毅夫的情况有所不同。我真诚地相信，作为享有盛誉的经济学家，林毅夫认为中国经济还将有二十年的高速增长期，一定是经过了严肃、认真的理论研究，也一定是充分分析了各种体制和结构性障碍之后，才得出的论断。

林毅夫和吴敬琏，是当今中国几乎齐名的两位经济学家，但两人对中国经济的看法截然不同。林毅夫看到的是中国经济的巨大潜力和广阔前景，而吴敬琏看到的则是在通往广阔前景道路上的巨大障碍。两人的角度各有侧重，各自言之有理。到底谁更有说服力？你更应该相信谁？这一切都看你自己的分析判断能力了。

从做电视的角度看，有一天若能把林毅夫和吴敬琏请到一起，让两位泰斗级的经济学家做一番 PK，倒是一件饶有趣味的事情，虽然这件事实现的可能性很小很小。

但是，林毅夫提到的有关政府投资和经济刺激的方案，倒是一个十分值得探讨的话题。如前所述，“强心针”的短期效应可能是“脸色红润”，但长期下去必然带来后遗症或并发症；同样，政府逆向操作的结果，必然是短期繁荣长期通缩。

今天中国经济的现实是：谁都不想打“强心针”，但不打“强心针”而任由经济一路下滑的代价，却又是谁都承受不起的。

从这个意义上说，林毅夫的“药方”又不是没有道理的。李克强总理遇到的难题也正在于此。后文还会继续阐述这一问题，这里暂且打住。

四、中国式的“经济政治学”

2012 年第三季度是一个令很多人都感到惊心动魄的季度。那一季，GDP 继续下行至 7.4%，这是迄今中国经济倒行破八的最低线了。

然而，就在此时，中国一位非常高级的官员公开表示：中国经济已经企稳，第四季度将开始回升。

听了这话，很多人想必都会和我一样纳闷：在一个市场经济的环境下，政府官员岂能对经济走势未卜先知，甚至能预言下一季经济将回升？

但再一想就很快明白了：当时来看，2012 年第四季度有一个重要的政治事件将在中国发生，那就是中共“十八大”的召开，十年一次的高层领导换届即将举行。因此，在经济和政治高度交织的中国，难以想象在这么一个重要时刻中国经济会呈现大幅下滑并继而引起社会不稳。这就是所谓的“换届效应”，为了这一效应，政府一定会想方设法“托住”经济的底。

果然，当年第四季度的经济数据一如那位高级官员所说，不但企稳，而且还有所回升。

也正是在那一季度，我邀请了两位北京的经济学家出席节目，讨论那一季和未来的中国经济形势。我在本书的前面曾经提到，经济学家的责任在某种程度上有点类似于医生，都是诊断开药，治病救人。不同的只是：医生负责治疗人的生理疾病，而经济学家面对的则是经济之病。也正是从这个意义上说，久病成良医，“尽信医不如无医”。

这后面一句话，经济学家听了可能觉得刺耳，但在一个普通公众或作为一个经常与经济学家打交道的媒体人士看来，还真是有几分道理。

如前所述，长期以来，出席我的节目的经济学家基本上分成了两大派：乐观派和悲观派。有意思的是，乐观派基本上分布在北方，尤其是以北京居多；而悲观派或谨慎悲观派则大都分布在南方，其中尤以上海、深圳等地居多。

我不知道这到底是一种巧合，还是冥冥之中有着某种内在规律。我也不知道北京的经济学家以乐观居多，其中到底有多少政治的因素在内；南方经济学家以谨慎悲观居多，其中又究竟有多少是纯经济学的原理在内。

2013 年 1 月，当中国经济经历了 2012 年一整年的起伏和动荡之后，有一位北京的经济学家竟然预测 2013 年中国经济将重返“九时代”，亦即 GDP 增长将重返 9%。这一言论令很多人大跌眼镜。但这位学者态度严肃而诚恳，推理有逻辑，措辞严密，他的所有论断均建基于对经济形势的模型分析，令人在理论上很难找出不相信的理由，但在实际中又很难完全相信。

就是这位学者，在当年的第三季度尾出席了我的节目，与另一位同样乐观的北京经济学家一起，对第四季度的中国经济形势进行了前瞻性分析。其结论自然是充满乐观的，其论述的方式是积极的，两人的对话也是十分和谐的，因为两人的观点基本一致，完全没有任何产生冲突的基础。

做电视久了，我越来越相信戏剧情节里的“矛盾冲突理论”，亦即只有冲突才能紧紧抓住观众；任何高深的理论和思想，只有在冲突中才能将观众紧紧抓在荧屏前，才能“润物细无声”地传递给观众。因此，一个合格的主持人的基本功就是“挑拨离间”，制造冲突；只有这样，观众手里的遥控器才不致成为收视率的最大敌人。

正因为如此，电视谈话节目的话题设置必须尽可能地具有内在张力，亦即具有从各个角度展开充分阐述的潜质。另外，话题本身的硬度也很重要。从现阶段中国观众的欣赏习惯来看，最硬、最吸引人的话题自然是军事话题，至于经济、民生类话题，虽然十分重要，但往往从收视率中无法得到反映。潘石屹 PK 牛刀的收视率，居然敌不过我请罗援出席节目，就解放军的武器装备谈上半个小时所达到的高收视率。

因此，那次两位同为乐观派的北京经济学家出席节目时，效果并不理想。他们观点基本相同，风格完全没有冲突，娓娓道来，互相佐证，十分和谐。节目录制完毕，我就在心中暗暗叫苦：完了，今晚的收视率一定大跌！当晚，节目播出时，我特意约了朋友出去，忘记干什么去了，反正不是喝酒就是唱卡拉 OK，总之是为了让自己不看节目，眼不见为净。

但让我大跌眼镜的是，下一周收视率发榜时，这一期的节目居然名列前茅。我的第一个反应是：错了，一定是搞错了！但细看再三，节目收视率确确实实名列前茅，无可争辩。

然而这个结果却颠覆了我多年累积的专业经验：话题不算特别硬朗，风格完全不具备冲突性，收视率居然能名列前茅！我彻底震撼了，糊涂了。

追逐收视率多年后的习惯是，收视率跌了，要总结经验；收视率高了，尤其是莫名其妙地高了，也要寻找原因，以便下一次可以循着这一规律再创新高。都说百思不得其解，但我百思终得一解：当经济普遍低迷之时，即便再没有冲突的观点，只要能给人们一丝希望，就能受到大家的追看。

我不知道那晚节目播出时，坐在电视机前的观众朋友收看节目时是一种什么样的心情。但幸好后来几个月的经济形势不但验证了政府高官的预言，也验证了乐观派学者在我的节目里的注解。

官员能够预言经济发展，而经济走势也恰恰能验证官员的预言。这是一个经济学无法解释的现象，却又是今天中国活生生的现实。

在一个处于转型期的国家里，经济发展联系着社会稳定，而社会稳定则联系着政治稳定。因此，如果经济学家以为用纯粹的经济学原理就能治理今天的中国经济，那显然是不懂政治，甚至是不谙国情。从这个意义上说，将今天中国的经济称为“经济政治学”可能更为合适；经济学家必须熟谙政治，方能成为一名合格的经济学家。

前文提到的牛刀，是上海一个颇有些名气的独立地产评论家，也是我在谈论房地产问题时经常邀请的一个嘉宾。每次牛刀出席完节目，我都会在网络上受到一大群网友的质疑，认为我不应该请他出席节目，因为他过去几年的许多预言都没有成真。

前些年牛刀的一个流传甚广却又广受质疑的观点就是——“2012 年楼市将崩盘”。他从流通性过大等诸多方面来论证中国楼市的荒唐以及其受到外围经济的影响，多次喊出“2012 年中国楼市将崩盘”的预言。但是，2012 年中国楼市没有崩溃，并且直到 2013 年都没有崩溃。不但没有崩溃，而且从 2013 年年中开始，中国楼市反倒一路暴涨，到了 2013 年 8 月简直就只能用狂飙来形容了。

牛刀关于“2012 年楼市将崩盘”的预言没有成真，有网友在我的微博上愤而留言：“2010 年时，我幸亏没有听牛刀的话，不然我现在就亏大了。”另一个网友则写道：“我当时就是听信了牛刀的话而没有买房，想不到却因此错过了大好机会，恨不得用牛刀宰了他。”

2013年9月下旬，我再一次邀请牛刀出席节目，与中国房地产商会联盟执行主席顾云昌对话。两人唇枪舌剑，互不相让。

我之所以力排众议，始终都愿意邀请牛刀出席节目，除了他说话极具煽动力有助于产生很好的收视效果之外，另一个主要原因是，他的观点一如谢国忠的“跌价50%”和李稻葵的“下跌20%”之类的论断一样，至少是楼市评论中言之有物的论断之一，所以应该让观众了解这一观点。

但若将身份从主持人改换成评论员，我确实也觉得，称中国房价将大跌乃至崩盘，那是只懂经济而不懂中国政治，或者说不懂中国的“经济政治学”。中国的事情，除了经济逻辑之外，还有很强的政治逻辑。中国楼市虽然一路荒唐，但发展至今，已经将中国社会严重撕裂成了两半，亦即“有房一族”和“无房一族”：“有房一族”不但希望房价不跌，更希望它大涨，而“无房一族”的心理则正好相反。

更重要的是，“有房一族”中大多是中产阶级，亦即中国社会的中坚力量，这部分人属于“沉默的大多数”，轻易不发声，但只要一发声，就会引起极强的政治动荡。任何国家，只要全方位激怒了中产阶级，都必定酿成严重的政治后果，所以政府不能得罪这部分人。而“无房一族”则正好相反，他们虽然无权无势，在社会中也没有举足轻重的地位，但他们中的大多属于底层百姓或年轻一代，拥有极强的爆发力和反抗的潜能——这自然也是政府十分顾忌的。

这就是今天的中国，呈现出一种经济与政治高度交织的状况。从这个意义上而言，称牛刀只懂中国楼市而不懂中国政治，也许是一种并不十分苛刻的评价。这种评价其实可以用在许多经济学者身上。

这种经济与政治高度交织的情况，在 2013 年的中国再次得到了清楚的呈现。于是也就有了前面提到的中国经济在 2013 年第四季度因“换届效应”而回升的“奇迹”。

问题是：这一“奇迹”并非中国经济本身的康复使然，而完全是源自政府之手的“托举”。既然这样，一旦政府之手不再“托举”，以中国经济本身的“虚弱”来看，它必然又会陷入风雨飘摇之中。

果然，2012 年第四季度的“换届效应”过去后，2013 年上半年的中国经济再度陷入风雨飘摇之中，各种经济数据再度不稳。其中，出口数据在 3 月出现负增长；到了 5 月，进出口数据全面下跌，第一次让人们感受到风雨飘摇的严重性。

五、周期性放缓？结构性放缓？

读到这里，任何有经济学知识的人想必都会发出疑问：此轮中国经济放缓究竟是周期性放缓，还是结构性放缓？

所谓周期性放缓，是经济运行周期本身的规律所致，其大多受到国际经济波动和自身经济环境的影响。国际经济波动方面，最典型的就是 1997 年的亚洲金融危机和 2008 年的全球经济危机；尤其是在2008年全球经济危机爆发后，中国出口赖以生存的外部市场接连受挫，中国企业的出口业务由此受到了重创。在自身经济环境方面，国内消费市场的阶段性疲软和其他众多因素，也是导致经济出现周期性放缓的因素之一。

用通俗的话来说，经济周期性放缓犹如身患感冒，身体虽不舒服，但总有自然康复的一天，其原理就在于人体的新陈代谢机制。而经济的结构性放缓则不同，它犹如身患器质性疾病，虽不致不治，但病因深植于人体的深层结构，其矫正或调理需要相当的耐心、时间和技巧。

中国此轮经济放缓，到底是“感冒”还是“器质性疾病”？2013年五六月间，我的回答是：它既是“感冒”，又是“器质性疾病”，其“治疗”既须针对“感冒”，又须针对背后的“器质性疾病”。

而中国经济的所谓“器质性疾病”又是什么？一般来说，这无非是指中国经济的“三驾马车”之间的不协调，亦即投资、出口、消费三者间的结构性失调。关心中国经济的人们都知道，过去几年里，中国政府在“调结构”方面可谓费尽心机，其核心就是要拉动消费，让消费成为主导中国经济的核心动力，减少投资在拉动经济方面的比重，并逐渐摆脱依赖出口的局面。

但实际情况是：过去几年的“调结构”任务从来就没有真正完成过，中国的经济结构始终是投资主导，高度依赖出口，消费疲弱。

然而2013年7月以后的经济形势却迅速掩盖了人们对中国经济结构性问题的思考。进入8月后，中国经济明显企稳。8月22日，汇丰集团发布数据显示，8 月汇丰 PMI 初值为 50.1%，较上月的 47.7%大幅回升，创下 4 个月来的最高；9 月 1 日，国家统计局发布的官方数据显示，PMI 为 51.0%，比上月上升了 0.7 个百分点，连续 11 个月位于临界点以上，创下 16 个月以来的最高。

受经济数据转好的影响，国内外研究机构对于中国经济的看法也趋于乐观。2013 年 8 月下旬以来，多家国际投行上调了中国经济增长预期。8 月 21 日，德意志银行发布研究报告，上调了 2013 年下半年中国 GDP 增长预期，将 2013 年第三季度和第四季度的 GDP 同比增长预期分别上调至 7.7%和 7.8%，而此前的预计分别为 7.5%和 7.7%；同时，将 2013 年下半年的 GDP 增长预期从 7.6%调高至 7.7%。同样做出上调的还有瑞士信贷与英国巴克莱银行。瑞信把对中国 2013 年经济增长的预期从 6 月的 7.4%上调至 7.6%；巴克莱银行则表示，当前季度中国经济增速可能比前一季度加快。甚至有外资经济学家一改此前的悲观论调，转而认为中国经济已经触底，虽然可能目前的上升动能还不强，但中国经济企稳无疑是利好消息。

一如“感冒”趋于好转时，人们往往满足于暂时的康复而忽略了“器质性疾病”，中国经济的一连串结构性问题也就这样被暂时而巧妙地掩盖了……

第二章

2014 年："李克强经济学" 经受考验

一、政府的容忍度和底线在哪里？

一切的一切，似乎都要从中国政府面对复杂经济形势的两难说起。

从 2013 年 6 月起，人们就不断听到一种叫"李克强经济学"的说法。这一说法显然是从年初开始的"安倍经济学"克隆过来的。首先发明这一说法的据说是一家外资投资银行的经济学家，其认为"李克强经济学"主要包含三大要素：一是不出台经济刺激措施；二是金融领域去杠杆化；三是调经济结构。

不知是否是一种巧合，最近十几年，中国乃至世界经济中的一些重大现象，最早都是由西方一些投资银行或经济智库的经济学家们提出的，并继而引起各国关注，最后成为一种广为流传的共识、趋势甚至政策取向。无论是"金砖国家"还是"中等收入陷阱"概念的提出，无不如此。

所谓“李克强经济学”的提出，显然是受到 2013 年年初“安倍经济学”概念的影响。安倍第二次上任日本首相之后，通过日元贬值等刺激经济的措施，既大幅度提升了日本的出口，同时也迅速改善了日本国内的经济状况，由此获得了“安倍经济学”的美称。从政治角度看，“安倍经济学”的成功也在相当程度上提升了安倍本人在日本国内的民望，并使其在外交事务上更加具有底气。这也从另一个侧面反映了经济与政治之间相互交织的关系。

2013 年，除了“安倍经济学”之外，“李克强经济学”和“默克尔经济学”也都是风靡全球的术语，无非都是希望以此来总结相关国家经济政策的成功之道。

事实上，作为中国新任总理的李克强，从来就没有明确提出过这三大要素，更没有将这三大要素归结为“李克强经济学”。所有这些都是圈外人士根据 2013 年 3 月李克强上任后掌管经济的思路，甚至是从他的一些做法和说法中推断出来的。

“李克强经济学”被巴克莱银行的几位学者正式提出，是在 2013 年 6 月 27 日，当时距李克强上任总理正好三个半月。大家仔细回忆就可发现，李克强上任后的最初几个月里几乎十分安静，甚至安静得有些低调。除了对印度、德国等国进行过一些外事访问外，李克强的精力基本都放在国内问题上，而且主要是国内的经济问题上。当然，从后来公布的情况来看，这几个月里李克强就中国（上海）自由贸易试验区作了不少调研，强有力地推动了上海自贸区的进程。但除此之外，李克强似乎没有更多更高调的公开论述。

2013 年 6 月中国“钱荒”的爆发，是对李克强的第一个考验。

过去几年里，中国素以货币流通过多著称，似乎从不缺钱。然而从 2013 年 6 月的某一天开始，中国却突然出现了“钱荒”的怪事。当然，客观上自然有银行到期的因素，但中国金融体系里的一些结构性问题则是“钱荒”的真正元凶。

面对这一情况，李克强的态度基本是按兵不动，因此中国央行未像人们预料的那样率先出手。也许正是李克强和中国银行当时的这一举措，让巴克莱银行的经济学者们眼前一亮：不出台经济刺激措施，这不正是李克强经济思路的主要元素吗？

于是，一个后来几乎家喻户晓甚至风靡全球的名词——“李克强经济学”就这样诞生了……

2013 年 6 月 27 日，“李克强经济学”诞生。7 月初的一天晚上，我在节目中提出这样一个问题：“中国政府对经济的容忍底线到底在哪里？”

我的想法非常简单：在中国“经济政治学”的背景下，经济大幅下滑的直接后果就是出现社会乃至政治不稳定的情况；没有任何一个领导人可以接受社会乃至政治的不稳定。既然这样，下一个逻辑问题就是：面对经济可能下降的趋势，中国政府能够容忍的底线到底在哪里？如果经济下滑到可能引发社会不稳的程度，政府是否依然遵循不出手的原则？这里的两难就在于：若不出手，则经济下滑可能引发社会不稳；但若出手过重，则 2008 年以后的那一幕（资产价格上升、国进民退……）又将重新上演。

果然，几天之后，我们就从媒体中不断读到中国政府领导人谈经济的上限和下限，以及告诫大家要有“底线思维”。什么是“底线思维”？很显然，这就是要对经济可能下行到什么水平有一个基本的预估和预案；一旦不行，政府还是要果断出手。

这显然已向人们传递了一个核心信息：所谓的不出台刺激措施完全不是中央决策层的思路，甚至也不符合今日中国“经济政治学”的基本原理；一旦经济下滑，底线失守，那么由此导致的社会不稳将是任何人都无法承受的。

问题在于：中国政府能够承受的底线到底在哪里？围绕这个问题，我曾邀请多位经济学家出席节目。

如前文所述，从 2011 年下半年开始，我已养成一个习惯：至少每一个季度都要在《震海听风录》节目里，主持一场关于中国经济形势的讨论。养成这一习惯的直接原因，当然是国家统计局每季度公布的经济数据；而间接原因则是，从 2011 年下半年开始，我已隐约感到中国经济将出现放缓迹象。

说到国家统计局，这无疑是中国目前唯一一家能够提供全面、权威的经济数据的国家机构。但国家统计局在过去几年里也不是没有经受过严厉的质疑，其中有些质疑还是直接在我的节目里展开的。

2009 年下半年的某一天，忘了是出于什么原因，我忽然邀请了中国社会科学院数量经济与技术经济研究所所长出席节目，并安排他与一位香港地区的全国政协委员展开对话，主题是中国的国家统计数据和体制。这是一个听上去让人昏昏欲睡的话题，然而只要话题一展开，就立时能让人兴奋起来。先听听那位香港地区的全国政协委员的质疑吧：

——2009 年 7 月 16 日，国家统计局公布了第二季度的全国经济数据，而那时距离第二季度结束仅仅过了半个月。

——当国家统计局公布第二季度全国经济数据时，为何有两个全国大省的经济数据居然尚未统计完成？

这确实是两个让很多人都难以回答的问题。加入凤凰卫视前，我曾在香港一家上市公司担任公关推广总监。香港地区各上市公司的财政年度于每年 3 月 31 日结束，但各上市公司的年度数据最快也要到 5 月中下旬才能公布。一个上市公司的审计和核实尚且需要近两个月的时间，更何况一个具有 30 多个省市自治区和十多亿人口的大国？至于全国两个大省的统计数据尚未得出，而全国的数据居然已经公布，这也是一件让人匪夷所思的事情。

可以想象，社科院统计专家与香港地区的全国政协委员之间的对话，一定进行得十分激烈；而当对话如此激烈地展开的时候，你也一定不会觉得这是一个让人昏昏欲睡的话题了，因为它在某种程度上关系着每一个人的命运。

你一定很想知道这场对话的结果：社科院的统计专家解释了统计的技术细节后指出，国家统计局的统计有时会采用一种抽样统计的方法，有时甚至也以一定的推断为依据，并不是完全以百分之百的统计数据为前提。这一说法能否令人信服，当然是一个见仁见智的问题。不过，对话进行到最后，统计专家也十分坦率地承认，统计体制的改革属于政治体制改革的一部分……

然而在现行体制下，国家统计局公布的结果无论如何都是人们必须依靠或至少作为参考的数据。这也正是我至少每个季度，在国家统计局公布经济数据后都要做一次经济学家对话节目的主要原因。

如前文所述，南北方的经济学家经常在我的节目里呈现出悲观和乐观这两种截然不同的态度。比如叶檀，一个时常在各个媒体频频点评各种经济现象的财经评论员，也是一个经常让男性经济学家瞠目结舌的财经女人。

最近一年多以来，每次节目开始，我都要问叶檀一个问题："与上一个季度相比，你是更悲观了，还是稍乐观一点了？"而叶檀，这个伶牙俐齿的女人每一次给我的回答都不外乎是："我还是那样的悲观！""我比上一季度更悲观了！""我永远悲观，悲观到底！"

叶檀的悲观不是没有根据的。据她在节目中介绍，她经常到各地考察，尤其去过浙江等地的一些民营企业中进行考察，民企的出口订单是她十分关心的经济指标之一。

国世平，深圳大学金融研究所所长，一个在我的节目中与叶檀一样悲观，然而表述却往往较叶檀更为犀利、尖锐的学者。2013 年 7 月中旬，当国家统计局公布了当年第二季度的数据之后，国世平和叶檀这两个几乎同样悲观和谨慎的经济学家，同时出现在我的节目里。

我问国世平："您认为，中国政府能够承受的底线是什么？"

国世平回答："以今天中国的经济总量和潜力，GDP 增速降到 6.5%，我认为这是中国政府能够承受的底线。"

6.5%，这是我听到的迄今为止最为大胆的预言！这种预言的大胆程度，类似于国世平曾引起很大争议的另一个说法："房市马上就要崩溃，大家应该把手中所有的房子都卖掉，一套也不剩！”

由于这一大胆而“武断”的预言，国世平成了媒体上的“新闻人物”。好在我没有对此进行炒作，否则他的“中国经济可以承受降到6.5%的代价”的观点一定也将引起巨大的争议。

降到6.5%意味着什么？须知，今日中国尚未成为一个成熟经济体。对欧美这样的成熟经济体来说，2%~3%的增长率都已是一个了不起的贡献；但对中国这个正处于转型中的经济体来说，2008年的经验告诉人们，低于8%意味着中国社会将产生大量的失业，其中尤其是农民工和大学生阶层的失业。5年过去了，也许8%的底线可略微降低，但6.5%则无论如何都过于冒险了一点。

对此，国世平的回答是：“大学生大量失业，正是大学生可以乘此机会进行自我调整的大好机会。大学生为什么不可以去工厂做工，使自己成为更具劳动技能的合格劳动者？”

国世平的这番话，就连素来对中国经济持有批评态度的叶檀都有些听不下去了。在节目的很长一段时间里，都是二人就这一观点展开争论。

话说到这里似乎有点偏题了。任何一个决策者都必须首先是一个伟大的理想主义者，同时也应该是一个伟大的现实主义者。以最大的现实主义态度考虑经济下行和社会转型的成本，这才是一个负责任的决策者和领导者。

因此，外资银行以所谓的“李克强经济学”来诠释中国的“经济政治学”，这只能说明其不懂政治，不懂中国，或者说不懂中国的政治。

二、"李克强难题"经受考验

然而对于中国决策高层而言，这样做并不是没有风险的。原因很简单：如前所述，政府若不出手而任由经济下滑，那必将产生严重的社会后果；但若政府出手过重，又势必导致 2008 年以后的那一幕重演。问题的关键是：其间的"度"到底在哪里？

就在"底线思维"出台几个星期后，2013 年 7 月 30 日，北京召开中央经济工作会议，正式确定了"稳增长、调结构、促改革"的九字方针。

上一次的中央经济工作会议在 2012 年 12 月 16 日召开。那天晚上，我正在北京主持一个活动，当晚参加活动的嘉宾中有一位刚从中央经济工作会议赶来的央行高层。

我问这位高层人士："今天的经济工作会议有什么内幕可以透露？"

这位高层人士回答："没有内幕，现在的新闻联播正在报道明年经济工作的六项任务，其中首要任务就是'加强和改善宏观调控，促进经济持续健康发展'，以提高经济增长质量和效益为中心。"

当时的背景是：经过 2012 年第四季度"换届效应"的影响，中国经济开始回升，因此 2012 年 12 月召开的中央经济工作会议开始注重"以提高经济增长质量和效益为中心"。

仅仅过了七个半月，2013 年 7 月底的中央经济工作会议就再次提出"稳增长"的口号。这显示出 2013 年上半年中国经济风雨飘摇的严重性，这也显然是一个方向性的转变。

稳增长、调结构、促改革，这三句话九个字就已经把中央工作会议的战略思路表达出来了。大家一定要注意这里面的顺序。第一是稳增长，第二是调结构，第三是促改革。这三句话是习近平公布的，而不是李克强公布的。第一是稳增长，永远把增长放在第一位。

然而经济学家许小年在他的微博上写道：这个次序显然错了，正确的次序应该是"促改革，调结构，稳增长"。

许小年认为，今天中国经济的绝大部分问题都是由于改革滞后引起的，因此促改革应是未来提升经济时主要着力的目标；解决了改革的问题，经济结构的调整自然得以启动，届时稳增长的目标自然水到渠成，反之则可能本末倒置。

必须指出，许小年的逻辑是正确的，我也十分佩服许小年的勇气。然而这一正确的逻辑放在今天中国的现实中却是很难行得通的。或者说，"不在其位，不谋其政"，任何一个决策者也许都深知这一逻辑的正确性；然而他在做出决策时，还是会将"稳增长"作为重中之重，因为如经济大幅下行而导致社会不稳，其代价将远远超过经济改革缓行的代价。

但谁又都知道，今天中国所有的问题，无论是经济问题还是社会问题，都是由于改革缓行导致的。因此，如果为了维持稳定而暂时牺牲或缓行改革，则必然导致更为深刻、长远的问题。"李克强经济学"今天面临的问题有两方面：一是能否在不大幅刺激经济的情况下维持经济的平稳发展，或至少使经济不大幅下降？二是政府一旦出手，经济自然立时"脸色红润"，但如何保证在"稳增长"的同时，不大幅拖延本已严重滞后的改革进程？

“先有鸡，还是先有蛋？”今天中国决策高层面临的恰恰是这个古老的哲学问题，这一点也不比其前任在 2008 年面临的问题轻松。

也正是从这个意义上说，如果说巴克莱银行的学者们提出了“李克强经济学”，那么到 2013 年年尾的时候，“李克强经济学”似乎正在慢慢演化成“李克强难题”，其难处就在于：面对经济结构性下滑趋势，政府之手既不能不伸，又不能伸得太长；明知政府投资将带来无穷后果，但还是不得不采用政府投资稳住经济。更重要的是，一系列“微刺激”措施长期看必然具有成效，但其功效却犹如“文火炖汤”；这“文火炖汤”的慢功效能否对冲经济下滑的“狂风暴雨”？

三、发改委何以删掉了“促改革”？

大家也许并没有注意到，“稳增长、调结构、促改革”这一中央经济工作会议中做出的最高决策，到了具体执行的技术官僚那里，却悄悄地变了样。

如前所述，2013 年 7 月 30 日，中央经济工作会议召开，正式确立了上述九字方针。当晚，发改委一位高级负责人接受媒体专访。在这位发改委高官的口中，“稳增长、调结构、促改革”的九字方针变成了另外一种九字方针：“稳增长、防风险、调结构”……

如果把中央经济工作会议的“稳增长、调结构、促改革”方针与发改委提出的“稳增长、防风险、调结构”放在一起作个比较，能够很容易地发现，在“稳增长”的前提下，“防风险”悄然登堂入室，占据了原来由“调结构”所占据的二号位置，而“调结构”则退居末位。在这么一种框架里，原先就居于末位的“促改革”顺乎自然地被抽掉了。

也许你会认为我是在玩文字游戏。然而你不认为当中央经济工作会议刚刚结束，九字方针所发生的上述微妙变化确实会让人产生如此解读和联想吗？

其实，两种九字方针的版本都没有错。中央谈的是战略；而发改委作为具体执行单位，谈的却是策略，是技术，因此“促改革”不是他们所能掌控的范围，而“防风险”却是他们的主要工作。换言之，在发改委的工作考核里，没有“改革”这一条；而“防风险”却是他们实实在在的工作业绩衡量标准。

从更大范围上讲，在近年关于中国改革的议论中，发改委本身就是受到多重质疑的一个部门，其“超级大部”的身份和地位恰恰是今天中国各级政府职能转型不到位的具体体现。因此，由这么一个“超级大部”来“促改革”，无疑有点天方夜谭；由他们作为执行部门来“防风险”，倒是切切实实可以做到或值得期待的。

问题是：未来中国经济“稳增长”的重任依然要由发改委这一“超级大部”来承担或协调。因此，“促改革”被抽掉也就顺理成章了。

经济学家许小年太过天真，还幻想由“促改革”来统领“调结构”和“稳增长”，殊不知他的对手早已把“促改革”悄悄抽掉了。

四、救经济：中国重返投资时代？

2013 年 9 月中旬，一个接近秋高气爽的时节。大连，一个风景优美、气候宜人的城市。“2013 年夏季达沃斯论坛”就于此时在这里举行。

这一次的夏季达沃斯论坛上，与其说人们关心世界经济，不如说人们更关心中国经济；与其说关心中国经济的上升走势，不如说更关心中国经济的放缓趋势。关于原因我在前文中已经有所阐述。而这其中，一个十分关键的人物就是中国总理李克强。

就在这次论坛上，李克强的开幕式特别致辞受到海内外高度关注。李克强说：“在经济下行压力加大的时候，有一种选择就是调整宏观经济政策、增加赤字、放松货币，这可能会起到短期效果，但是对未来未必有利。”他对中国经济政策的表述为：“坚持稳中求进的总基调，在稳定宏观经济政策的同时，把稳增长、调结构、促改革统筹起来。”在当晚的交流会上，他认为：“在经济增速放缓时，我们特别突出释放改革的最大红利，激发市场的活力，着力调整经济结构，转变发展方式，使它们和稳增长有机地结合起来。应该说这些目前已经见到成效。”据媒体统计，这是李克强自 9 月 3 日以来的九天内第四次强调“改革”。

李克强从 2013 年 3 月上任总理，到 9 月中旬正好满半年，180 天，采取了一些措施。

用我的分析来说，李克强上任后经历了三个阶段：

第一个阶段：上任伊始，他在 3 月的全国人大记者会上回答

《联合早报》记者提问时，就未来中国改革和转型的方向发表了一篇讲话，集中讲到未来转型方向首先是处理好政府与市场的关系。这段问答的原文是这样的：

新加坡《联合早报》记者：这次国家机构改革和职能转变方案引起高度关注，请问李总理的是，这次改革是不是您理想的方案？怎样达到简政放权和转变政府职能的目标？谢谢。

李克强：你谈到理想，凡事想要做成的话，总是要在理想和现实之间作出可能的选择。这次改革方案的核心是转变政府职能，当然也是简政放权。如果说机构改革是政府内部权力的优化配置，那么转变职能则是厘清和理顺政府与市场、与社会之间的关系。说白了，就是市场能办的，多放给市场。社会可以做好的，就交给社会。政府管住、管好它应该管的事。

机构改革不易，转变职能更难，因为它更深刻。我在地方调研的时候，常听到这样的抱怨：办个事、创个业要盖几十个公章，群众恼火得很。这既影响了效率，也容易产生腐败或者叫寻租行为，会损害政府的形象。所以，必须从改革行政审批制度入手来转变政府职能。现在国务院各部门的行政审批事项还有 1700 多项，本届政府下决心要再削减 1/3 以上。

不是说政府有错位的问题吗？那就把错装在政府身上的手换成市场的手。这是削权，是自我革命，会很痛，甚至会有割腕的感觉，但这是发展的需要，是人民的愿望。我们要有壮士断腕的决心，言出必行，说到做到，决不明放暗不放，避重就轻，更不能搞变相游戏。

我当时在电视前看了这段讲话后的一个感觉就是：这是一个对中国未来转型的深层规律很了解并有研究的总理，下一步就要看他是否有足够的果敢去推进改革，并以足够的谋略来绕过阻力，迂回接近终极目标了。

第二个阶段：2013 年五六月间，中国经济和李克强经受了一场不大不小的考验。如前所述，2013 年 5 月，中国进出口数据全面下降，显示出周期性和结构性兼而有之的明显放缓迹象；6 月，中国一些地方遭遇“钱荒”危机，一个原本流通性泛滥的市场，刹那间居然闹“钱荒”，这让人觉得匪夷所思。这时，李克强的思路是：政府的干预之手尽量不伸出，让市场自己调节解决。也恰在此时，一些外资银行归纳出“李克强经济学”的说法及其三个要素。但如前所述，其第一个要素“不出台刺激经济措施”很快就被李克强的“底线思维”和 7 月 30 日中央经济工作会议上提出的“稳增长、调结构、促改革”九字方针所纠正。

第三个阶段：从 2013 年 7 月底 8 月初开始，亿万级的投资无论来自国家还是地方，都慢慢开始润物细无声地渗透到各个领域。这些亿万资金投资下去以后，政府没有进行报道，可是政府希望这一轮的投资能够引进民营企业，希望民营企业能够更多地进入一些敏感领域、垄断领域。我个人对此也存有一个很大的疑问，因为我从 2008 年开始在浙江民企做了一些调查，在过去五年中，由于国进民退，民营资本的生存环境不断恶化。当时还有民营航空公司，可是现在一个民营航空公司也看不到了。国务院出台了两个“非公经济

36 条"，然而从实施的具体情况来看，民营企业的生存环境却越来越困难，过去由于政府这只手伸得太长，导致中国整个民营经济环境恶化。中央政府当然希望更多地吸引民间投资，可是到底有多少民间投资进入了敏感领域和垄断领域，我个人要打一个很大的问号。至少从过去五年的感受来看，民营企业的生存环境确实是大大恶化了。

中央政府无论要拉动自己的政绩还是拉动经济，也是要靠投资，所以千军万马都指向投资。亿万级的投资措施先后出台并逐渐到位，其主轴依然是基建，尤其是"铁公基"建设。在这一投资措施的拉动下，2013 年 7 月和 8 月的中国经济明显回升，尤其是 8 月的数据颇为亮丽，让所有人都松了一口气。国家统计局的最新数据也支持了这一说法，8 月的主要经济指标如 PMI、PPI、工业增加值、用电量、货运量等都出现了回升向好的势头。李克强说，中国经济已进入中高速增长阶段，后面的故事会更精彩。

也正是在这样的情况下，9 月中旬的"夏季达沃斯论坛"给了李克强一个阐述他战略思路的新机会。这一思路归纳起来就是：面对中国经济下滑趋势，政府不出手是不现实的，否则社会风险太大；但政府的手伸得太长、太频也是不好的，这会带来无穷无尽的结构性问题，2008 年后的情况就是一个惨痛教训。这一思路归纳起来就是：中国既不可能完全放弃经济增长来调结构，又不可能不调结构而简单地抓经济增长，中国经济的问题实际上就是寻找一个平衡点。

问题在于：这个平衡如何掌握？中国素来的问题是一放就乱，

一抓就死，多少年都没有解决的问题，归根结底就是政府职能转型不到位的问题。至少到目前为止，不管我们是否同意，林毅夫的“投资论”再次被证明行之有效，而且不得不行。

从这个意义上说，我期待着林毅夫有一天能出席我的节目。

相关问题在于：此轮投资潮与 2008 年相比有何区别？参与决策运作、了解内情的人士也许都会告诉你，其间的区别很大，因为在此轮投资潮之外，还出台了很多微观改革措施，而正是这些改革措施将呈现未来“调结构、促改革”的成果。而我要说的是，在 2013 年下半年下这个结论还为时过早，无论是开发民企活动还是释放制度红利等，目前都还在“文火炖汤”阶段，其“疗效”将在未来的半年乃至一年时间里慢慢呈现；而以“稳增长”为统领的投资潮，则恰如一场“熊熊大火”，一下子就点燃了中国经济的“发动机”，或像一剂“强心针”，使得中国经济立时“脸色红润”。

然而 2008 年那次注射“强心针”的结果大家都已知道，那就是虽然带来短期的“脸色红润”，却植入了长期的“器质性并发症”。

于是，我又想起了 2009 年与浙江民营企业家们的谈话……

这次是否会重蹈覆辙？李克强对此的信心很足。而我则会继续谨慎观察，而且更愿意在一些关键环节上发出一些也许不太入耳的提醒或警示。

比如，这一轮投资潮鼓励民间资本进入，尤其是进入竞争性和垄断性的领域。这听上去是一个相当不错的思路，也是一个很有战略高度和前瞻视野的思路，因为如果我们能将投资的方向逐渐从政府投资转为民营投资，那么这对于中国经济长远内生动力的发展无论如何都是一件好事。但问题是，看看过去八年的情况我们就会发现，民营经济的困境不但犹如夹缝求生，而且居然在政府不断出台有利于民营经济的宽松政策的情况下，民营经济的日子过得更加艰难。

大家如果有兴趣去翻阅一下过去几年的政府文件就会发现，2005 年 2 月和 2010 年 10 月，国务院先后出台了两个“非公 36 条”，其要点就是“鼓励、支持和引导民营经济发展”。

据坊间传闻，2004 年 8 月，时任总理温家宝到浙江与当地民企的谈话，最后成为第一个“非公 36 条”成型的基础。

2005 年 2 月的那个“非公 36 条”就已经明确提出：第一，放宽非公有制经济市场准入，其中包括贯彻平等准入、公平待遇原则，允许非公有资本进入垄断行业和领域，允许非公有资本进入公用事业和基础设施领域，允许非公有资本进入社会事业领域，允许非公有资本进入金融服务业，允许非公有资本进入国防科技工业建设领域，鼓励非公有制经济参与国有经济结构调整和国有企业重组，鼓励、支持非公有制经济参与西部大开发、东北地区等老工业基地振兴和中部地区崛起；第二，加大对非公有制经济的财税金融支持；第三，完善对非公有制经济的社会服务；第四，维护非公有制企业和职工的合法权益，等等。

这是一篇在理论上让人不得不叫好的文件。但其实际执行情况又如何呢？可以十分坦率地说，2005 年到 2010 年是非公经济（亦即民营经济）受到严重挤压的几年。当然，其间的客观背景是，2008 年经济危机导致各国都“跑步救市”，经济体制尚未完成转型的中国更甚。

于是，2010 年 10 月出台的“新非公 36 条”提出了更为宽松、开明的政策。与 2005 年版“非公 36 条”只允许民营资本参股能源领域的自然垄断业务相比，新“非公 36 条”不但明确提出鼓励民间资本参与石油天然气的勘探开发环节，更允许民营资本与国有石油企业合作开展油气勘探开发。其首次提出鼓励民间资本参与风能、太阳能、地热能、生物质能等新能源产业建设；并提出将进一步放开电力市场，积极推进电价改革，加快推行竞价上网，推行项目业主招标，完善电力监管制度，为民营发电企业平等参与竞争创造良好环境。

2005 版“非公 36 条”规定，在铁路、民航等领域，非公有资本可以参股等方式进入。而新“非公 36 条”则有所放宽，鼓励民间资本以独资、控股、参股等方式投资建设公路、水运、港口码头、民用机场、通用航空设施等项目；抓紧研究制定铁路体制改革方案，引入市场竞争，推进投资主体多元化，鼓励民间资本参与铁路干线、铁路支线、铁路轮渡以及站场设施建设，允许民间资本参股建设煤运通道、客运专线、城际轨道交通等项目。

而实际情况是：经过 2008 年这一轮“国进民退”的折腾，民营经济要进入政府“鼓励、支持和引导”的上述领域，实际困难不是减少了，而是增加了；实际处境不是缓解了，而是更为严重了。在这种情况下，无论是 2005 年版还是 2010 年版的“非公 36 条”，都像一道美丽的“天花板玻璃”，可以看得见顶，却永远也无法企及。

这一轮的投资潮是否将重蹈 2008 年的覆辙？对此，我没有太多信心，只能拭目以待。或者，至少在 2013 年下半年下结论还为时过早……

第三章
2014—2017年：深层次问题全面爆发？

我之所以在上一章里几次提醒，对于目前政府试图在“稳增长”和“调结构”“促改革”之间保持平衡的举动暂且慎下结论，原因十分简单：无论是“稳增长”举措所导致的拉动经济的成效，还是“调结构”和“促改革”所启动的深层次“手术”，其“综合疗效”都非最近几个月所能呈现。

所谓“综合疗效”，显然不是单指“稳增长”的成效，或“调结构”“促改革”的业绩，而是两者的综合平衡结果。

换言之，如果“稳增长”所导致的结果是拉动了经济，但拖延甚至阻碍了“调结构”、“促改革”的进程，那么其“综合疗效”就是失败的，而且毫无疑问是2008年后的翻版；若反过来，“调结构”“促改革”的进程大刀阔斧，但由此而影响了“稳增长”的进程，那么其“综合疗效”同样是失败的。

“既要马儿跑得快，又要马儿不吃草”，这就是李克强先生遇到的挑战，其难度无疑要远远超过其前任温家宝所遇到的。这一“跑得快”和“不吃草”之间的平衡及其结果，显然绝非最近几个月可以看出来的，但显然也不能拖得太久，不然中国经济的战略方向就会迷茫。

我认为，2013 年下半年到 2014 年上半年，是检验“跑得快”和“不吃草”能否平衡的关键时刻。甚至也可以说，这段时间不但是这一平衡的“综合疗效”显现的时候，也是李克强团队对于其“手术方案”找到感觉的关键时刻。

这就慢慢引出了我对未来十年中国经济三个阶段的划分。

一、十年中国经济：三个时间指标

走一步看一步是中国过去 30 多年改革的基本逻辑。经常关注我的评论的朋友可能都记得，我在多个场合表示过，邓小平过去说的几句话现在已经过时，其中最过时的一句话就是“摸着石头过河”。

我在多个场合（节目、演讲、文章、书籍）中表示，今天和未来的中国需要认真面对三个问题：第一，中国过去 30 多年改革成功的基本因素是什么？第二，中国改革的彼岸是什么？第三，中国的改革之舟目前正处于何方？

不要以为我能给出这三个问题的完整答案。我也不相信今天的中国有谁能给出这三个问题的完整答案，因为这三个答案本身就是多元的。但是，有越多的人来共同思考和讨论这三个问题，也就越能接近这三个问题的答案。

同时，这三个问题集合起来，都含有一个潜台词，那就是：今天和未来的中国，不可能再继续“摸着石头过河”。如果说 30 多年前的“摸着石头过河”是一种无奈，那么若今天和未来继续这样做，那就是一种茫然了。无论是中国的现实还是未来的发展，都要求我们对未来要有一个比较准确的规划。或者说，即便对未来做不到比较准确的规划，那至少也要对未来的走势有一个比较准确的预判。

我们经常听人提起“纠错”这个词。所谓“纠错”应该有一个重要的前提，就是必须走在基本正确的轨道上。如果是这样，那么所谓的“犯错”或“纠错”无非是花费一些时间成本而已。但中国发展到今天，各个领域都已经到达了十字路口，面临方向和策略上的选择；如果在十字路口不幸走上了一条错误的道路，那么未来走得越远，“纠错”的成本也就越高，甚至“纠错”将成为一个完全不可行的事情。

对未来几年中国走势的研判，首先包含的就是对经济走势以及与之有关的各种趋势的预判。

就经济层面、社会层面而言，我认为有三个时间段是我们大家可以去思考未来十年内形势的坐标。这三个阶段，既可以作为分析家观察分析中国经济走向的指标，也可作为决策者和政策实施者在实务工作中的参考指标。

这三个阶段分别是：

第一个阶段：2013—2014 年，我称之为短期。

第二个阶段：2014—2017 年，我称之为中期。

第三个阶段：2017—2022 年，我称之为长期。

在这三个阶段中，中国经济的表现和侧重点各有不同，其反映的深层问题也将有所不同，当然随之而来的应对和解决策略也将有所不同。

（一）2013 年下半年—2014 年上半年："李克强经济学"经受检验

如上一小节所述，中国经济近一年来进入风雨飘摇阶段，其周期性和结构性特征同时呈现，解决方案需十分谨慎才可：政府若不出手，一味实施"自然疗法"，那自然不符合中国"经济政治学"的内在逻辑，迅速而来的社会不稳将很快使人们不堪重负；但若政府出手过多，亦即实施"强心针效应"，那无疑将使中国经济短期"脸色红润"，长期"结构性并发症"不断。

2013 年 3 月李克强上任后，经过几个起伏，其经济政策基本上就是在这一逻辑上徘徊。然而无论是 2013 年 7 月 30 日中央经济工作会议确定的"稳增长、调结构、促改革"的方针，还是 9 月 10 日李克强在"2013 年夏季达沃斯论坛"上的发言及其带给世界的信心，抑或中共十一届三中全会提出的改革方案，其实施和验证都需要一段时间。

如前所述，这段时间不但是人们观察"李克强经济学"能否成功的关键时期，同时也是中国经济决策团队对其经济思想和操作手法进行试验并不断调整的关键时期。

2013 年 7 月开始悄悄到位的万亿级的投资，无疑将极大地拉动中国经济。但这是否也将同时带来无穷无尽的后遗症？鼓励民间投资，说易行难，落实到最后，民营经济究竟是分到一杯羹，还是根本就像 2008 年以后那样被踢出局？各种层面和形式的微观改革措施虽“润物细无声”，但究竟是将归于“悄无声息”，还是终将“涓涓细流，汇成大海”？

所有这些问题，不到 2014 年年中（甚至可能要拖到年尾）是无法回答清楚的，甚至都无法看到其发挥作用的端倪。

但我之所以将时间点设于 2014 年，原因也很简单：一个经济政策的试验时期显然不能拖得太久，2014 年可能是这一经济政策“试错”或“纠错”的最后时间底线。

事实上，2014 年第一、第二季度，世界经济和中国经济还可能发生许多其他意想不到的变化，逼迫人们及时做出调整。因此，眼下的经济政策的试验不可能也不应该拖过 2014 年年中。

（二）2014—2017 年：中国经济深层问题展现

2014—2017 年将是未来十年里最为关键的三年，有很多深层的问题，短期的抑或长期的，经济的、社会的抑或政治的问题都会在这三年生成，就看能不能闯关成功。若闯关成功，2018 年以后我们才有好日子，否则将面临第二次重大逆转。

从经济方面来说，这三年将是中国经济的深层问题，尤其是供求面的深层问题浮上表层的关键时期。

首先，先用通俗的方式解释几个大家耳熟能详的名词。

对近年中国经济稍有了解的朋友们一定都听说过以下几个名词：中等收入陷阱、刘易斯拐点、人口红利下降。这些名词其实分别描述了中国不同侧面的经济问题，尤其是结构性问题。

所谓中等收入陷阱，是指一个经济体在人均收入达到 5000 ~ 15000 美元之间时势必面临一个发展瓶颈问题，其原因是多方面的，但所表现的特征是基本相同的，即缺乏长期支撑经济增长的动力。

所谓刘易斯拐点，其实来源于美国经济学家刘易斯 1954 年发表的一篇论文，其要点是：一个经济体在发展初期，往往呈现劳动力无限供应现象，因为随着机械化、工业化的发展，农业部门有大量的劳动力多余出来，逐渐进入现代工业部门，一时间给人以劳动力无限供应的假象；但当经济转型发展到一定阶段，农业部门的剩余劳动力被现代工业部门吸收得差不多了，原先的劳动力无限供应情况就会逐渐消失，而转化为劳动力相对紧张状态。这就是“刘易斯拐点”。

而所谓人口红利下降，用通俗的话来说就是，消费人口总数超过了生产人口，亦即“吃饭的人比干活的人多”。而当一个经济体的长期发展需要持续不断的劳动力人口支撑的时候，“吃饭的人比干活的人多”就会成为一个困扰经济长期发展的问题。

其次，用较为理论的方式，把人们谈论经济时经常提到的一些概念整合一下。

多少年来，“调结构”一直是中国经济改革的努力方向。中国经济投资过高，消费不足，过分依赖出口一直是一个大问题。于是，降低投资（尤其是政府投资），将出口主导型的经济逐渐转型为消费主导型的经济，一直是中国经济结构调整的方向。这种经济结构显然在过去导致了非常不良的后果。

对于过度投资所导致的经济结构扭曲，以及其导致的银行不良资产增加和金融风险的积累，人们一般不会有过多争议。但很多朋友不明白的是，为什么出口主导的经济模式也会导致不良后果？

记得 20 世纪 80 年代末，我还是同济大学的一个年轻讲师，当时开始听到一个最新的说法："发展外向型经济"。在当时一般的理解中，所谓外向型经济，也就是发展以出口为主导的经济模式。

此后的 20 多年是中国经济高速发展时期。中国经济走的就是一条以出口主导为主线的外向型经济的道路。吴敬琏在他 2008 年亲自签名赠我的著作《中国增长模式抉择》一书中，对此有比较相近的阐述。

按照吴敬琏的分析，经济形态分成内向型和外向型两种，两者又各自含有低级形态和高级形态。内向型的低级形态十分清楚，就是闭关自守，亦即像毛泽东时代早年和今天朝鲜的经济形态；内向型经济的高级形态是进口替代。用吴敬琏的话来说，中国在 1972 年中美邦交正常化以后，实际上就已经放弃闭关自守的政策，开始扩大与西方国家的贸易往来，但当时中国采取的是进口替代政策，亦即以高度关税和非关税保护、本币高估为主要政策手段，目标在于以本国制造（或装配）的产品取代进口。这是战后一些后进国家在追赶先进国家时较多采用的工业化战略，但这种战略不能发挥预期作用的主要原因是：发展中国家的制造业发展程度低下，通常是由缺乏熟练劳动力、企业家、管理人才和社会组织等多方面原因造成的，贸易保护政策不但不能为这些国家的制造业创造竞争力，相反会使这些部门的好企业效率低下。

与前述国家的进口替代方式不同，战后东亚一些国家采取了出口导向的发展战略并由此形成了外向型经济的低级形态。出口导向的优点是：需求不受本国收入的限制，较高的竞争水平对效率和现代化起到促进作用，为与外国生产者的竞争提供强有力的市场检验。

但这一模式的缺点也是显而易见的：从微观经济上说，出口导向可能导致劳动密集型产品的“专业化”，削弱长期增长的潜力；由于缺乏核心技术，所谓的出口只是在中国组装，大部分处于“微笑曲线”价值链的低端，附加值和赢利率过低，也由此导致出口企业只能“以量取胜”，不可避免地导致贸易摩擦的增多。而出口以外的部门则依然长期处于欠发达的状态。从宏观经济上说，为了维护出口量，实施这一策略的国家必须压制汇率升值，并由央行买进外汇，释放出大量高能货币，从而形成资产泡沫并导致通货膨胀。

因此，无论是以投资还是以出口导向为拉动的经济模式，都到了该彻底改变的时候，其出路就是增加以消费为主导的发展元素，逐渐改变中国经济的发展模式。而所谓消费拉动，既包括居民个体消费的部分，也包括整体经济结构中增加生产性服务的成分。

实际上中国已到了由外向型经济的低级形态向高级形态转型的阶段。但外向型经济高级形态又该包含哪些要素？对于这些问题，今天真正加以讨论和思考的人并不多。

在一般人的理解中，今天和未来的中国经济，只要解决了消费拉动的问题，似乎就万事大吉了。这其实是一种极大的误解，也是对中国经济极为浅薄的理解。且不说消费究竟如何拉动，所谓的消费究竟包含哪些内容，由拉动消费所带动的生产性服务业如何建设等，就说最基本的一点：拉动消费多年来为何如此艰难？这显然不是居民手里是否有钱的问题，而是在居民不敢消费的背后，存在着社会保险体系依然大幅缺失的问题。

但拉动了消费，中国经济未来长远的发展引擎是否就此找到并得到启动？这显然是一个充满争议的问题。今天很多人对中国经济的误解乃至认知误区正是从这里开始的。

我们还是把眼光拉回到 20 世纪 80 年代末期的中国，并把过去 20 多年的中国发展历程与过去 200 多年的西方工业化的历程做一个纵向比较。

1780 年，英国开始了工业革命；伴随甚至引领英国工业革命历程的，是以蒸汽机和纺织机为代表的技术革命的进程。三四十年工业化进程之后，必然产生城市化的进程——由于技术革命和工业化的进程，大量的农村劳动力富余出来而进入城市，承接了城市的服务行业。那个时代的英国城市，充满了从农村出来的“农民工”，这些人成为早期的产业工人，并在早期资本主义的体制下受尽剥削和压迫；包括伦敦、曼彻斯特在内的所有英国大城市，都充满早期资本主义的尔虞我诈，贫民窟林立，贫富差距、劳资矛盾问题极度突出，革命种子茁壮成长。1838 年，年仅 25 岁的英国作家狄更斯出版了他的成名作《雾都孤儿》，写尽了城市化早期的伦敦的种种尔虞我诈的现象。

1830 年，世界上第一条铁路投入使用，从而彻底改变了人类的生活和生产方式。从这以后，在以英国为代表的西方工业国家的发展历程中，几乎每一次人类生活和生产方式的重大改变，都伴随着技术革命的重大进步。换言之，技术革命的浪潮始终伴随着西方工业化、城市化的进程，伴随着财富的迅速积累，并且当财富积累到一定程度后，走向另一个更高的发展阶段——对外贸易。

作为海洋国家，英国从事对外贸易无疑有着得天独厚的优势；也正是对外贸易这最后的“临门一脚”，给了这个实现了工业化和城市化的经济体最后一记猛烈的推动，促使其一跃而上至一个更高的台阶。但在工业化、城市化和对外贸易的整个进程中，尤其在发展早期，起主导性作用的依然是技术革命。可以说，没有技术革命，就没有早期的英国工业化的进程，自然也就不可能有后来的城市化和对外贸易的进程。

但中国的情况正好相反。如前所述，中国朝外向型经济的转型始于 20 世纪 80 代末期。换言之，当时距改革开放的启动仅仅过了七八年。改革开放的早年，中国的对内改革主要是改掉 1978 年之前高度计划经济的封闭状态，对外开放则主要是引进发达国家的资本、技术和管理经验，其中尤其是资本。在中国改革开放的早期，技术革命基本上是不占主导地位的。就是在这样的基础上，中国开始了以出口为导向的外向型经济的转型，也就是当年英国发展的最后一个阶段——对外贸易，并且在短短二十几年的时间里，英国迅速积累了大量的财富。

然而由于缺乏技术革命这一关键环节，中国在财富迅速积累的过程中，经济形态内部依然存在巨大的空洞和潜在危机。这一方面表现为发展模式的粗糙，另一方面则表现为严重缺乏后劲。这就像一个人，其身体在不断长大、膨胀，但其体内的各个器官并没有相应地发育成熟；等到有一天长成了巨人之后，外表看上去力大无比，内在却严重缺乏支撑的动力，后果自然是可以想象的。

从这个意义来说，今天中国经济的发展至少在粗线条上是存有疑虑的：第一，中国未来能否在没有技术革命陪伴的道路上，继续其高速发展的进程，并保证这一高速进程的可持续性？第二，迄今的人类历史证明，城市化只是工业化的结果，而非工业化的引领条件；中国未来的发展能否证明，城市化也能成为下一轮工业化的引领条件？

当然，中国迄今走过的道路，都是人类历史上史无前例的道路。但毕竟中国属于后发国家，因此研究发达国家早年的规律，对今天和未来的中国而言，无论如何都是有意义的。

说了这么多，也许你已经开始被我说服，也许你已经恹恹欲睡，因为以上内容通篇都是理论阐述，缺乏鲜明、活泼的例子和故事。

但且慢，无论你已开始被我说服，还是你已经开始恹恹欲睡，其实我只涉及了中国经济整体结构的一个方面，亦即需求面；中国经济结构的另一面——供给面，我还远远没有涉及。而经济学上有一个非常经典的说法：短期看需求，长期看供给。只有厘清中国经济供求面的问题之后，我们才能对中国经济的整体结构及其未来走向有一个更为清醒的认识。

为了让你不再恹恹欲睡，我还是从一个简单易懂的故事开始讲起吧。一般人都认为，经济之所以能发展，其主要动力是有需求，这当然是人尽皆知的常识。这在经济学上被称为“需求派”。但经济学上还有另一派，叫“供给派”，“供给派”只需举出一个例子，就可以把“需求派”打得“落花流水”：在乔布斯发明苹果手机之前，我们有几个人知道，我们内心原来对智能手机有如此大的“需求”？是乔布斯把我们对智能手机的需求深深地挖掘出来了。这难道不是供给对经济发展的巨大贡献吗？

上面的例子其实只是将问题推向极端，试图说明供给和需求一样，同样都对经济发展有着卓越的贡献。但放到经济学的分析上，问题自然不会像苹果手机的例子那样来得这么简单或极端。

2012 年 5 月的一天，我忽然收到中国国际金融有限公司首席经济学家彭文生给我寄来的新著《渐行渐远的红利——寻找中国新平衡》。

从事评论和主持工作多年，我的一个额外的“福利”就是经常可以收到许多学者给我寄来的新著，内容涵盖政治、经济、军事、金融、文化、科技等不同领域。新著的作者有的是我的朋友、嘉宾，也有的是素不相识的学者。不少新著中不乏真知灼见，由此极大地拓展了我对一些重要领域前沿成果的了解，而其中的一些作者后来也就慢慢成了我的嘉宾。

收到彭文生的新著后，仅展读几页，我就很快被他的分析吸引住了。必须承认，这是一本稍显艰涩的经济学著作，但由于彭文生受过严格的西方学术训练，因此他用逻辑的线索为艰涩的经济学原理建立了一套框架。

按照经济学的经典说法，短期看需求，长期看供给。放在这一框架里，今天中国经济面临的“三驾马车”问题（投资、出口、消费）充其量只是需求面的问题；而中国经济供给面的问题——劳动力、资本存量、生产效率，长期以来却似乎为很多人忽略了，甚至从来就没有被真正重视过。

在过去相当长的时间内，这种有意或无意的忽略是可以理解的，因为对中国经济来说，劳动力从来就不是一个问题，过去曾有一句话："中国什么都缺，就是不缺人。"用经济学的术语来说，中国的劳动力无限供应，因而劳动力对中国来说似乎从来不是一个问题。至于生产效率，由于中国经济当时采用的是"粗放型增长"模式，以大量廉价的生产要素（劳动力、土地等）来推动经济发展，因此生产效率也似乎从来就没有真正为人所重视过。这虽然是中国的一个老大难问题，但只要劳动力无限供应继续存在，劳动生产率略显低下，至少在短期内不是一个十分紧迫的问题。

然而 2014—2017 年的这三年时间里，中国劳动力紧缺的情况将全面浮现。其间，中国面临的不仅是短期问题，而且还面临着长期问题，还面临供求层面的"三驾马车"问题。对此我们以前很少说，因为我们认为这从来不是一个问题，可是未来这个供求层面的"三驾马车"问题会变得很重要并将长期存在，而供求面的问题也将全面浮现。"屋漏偏逢连夜雨"，这句话用在未来三年的中国经济形势上，听来是一个无奈，却是很贴切的写照。

我们长期以来的注意力一直为经济结构中的需求面问题（投资、出口、消费）所吸引，以为这就是中国经济的全部问题，并以为只要解决了需求面的"三驾马车"的"调结构"问题，中国经济的全部问题就解决了。这实在是一种极大的误解。

（三）2017—2022 年：中国进入全方位整合阶段

如果我们能在 2014—2017 年的这三年里成功闯关，那么跨越

2017 年之后，虽然不是一马平川，但至少我们将有比较从容的心情来应对也许更为艰难的挑战。而这些挑战就如我在本书前言里所写的，一定是犬牙交错的，因此其解决的思路和方案也就必须是整合型的。这其中十分重要的，就是对中国社会模型的重新整理。

今天中国的社会模型已经高度扭曲，一个健康的社会模型应该是橄榄形的，而今天的中国不是橄榄形的，而是一个哑铃形的社会，中间很细，两面很粗，中产阶级很少，却支撑着众多富人和众多穷人。关键在于，真正的哑铃中间的杆是金属做的，而我们这个杆是木头和竹竿做的，我们已经被物价、房价压得喘不过气来。让房价跌不行，可是让房价不跌也不行，按照李克强的话来讲就是依靠“双轨制”来解决房价问题。这个思路我觉得是对的，商品房不能大跌，可是保障房能不能上去？底层老百姓如果没办法用脚投票，就会有暴动，这是一个非常大的问题。此外还有农村的土地改革以及城市的收入分配改革，一个从城市启动，一个从农村启动，一个是让农民受惠，一个是让城市中下阶层受惠。最后都会造成问题：农村的土地改革会造成地方政府丧失土地出让金，土地财政入不敷出，倒逼财税制度改革；收入分配制度改革同样也会使城市政府入不敷出，也会从另一方面倒逼财税制度改革。

中国未来经济的发展如何，最关键是在 2014—2017 年，其间中国经济将出现实质性放缓，人口红利也会放缓。假如中国能够成功冲破这一阶段的重重考验，辅以城市分配收入改革、农村土地改革，以及一系列框架性改革，成功闯过这一难关，到了 2019 年“十九大”召开之前，中国就能够维持比较好的社会稳定局面。这样，等到“十九大”之后我们也许才会有比较从容的心情来处理后面的矛盾，因为中国后面的发展一定还会遇到很多很深刻的问题，比如其中的一个深刻问题就是中国未来的法治如何建设，中国如果不能建设一个健全成熟的法治社会，中国的市场经济是不可能稳步持续发展的。

而中国要建立健全法治，就一定会涉及执政党的转型，至少要在 2017—2022 年这一代领导人中建立比较健全的法治框架。一个现实的背景就是中国社会矛盾在上升，假如再继续拖下去，恐怕社会矛盾要跑赢改革速度。所以，现在遇到的最重要的问题是稳增长，我们绝对要把增长稳住。改革到底会走向何方，尤其法治环境如何建构，法治问题和执政党转型能否顺利开启，这些都取决于我们在今后三至五年里能否把经济稳住，能否把结构调好。这样，大家才不会在无比慌乱中迎接未来的挑战。

2017—2022 年，中国将有哪些需要处理的挑战？一言以蔽之，我们届时将面临“侥幸”躲过 2014—2017 年这一难关的所有问题，对此我将在以后的著作里有所详述。

二、2015—2016 年：中国将发生什么？

中国未来三年的风险，首先还是存在于经济领域。

我一直有一个在“左派”朋友看来十分大胆，但在“自由派”朋友看来又十分保守的观点：今天中国的很多问题，都被各种立场的人们严重政治化了；表面上看今天中国许多属于政治层面的问题，其实都来源于社会模式的问题；而社会模式的问题，在相当程度上又来源于经济模式。换言之，若今天我们在相当程度上把经济模式调整好了，那么社会模式也就迎刃而解；社会模式整好了，社会稳定和政治稳定自然也就水到渠成。

2013 年 10 月，我的母校——华东师范大学 62 周年校庆，我应邀返回母校，为思勉人文思想节做首场开幕演讲。华东师大素以校园的浪漫、美丽及其浓厚的人文气质著称。多年后回首才发现，这在某种程度上也铸就了我的内在精神气质。我的报告主题是《须重视国力上升期的精神成熟》。开幕式上播放的华东师大党委书记、哲学系教授童世骏的一段话，让我找到很多共鸣。

童世骏说："以前我们都说，哲学的任务不但要解释世界，而且要改变世界；但在做了许多改变世界的努力之后，我们最后才发现，若要改变世界，我们的任务首先还是解释世界。"

这与我这些年的另一个观点有某种契合之处。我的观点是：中国正在开启的转型，是有着许多内在规律的，一如医生开药方，必先研究病理，因此今天的中国，需要扎扎实实地研究转型的内在规律；只有这样，我们开出的"药方"所依据的"药理"才能与"病理"相符，不然我们的"药方"只能缓和"阵痛"于一时，而不能解除"病症"于永久。

这适用于我们对中国社会、政治的解析，也适用于对现阶段和未来几年中国经济的前瞻。未来几年中国经济的深层次问题到底是什么？除了本书第一章里提到的那些问题外，未来若干年里，中国经济在供求面上的一些深层问题将逐渐浮上表层。面对这些逐渐浮上表层的问题，若不加以积极应对和改变，我们可能会面临颇为尖锐的情况。

还是从一个故事讲起吧。

2008 年春节，对很多中国家庭来说是一个风雪交加的新年。

早在农历旧年结束前的几个星期，中国一些省份就出现了风雪天气，而这时正好是中国每年年底的春运进入高峰的时期。

春运，是每年年底一个无法回避的全民事件，数以千万计的民工，在中国农历新年即将来临之际，用尽各种办法，使尽所有精力财力，就是为了达成一个目标——回家，回家过年。

这是一个农业大国的深深烙印。家，是这个农业大国的人们的心灵港湾；年关将至，只有回到家里过年，心灵港湾的归宿之灯才会真正亮起。

这也是一个转型大国的深深痛楚。由于转型，千百万农民背井离乡，出外谋生，但心里始终放不下远方的家。于是，在年关将至的那一刻，数以千万计的人们一起上路，铸就了漫漫铁路和公路上的春运大军。

然而 2008 年的春运偏偏遭遇了几十年未遇的特大风雪天气，漫长的铁路线白雪皑皑，被迫停运；无数的火车站上挤满了渴望回家的人。郴州，位于湖南的一个小城，居然连续十几天冰雪封山，几十万居民被迫停水、停电。

2008 年之于中国，注定是一个大喜大悲的年份。那年秋天，中国完成了“百年奥运”之梦；但在这之前的 5 月 12 日，一场汶川地震却给国人带来无限的悲痛。也许这一切的端倪在 2008 年的春节就已显现。

那年的春节，我在凤凰卫视香港总部值班，每天都在直播镜头前评论处于风雪灾害中的春运，每一天我的心都被风雪中的农民工的命运牵动着。

其实，又何止是那一年的春运？不知从什么时候开始，每年年底我们的词典里就忽然多了“春运”这个词汇，我们的心里就忽然多了一份对风雪兼程回家过年的农民工兄弟们的牵挂。

然而就是从 2008 年和 2009 年前后开始，每年春节过后，珠江三角洲地区的私营老板们就发现，节前风雨兼程回家过年的农民工们，开始不急着返回广东打工，有的人甚至一去而不返了。于是，广东地区私营企业第一次遭遇了“民工荒”的问题。

这是一个开始让人百思不得其解的问题：中国不是啥都缺，就是劳动力不缺吗？怎么忽然就出现了“民工荒”呢？

香港地区有一句民间流传的话：“有人没工做，有工没人做。”前半句说的是就业市场上的严峻情况，后半句则多指很多底层劳工不具备足够的专业技巧，因此无法适应劳务市场对高素质人力资源的需求。

但广东地区前些年出现的“民工荒”与这个又有所不同：那些春节过后不回来的劳工并不是具备高技能的人才，而是一些非常普通的劳工。然而就是这些普通的劳工，节后却再也不愿离乡背井，而宁愿留在家乡。这本身就反映了一些非常深层次的状况。

状况之一当然是由于这些劳工在家乡的生活过得也不差，因此才不愿继续背井离乡，这从另一个侧面看也是好事。状况之二，这也反映了珠江三角洲地区的劳工薪酬已开始跟不上劳工的心理期待，或开始与全国的发展形势有所脱节了。

而更为深层的问题则是：中国的劳动力无限供应阶段开始逐渐结束了，这才是问题的核心。

所谓劳动力无限供应，指的是一个经济体在由农业国向工业国转型的过程中，来自农业领域的剩余劳动力大量涌入城市的现代领域（包括工业和服务领域），起始阶段似乎给人以无限供应的印象，然而到了一定时期，这些来自农业领域的剩余劳动力开始出现短缺。短缺的原因很多元，有劳动力自身数量短缺的原因，也有劳动力在农业领域有更多去处的原因。这就像一块硕大无比的海绵，起始阶段可以吸纳无数水分，但到了一定时候，水源开始多了其他去处，于是半湿不干的海绵就处于十分尴尬的角色了。

这种劳动力无限供应趋于结束的状态，就是学术界所称的“刘易斯拐点”。按照中国学者的研究，“刘易斯拐点”在中国出现是在2004 年。只不过 2004 年的时候，大家谁也没有感觉到这个“拐点”的出现。这就像人的体质的下降，起始阶段可能毫无症状，因此十分难以察觉。但若继续无规律地生活，一旦发现时，就可能已伴随一些难以挽回的病症了。

从 2004 年“刘易斯拐点”出现，到 2008 年春运过后首次感觉到劳工短缺，这中间经过了四年左右的时间。问题是：等到第一线的私营老板感受到劳工短缺的“痛楚”，问题已经比较严重了。

于是，提高劳工的薪酬是私营老板们面对这一“痛楚”几乎唯一的选择。因此，最近几年我们看到，珠江三角洲一带的薪酬水平有了大幅提高。但问题是：薪酬提高对打工者来说自然是喜事，然而对企业经营者来说，在潜在利润尚未展现的情况下提高薪酬则是一种无形的负担。用学理的话来所，当薪酬水平的提高超过 GDP 的潜在增长时，往往会隐含潜在的问题。

中国今天正是处于这样一种状况之下。坦率地说，这种状况是令人担忧的。

“刘易斯拐点”的出现，其实是中国未来若干年人口红利下降的第一个先兆。

人口红利这个名词，过去若干年里我们经常听到，这也成为中国过去若干年里取得重大成就的众多关键性因素之一。但究竟什么是人口红利？中国是否正在面临人口红利消失的情况？一旦人口红利消失，中国未来究竟会有多少损失？中国应该如何调整和应对，才能在没有人口红利的情况下继续维持经济的高速或至少是可持续发展？

一般所说的人口红利可以分为两种。第一种是指劳动力人口非常多，从而能够提供廉价劳动力，经济中存在充足的劳动力供给和高储蓄率；第二种是指进入老龄化后，人们特别是高龄劳动者预期将来会变老，会有更强的储蓄动机，从而会形成额外的积累。第二种人口红利在第一种人口红利即将结束的时候就开始积累，而且第二种人口红利是可以无限延续的。

过去若干年里，由于少儿抚养比例迅速下降，劳动年龄人口比例上升，在老年人口比例达到较高水平之前，中国形成了一个劳动力资源相对丰富、抚养负担轻、于经济发展十分有利的“黄金时期”，人口经济学家称之为“人口红利”。一段时间内，中国的人口年龄结构就处在人口红利的阶段，每年供给的劳动力总量约为 1000 万，劳动人口比例较高，保证了经济增长中的劳动力需求。由于人口老龄化高峰尚未到来，社会保障支出负担轻，财富积累速度比较快。丰富的劳动力资源和成本优势已经使中国成为世界工厂和世界经济增长的引擎。

然而这种情况在近年却出现了本质的变化。

当很多朋友只是从身边的直观情况来感受“刘易斯拐点”的时候，比如家庭保姆难找，比如每年春运过后民工不再返回，他们是否想过，这一方面折射了越来越多的农业部门的剩余劳动力正在被现代工业部门所吸纳，劳动力无限供应的情况正在趋于结束，另一方面也折射了另一个被我们忽略的现象，即长期以来就像空气之于我们一样自然、平常的人口红利，正在渐渐离我们远去。

根据最新的研究结果，中国从 16 岁到 59 岁的有工作能力的劳动力人口总数，在 2012 年已经见顶，比上年减少了 345 万人；即便再将具有工作能力的劳动力人口总数放宽五年，中国从 16 岁到 64 岁的劳动力人口总数也将于 2015 年见顶。

中国的人口红利一旦下降，其持续的时间会有多长？有一位宏观经济学家曾经在与我们私下讨论节目时提出过一个听上去不雅，但其实很能说明问题的理论，即“小鸡鸡理论”。其意思是说，男人的“小鸡鸡”在生理上必须发育到 18~20 岁才能承担生育后嗣的功能；因此，一旦人口红利下降，就不可能期待在三至五年或十年之内得到扭转，而必然经历一个 18—20 年的痛苦过程。

不可忽视的是：今天的中国，虽然“单独两个孩子”的政策开始逐渐出台，但计划生育依然是国策。30 多年前中国处于落后阶段时，人口多而经济机会少，因此人口多自然就成为负担。正如马尔萨斯人口论所阐述的那样，一个经济体内生活资料以算术级增长（亦即遵循 1，2，3，4，5 的增长级数），而人口则呈几何级数增长（亦即遵循 2，4，8，16，32 的增长级数），对一个落后经济体来说，几何级数的人口增长对算术级数的生活资料增长而言自然是灾难。因此，在当时的情况下，用计划生育来控制人口的绝对增长，无疑是一个理性的抉择。

但这一理论忽略了另一个基本情况：当经济获得高速发展之后，经济体内部将产生许多乃至无限的需求，这些需求将转换成许多工作岗位，需要有合适的劳动力来填补，其必然又将创造出许多乃至无限的生活资料。因此，当经过 30 多年的改革开放，20 多年的市场经济，尤其是十多年的全面融入全球化进程之后，当中国经济需要越来越多的劳动力来填补空缺的时候，原有的计划生育国策就有重新探讨的必要了。

问题是：这一国策在可预期的未来恐怕很难得到根本改变，因为它涉及到的还有短期中国经济和社会的一系列深层问题。既然这样，一个合乎逻辑的结论就是：从 2015 年开始，至少在 2033—2035 年之前，中国将必须在没有人口红利的情况下继续寻找有望高速增长的潜力和前景。这个有望高速增长的潜力到底是什么？此处不妨先设个悬念，本书后面将有详细的阐述和分析。这里让我们先记住 2015 年这个特别的年份。

为什么要记住 2015 年这个特别的年份？这不但是因为在这一年里中国的人口红利将开始全面下降乃至消失，更重要的是，许多的经济学研究也都指向同一个结论：2015 年前后将是中国经济增长速度回落的窗口期。

我在本书的第一章开头就曾提到，2011 年下半年，我就开始在节目中关注中国经济何时开始实质性放缓的问题。为了印证这一结果，我曾在节目中邀请不同的经济学家发表观点。

下面是在 2011 年 9 月的《震海听风录》节目中，我与张燕生（国家发展和改革委员会学术委员会秘书长）和迟福林（中国（海南）改革发展研究院院长）展开的一场讨论，主题是："经济一旦回落：中国矛盾向何处去？"

张燕生，中国发展与改革委员会对外经济研究所前任所长，对中国经济决策具有影响力的核心学者之一。他平时在媒体露脸不多，然而一旦发表观点就能引起广泛而持续的关注。这当然既是由于他的独特身份，同时也是由于他的观点精辟、系统、周密和完善。

我与张燕生的结识过程十分平常，也很偶然。2007 年年中，当时美国在中美贸易逆差和人民币汇率的问题上开始对华持续施压，中美经贸矛盾开始上升。我当时有意在节目中主持了一场中美商贸官员和学者间的对话，美方的对话嘉宾是美国商务部前副部长。我迫切需要一位有官方背景，但又能以独立身份出镜的学者来与美方对话。经朋友推荐，我找到了张燕生。

这几年里，我在节目中主持过不少中美、中日的外交、商贸和军事对话。我的基本出发点是：两国要消除误会，增进了解的第一步，就是直接倾听对方的观点；也许各国政府都有其各自的官方沟通管道，但在今天的世界，民意永远是各国政府无法绕开的重要环节，因此通过媒体（尤其是电视）进行直接对话，是各国官方沟通渠道的重要补充，甚至有时能发挥官方渠道无法达到的效果。

参加我的对话节目的嘉宾，大都为中美、中日的有官方背景的学者和前官员，甚至有的还是现任政府官员。比如，2013 年年初，中日钓鱼岛问题进入白热化阶段时，日本外务省时任中国课课长的石川浩司就从东京直接飞来香港参加对话；2007 年年中，中美知识产权纠纷被“热炒”之际，我邀请了美国驻华大使馆知识产权专员与中国知识产权学者展开对话。2011 年，我在新加坡参加“香格里拉对话”（由伦敦国际战略研究所主办的亚太安全峰会）期间，甚至还邀请了解放军现役少将朱成虎，直接用英语与美国国防部前部长科恩和其他美方人士，就中美军事关系、美台军售和中美海洋冲突等问题展开对话。每一次对话的前期筹备和沟通都充满曲折甚至风险，以后有时间当专门写书向读者报告。

但邀请张燕生的过程十分顺利。当我给张燕生打电话时，电话那一端的声音冷静、沉着、友善，一如后来见面时他带给我的印象。由于身份特殊，而且此次又是在电视中公开与美方人士对话，他说要报备一下。两天后，当我再致电他时，他说报备一切顺利，没有问题。

与美国商务部前副部长的对话节目进行得很顺利。美方人士事后称，张燕生“十分冷静、专业、友善”，这与张燕生带给我的第一印象颇为吻合。由于这一次的合作，我与张燕生建立了不错的工作和私人关系。2007 年 11 月，我应邀到日本大阪参加一次中日经贸会议，正好张燕生也在，我还应他之邀，一起到日本关西大学做了一次演讲，彼此都感觉十分愉快。

改革开放以来，中国经济保持了 30 多年的高速增长，然而未来中国经济高速增长的态势还能持续多久？增长速度放缓将在什么时间点出现？经济增速回落将带来哪些挑战？对此中国经济界存在各种不同看法。中国著名经济学家、世界银行副行长林毅夫预计，中国经济可以再保持 20 年的高速增长；但也有人认为，未来几年中国经济增长将会回落，平稳转入中速增长。另外有人则认为，经济回落中会出现较大问题，但不必太担心，走一步看一步，到时候再说。

中国国务院发展研究中心副主任刘世锦最近在接受媒体访问时表示，根据国务院发展研究中心课题组的初步研究结论，中国经济将在 2015 年前后进入增长速度回落期，经济的潜在增长率将可能下一个较大台阶，由近些年的 10% 以上的增长率下调至 7% 左右，30 多年来，经济高速增长所依托的基本面因素将发生重要调整和重新组合，如果继续维持既有的增长模式或发展方式，在经济增速下台阶时，中国经济将面临严峻挑战，引发某种形式和某种程度的财政金融危机乃至社会动荡，在较长时间内难以回到稳定增长的轨道。

下面是我与张燕生、迟福林的对话。

邱震海：中国经济未来到底是像林毅夫所说的那样，继续增长 20 年毫无问题；还是像刘世锦认为的那样，2015 年就会回落？2015 年距离现在只有三年多的时间，到底如何看这个问题？

张燕生：实际来讲，我确实是提出了一个2016年猜想，这建立在国际货币基金组织的一个预测，其在今年4月世界经济报告中的预测是2016年有可能会成为中国世纪的元年，也就在这个时候，在大国的排位中，中国可能会往上再提升一步。在这个问题上，我自己一直在思考一个问题，就是中国在什么情况下可能实现弯道超车，在什么情况下可能会出现弯道减速甚至弯道刹车？

目前对中国经济来讲，最困扰我们的问题实际上就是中国的各项成本都在快速上升，包括劳动力成本、土地成本、环境成本，以及人民币汇率和资金的财务成本。这些成本的上升，意味着和我们的竞争对手相比，我们越来越贵，而这个趋势如果再持续五至八年，也就是如果持续到2015年、2016年前后，我们的成本可能比我们竞争对手的成本更贵。在这种情况下，支撑我们前30年快速发展的低成本竞争优势恐怕就要告一段落。

目前我们遇到的最大挑战就是传统竞争优势在快速失去，而新竞争优势形成的增长速率却比较慢，因此在旧优势缺失的情况下，如果新优势没有形成，我们的经济就可能会出现一个减速甚至调整期。

邱震海：我大胆地来揣摩，您对于中国在2015年到2016年之前会形成一种新的技术竞争优势似乎不太乐观，是这样吗？

张燕生：我们现在遇到的最大问题是，根据我的调查研究和我们的学术研究，传统竞争优势下降的速率明显快于新竞争优势上升的速率，在这种情况下，未来的五年对中国来讲是一个供给结构转型升级调整的关键时期。因此，这方面中国从上到下都应该高度重视。

邱震海：燕生兄是作为一个经济学家，从内部的结构视角提出中国未来非常严重的结构性问题。有关这个问题，在海南现场参与讨论的是迟福林先生。您好迟院长，您同意刚才张燕生先生的观点吗？2015年到2016年是中国经济的一个坎？

迟福林：我今年出的一本书叫《历史转型的十二五》，从经济增速来说，从今年开始，大概应该在9%左右，或者9%多一点，所以我倒不认为到了2015年、2016年中国经济才是一个坎。从现在看，经济在达到两位数的增长时已经出现了困难。关键问题在于中国的需求结构或者市场潜力是巨大的，所以未来五年，不取决于增长速度到底会如何，而取决于整个发展方向的转变，我把它称为一个历史性转型。如果我们能够从一个投资生产大国初步转型为一个消费大国，中国再保持10年、20年8%~9%的增长，这个基础是存在的。问题取决于我们能不能够在发展方式转变上取得一个历史性的突破。

邱震海：坦率地讲，对于未来几年，中国发展方式的转变能否成功，您有信心吗？

迟福林：这里有几个数字。第一，消费率从现在的48%左右能不能提到50%以上，或者达到52%~53%。第二，城市化率能不能从现在的48%、49%也提高到50%以上。我想，只要经过努力，这个基本目标是可以达到的，如果这两个基本数字能达到，中国的消费潜力就会释放出来，就会形成一个推动中国经济增长的新动力。

出口不行了，但是我们靠消费拉动的这样一个增长方式开始出现了。所以，如果消费率和城市化率形成了，我认为这是更基础层面的发展，在它的带动下，技术创新才会有一个更重要的来源。

张燕生：实际上，在过去的30多年里，我们有三个支柱是非常关键的。第一个就是外向型模式，出口导向和招商引资在经济中发挥了重要作用。第二个叫不平衡发展战略，也就是先让少数人富起来，再走向共同富裕。第三个是先把经济建设搞上去，然后再实现经济建设、社会发展和环境保护的统筹协调发展。因此，能否成功实现转型，能否形成新的竞争优势，关键就在于两个因素。一是转变体制机制，建立一个更加规范、成熟、法治的经济管理体制；二是转变经济战略，从外向型战略转为经济国际化战略，从不平衡战略转为平衡战略，然后从简单模仿和低端加工制造战略转为真正靠创新驱动的战略。如果能在这两个方面有所突破，进一步地深化改革开放，那么我们就有可能实现弯道超车。

邱震海：燕生提出未来五年要完成经济结构的转变，要有体制，要有战略，但是坦率来讲，体制和战略不是三五年能够完成的事情。对此，迟院长您乐观吗？

迟福林：说得非常对，我赞成燕生这个基本观点，但是说未来的三到五年实现转弯跨越，恐怕有四个重大的挑战。

第一个，我们能不能从现在总量扩张型这样的增长模式初步向消费拉动型的增长模式转变，这恐怕取决于我们的收入分配改革能不能有个突破。

第二个，很重要的就在于政府主导型的增长模式向市场主导型的增长模式的转变。因为我们现在的出口行业的增长，其投资出口和政府主导型的增长方式直接相关联。

第三个，能不能实现从以总量为导向的中央地方关系向公共服务为中心的中央地方关系的转变。

第四个，更实质的就是国富优先还是民富优先。

如果在这个拐点，这四个方面能够有所突破或有所改变，战略也好，体制也好，初步形成追求公平可持续的导向，那么未来是乐观的。

邱震海：与中国经济增长回落这个过程同时发生的还有另外一个过程，那就是中国的社会矛盾。坦率地讲，中国的社会矛盾这几年在不断上升乃至有所激化。在中国经济出现回落之前，中国的社会矛盾能不能舒缓，我想这是我们大家非常关心的。有关这个问题我们在北京现场请出国家行政学院的丁元竹教授。如果中国经济出现一个增长回落或者拐弯、刹车，中国的社会矛盾会向何处发展？

丁元竹：如果经济出现回落，一些社会矛盾会凸显出来，主要表现在两个方面：一方面，经济回落的同时财政收入会有所减少，另外就业会受到很大影响，这两个问题是影响社会形势、社会稳定、社会秩序非常关键的问题。从“十五”到“十一五”，我们在建立社会保障体系，包括医疗保障、医疗保险、养老保险等方面，做了非常多的工作，经济的高速增长、财政收入的大大提高推动了这个领域的发展。经济出现回落，会对已经建立起来的和正在建立的社会保障体系产生很大影响。另一方面，我想是不是可以换一个角度看这个问题，就是这些年在经济发展的同时，从十五开始，政府在社会领域，在社会组织的建设、社会体制的改革方面也做了很多工作。特别是今年以来，各地在这方面也做了很多工作，这些对于预防经济回落时期可能出现的社会矛盾会有很重要的作用。

邱震海：到底是我们所做的工作届时可能会舒缓社会矛盾，还是届时我们难以舒缓社会矛盾，您的前瞻性预测是什么？

丁元竹：我认为是可以舒缓社会矛盾的，因为从现在的整个工作重点尤其是“十二五”的工作重点来看，把人力资源、社会资金等投入到社会领域，对于舒缓这些矛盾是非常重要的。

迟福林：讨论社会矛盾的时候，恐怕我们有两个大前提。第一，中国现在社会的阶段性特征特别突出，过去解决老百姓温饱问题是一个主要矛盾，现在人的发展尤其人的住所的发展成为一个突出的矛盾。第二，社会矛盾的变化特别明显。过去私人产品如吃饭穿衣等的短缺是突出矛盾，现在教育、医疗、住房等公共产品的短缺成为一个突出的社会矛盾。在这个背景下，问题的解决在于能不能满足老百姓的需求，能不能通过公共需求的变化，把公共产品的供给和服务解决得好一点，让公共产品的供给和服务以及经济转型、社会转型紧密结合在一起。所以，我的看法是，不在于经济增长的速度到了8%左右会出现多大矛盾，而在于经济转型、社会转型能不能紧密结合在一起。我们的社会矛盾、社会问题确实比较严重和突出，但是又不能够夸大它，只要经济转型、社会转型能够紧密结合在一起，满足社会公共需求，就可以在很大程度上缓解这种社会矛盾、社会风险。

张燕生：首先来讲，我们说在未来五年左右的时间里，如果中国经济增长的速度明显减缓，相信今后我们所面临的社会矛盾、经济矛盾以及其他各方面的矛盾会非常突出。

今天我们应该问自己，我们的社会公平、扩大内需、绿色转型、缩小贫富差距、鼓励创新和产业结构的转型升级等所有这些问题，对于未来的五年来讲，哪一个是牛鼻子，哪一个是未来最关键的？我个人还是认为所有因素中，供给转型升级最重要，也就是能够继续保持经济快速稳定持续的增长是最重要的。正如刚才我们所讲到的，目前最大的问题也就是未来的五年中，企业低成本优势告一段落，如果新的竞争优势不能形成，我们就一定会减速，如果当时减速，就一定会导致失业的增长和企业破产、停产、转产的增加，进而导致竞争对手施加给我们的竞争威胁越来越尖锐，社会矛盾、绿色转型和扩大内需等所有矛盾会集中体现。因此我个人认为，目前供给端的转型升级是牛鼻子。

邱震海：如果把迟院长和燕生兄两位的观点做一个粗浅的总结，那么燕生兄还是主张相对来说速度更重要，迟院长则认为更重要的是结构调整。

迟福林：对，我的看法是关键在于转型，在现在保持两位数增长的情况下，我们看到高增长激发了很多社会矛盾，比如环境污染问题。在重化工业领域，地方政府主导型的重化工业的快速发展对环境污染所引发的社会矛盾是在增加而不是在缩小，在很多重化工业领域，就业不是在增加，而是在减少。所以，快速增长下积累的社会矛盾、社会风险我们现在一定要看到。我想，这更根本的是一个发展方式问题，现在老百姓的公共需求变了，更多地需要教育、医疗、就业、收入分配、住房保障，重要的是满足或者适应需求变化的供给。

邱震海：未来五年或者三到五年，中国社会在及时舒缓社会矛盾和结构的调整方面孰轻孰重，我们来听听丁教授作为社会学家的观点。

丁元竹：我从 1998 年开始进行中国社会形势、社会秩序、社会稳定的研究，其中收入分配、下岗失业、劳资关系等都是长期困扰社会的矛盾和问题，这些问题有时候非常尖锐，在经济高速发展时期也表现得非常尖锐。例如，从 2013 年 5 月到现在，社会上存在很多尖锐的矛盾，包括拆迁引发的自焚和群体事件等，这实际上跟个别地方的经济加速扩张有很大关联。所以，我觉得增长非常重要，没有增长就没有财政基础来支持改善民生、提供公共服务。但是如何在增长过程中处理好这些矛盾，如何更加和谐地解决增长过程中农村的征地、城市的房屋拆迁以及劳资关系等，这又是另外一个问题。

我觉得这不能简单地和经济增长混在一起谈，要区别对待，这是两个不同的问题。在这个意义上，我认为，今后五年不仅应该把社会建设、社会管理、社会服务作为我们解决社会矛盾的方法，也应将其作为一项非常重要的制度建设来推进，这是非常重要的。

邱震海：那么未来三到五年，无论是中国的经济发展还是社会管理，要保持一个长期平稳的过渡和发展，到底有哪些可以操作的良方？

张燕生：首先来讲，我觉得速度背后是调结构，调结构现在有什么矛盾呢？

一方面，我们今年的工作重点是要稳物价。稳物价和调结构哪个更重要呢？我认为结构最重要。那么怎么能够实现它呢？那就是我们在稳物价、紧货币的时候，应对调结构的钱不能差。解决社会发展是一个成本增长型的活动，那么成本增加型的活动和调结构之间应该怎么平衡呢？我个人认为，社会发展很重要，但一定要在调结构的基础上不断改善民生。

另一方面，扩大内需很重要，因为我们的供给要调整为适应需求发展的结构。实际上，需求管理政策应该让位于供给管理政策，也就是说，供应管理政策包括大幅减税政策对调结构是非常重要的。

此外，绿色转型和调结构又是什么关系呢？绿色转型也是成本增加型的活动。而成本增加型的活动要在一个更有效率的结构基础上来实现，因此我们会发现，各种矛盾最有效的化解方法是调结构。所谓调结构，就是把我们的供给结构调到一个更有效率的基础上，在未来的五年，应该在调结构这个方面打下良好的基础。因此，我认为这是我们下一步工作的重中之重。

邱震海：我们听一下迟院长的意见。迟院长，您同意刚才燕生的意见吗？另外，您的药方是什么？

迟福林：我的药方重点是开反腐药。

第一，把拉动消费作为最大的结构调整，未来的三到五年中国的最终消费率应该从现在的48%提到52%左右，或者52%以上。居民消费率应该从现在的35%提高15个点，达到50%以上，初步形成消费主导的格局。拉动消费应该成为中国最大的结构调整，也是社会转型、经济转型中一个最重要的问题。

第二，收入分配改革和财税体制改革需要有个课题，而且要尽快出台。目前的这种收入分配状态应该逐步有所扭转。财税体制改革方面，财政收入常年成倍于 GDP 增长的局面需要改变，这样才能够形成或者初步形成民富优先的发展导向。

第三，重要的是确立以公共服务为中心的政府转型，如果这样的政府转型没有突破，很多问题是难以解决的。

邱震海：好，我们再听听社会学家丁元竹教授的意见，丁先生，从舒缓社会矛盾的角度，您觉得刚才两位经济学家所开的这些药方是不是足以在未来三到五年中舒缓社会矛盾，还是您有另外的药方？

丁元竹：我觉得他们开的药方非常好，但是我也有自己的药方。这就是一个药方三味药。

第一点，我觉得，在经济出现低迷、经济发展速度减缓的情况下，要应对社会矛盾，首先应该对社会风险进行管理。社会风险首先来源于它的风险群体，如低收入群体、弱势群体、边远地区人群，这些群体在经济发展出现困难的时候是最要关注的，要保证他们的基本权利和基本生活条件。因此，推进公共服务体系建设、完善基本公共服务的均等化体系尤其重要。

第二点，在社会矛盾比较多、社会秩序出现问题的时候，使群体与群体之间、社会与政府之间加强沟通，加强了解，建立这样的一个机制，也是非常关键的。尤其是要让老百姓参与到一些涉及他们自身利益的决策过程中。从我个人最近一年来对各界的调研看，这对于缓解矛盾非常关键。有些矛盾本来是很简单的，但是由于缺乏沟通和了解，矛盾往往会激化，所以要建立一个沟通机制。

第三点，需要建立一个合理的利益机制。这就涉及中共十七届五中全会加强顶层设计的社会体制改革。对于社会体制改革，我认为最核心的有两个问题。第一个问题是利益关系的调整，应该向建立一个合理利益关系的方向调整，对于这个合理的利益关系，我同意迟院长刚才讲的，包括收入分配、中央和地方的关系和财税体制的改革。但是我个人认为，“十二五”时期要完全完成财税体制改革可能还是有困难的。第二个问题是建立一个合理的社会体制，要解决好一些涉及公众利益的公共事务，这个也非常重要。我觉得，十二五时期把这些问题解决好很关键。

邱震海：从善良的愿望出发，我们真的希望“2015 或 2016 年中国经济将会出现回落”是一个伪命题。然而我们不能因为它有可能成为伪命题就忽略它会成为一个现实命题的可能性。无论如何，未来三到五年，中国如何处理经济增长放缓以及社会矛盾上升的问题，我想这是我们面临的一个非常巨大的挑战。

也许你会认为我们今天提出的命题是杞人忧天的，然而坦率地讲，未来三到五年中国经济会不会回落，以及中国经济一旦回落，现有阶段不断上升的社会矛盾会不会继续激化，这确实是非常需要我们严肃讨论的问题。从这个意义上说，也许我们不是杞人忧天，而是未雨绸缪。

三、中国经济放缓：窗口期已提前来临

根据国务院发展研究中心副主任刘世锦的研究结果，2015 年前后将是中国经济增长放缓的窗口期。什么是窗口期？这本是一个源自医学领域的术语，并首先来自对艾滋病毒的检测。

有关艾滋病毒的常识告诉我们，多数人在感染艾滋病毒后有 3～12 周的“窗口期”，在此期间，人体仍在产生艾滋病毒抗体，但这些抗体尚无法测出，只能通过核酸检测确认病毒感染。这最初的感染期感染性最强。三个月后，即在感染者体内产生足够抗体后，应进行复检，以证实初检结果。

以此类推，所谓经济放缓的窗口期，应该是指经济增长速度开始放缓，但还没有实质性显现，或还没有被人们实质性地感受到。就像本书前面提到的“刘易斯拐点”（亦即劳动力无限供应出现拐点），按照学者们的分析，这其实早在 2004 年就已经在中国出现，只不过当时大多数企业或家庭并没有感受到；而等到大多数人发现民工春运后不回来时，则似乎已是 2008 年的事了。因此，2004—2008 年可称为中国劳动力减少的窗口期。

2011 年前后，学者们研究的初步结论是：至 2015 年前后，也就是“十二五”末、“十三五”初，中国将进入增长速度回落的窗口期，经济的潜在增长率将可能下一个较大台阶，由近些年的 10%以上的增长率下调至 7%左右。增长速度下降将伴随着增长动力和经济结构的实质性改变，并可能带来某些难以预料的挑战，从而对发展方式的转变提出包括时间上的紧迫要求。

学者们在研究了日本、韩国等国的经济发展历程后得出结论，在高速增长期后增长率下台阶是一个规律性现象，这一现象往往具有以下特点：

第一，经济增长率通常在人均 GDP 达到 11000 国际元左右时下台阶，从高速增长阶段过渡到中速增长阶段，增长率下降幅度约 30%~40%。

第二，在经济增长率下台阶前后，产业结构会发生重大变化。在下台阶以前的高速增长期，工业产出比重持续上升并保持在较高水平；而下台阶后伴随的往往是工业产出比重下降，服务业比重则相应上升。

第三，在经济增长率下台阶前后，总需求中投资与消费结构也会发生显著变动。在下台阶之前的高速增长期，投资比重持续上升；下台阶后，投资比重随之下降，消费比重相应上升。

第四，经济增长率下台阶前后，城市化推进速度也会相应变化。经济高速增长伴随着城市化的快速推进，而经济增长率下台阶后城市化进程也将逐渐放缓。

日、韩等成功实现追赶的工业化国家的经验表明，转入中速增长阶段并不仅仅是增长速度的改变，更重要的是经济结构的大幅度变动，即工业主导逐步转为服务业主导；相应地，投资比重下降，消费在需求增长中的份额上升；经济增长逐步进入以创新和服务为主驱动的轨道。在这个调整过程中，人均 GDP 仍然保持较为稳定的增长态势。

其实这几年以来，经济学家们谈论比较多的另一个名词是“中等收入陷阱”，其大意也与这一结论基本吻合。“中等收入陷阱”的概念来自世界银行《东亚经济发展报告（2006）》。这份报告首次提出了“中等收入陷阱”（Middle Income Trap）的概念，其基本含义是：鲜有中等收入的经济体成功地跻身为高收入国家，这些国家往往陷入经济增长的停滞期，既无法在工资方面与低收入国家竞争，又无法在尖端技术研制方面与富裕国家竞争。

报告指出，一个经济体从中等收入向高收入迈进的过程中，既不能重复同时又难以摆脱以往由低收入进入中等收入的发展模式，很容易出现经济增长的停滞和徘徊，人均国民收入难以突破一万美元。进入这个时期，经济快速发展时期积累的矛盾集中爆发，原有的增长机制和发展模式无法有效应对由此形成的系统性风险，经济增长容易出现大幅波动或陷入停滞。大部分国家则长期在中等收入阶段徘徊，迟迟不能进入高收入国家行列。

“中等收入陷阱”发生的原因主要是低端制造业转型失败，低端制造业可以带来中等收入，但是伴随而来的污染、低质、低价都是恶性循环。低端制造改为高端制造是完全靠高科技实现的，而高科技不是仅仅几十年就能追赶到的。

“中等收入陷阱”的标准各不相同，有的版本说人均生产总值 3000 美元以上就标志着进入这一门槛，也有版本说 5000～15000 美元之间才是“中等收入陷阱”的区间。按照世界银行的标准，2012 年我国人均国内生产总值达到 6100 美元，已经进入收入中等偏上国家的行列。当今世界上的绝大多数国家是发展中国家，都存在所谓的“中等收入陷阱”问题。巴西、阿根廷、墨西哥、智利、马来西亚等，在 20 世纪 70 年代均进入了中等收入国家行列，但直到 2007 年，这些国家仍然挣扎在人均 GDP 3000~5000 美元的发展阶段，并且见不到增长的动力和希望。

但也有学者对“中等收入陷阱”的说法存有严重质疑。

2012 年 12 月，中共“十八大”后处于“小阳春”中的北京城，一个由凤凰网主办的“凤凰财经高峰论坛”正在举行。峰会上财经大腕云集，最引人注目的还是厉以宁。我是那次峰会的主持人，因此与厉以宁有了比较近距离的接触。

厉以宁在中国过去 30 多年的改革历程中一直是一位风云人物，也是一个富有争议的经济学家。但近年来，围绕厉以宁的争论似乎在逐渐减少。这是否与厉以宁有几个身为政治局常委的学生有关，我们不得而知。厉以宁依然在各地频繁发表各种观点，尤其是在进一步改革和城镇化发展的方向问题上。

在那次的“凤凰财经高峰论坛”上，厉以宁以其主旨演讲为论坛揭开序幕。他的主旨演讲的具体内容我已记不得了，但给我最深印象的还是他对“中等收入陷阱”说法的尖锐批评。

“所谓的‘中等收入陷阱’是一种误导人的说法。”厉以宁的评价单刀直入，直观犀利。

厉以宁说：“一个经济体在低收入阶段有发展陷阱；当其进入高收入阶段的时候，也会存在陷阱。只要是不发展，或缺乏发展的动力，在任何一个发展阶段都会出现陷阱。所谓的发展陷阱，并不是中等收入阶段独有的现象。因此，我们要探讨的不是有没有‘中等收入陷阱’，而是如何继续发展、如何不断探寻经济增长的动力和改革的源泉。”

必须承认，我十分钦佩厉以宁对改革的执著和坚持。上面摘录的他的发言只是我凭记忆所记，并不能完全反映他当时发言的全部精神。但从这短短几句话中我们就可以体会到厉以宁对改革的坚持和对找到持续发展动力的执著。

然而一个经济体进入中等收入阶段后，可能面临持续发展动力的缺乏，或面临继续转型的压力，这毕竟是迄今可以观察到的规律，或至少是其他经济体迄今已经历过的弯路。既然是规律性的东西，就有必要认真对待，仔细研究，并努力规避可能出现的风险，而非一味以否认来回避。

虽然如此，我对厉以宁还是怀有一份深深的敬意。他是中国市场化道路上不可多得的几个既具有清醒意识和长远眼光，又具有足够胆识说出真话的学者之一。2013 年 10 月 4 日，他在中央人民广播电台主办的“中国经济十月谈”报告会上，以《改革谈：大国经济该从哪里升级？》为主题发表了演讲。厉以宁在报告中提出，中国改革是从产权改革开始，但到现在为止，产权改革并没有结束，主要表现在农民还没有成为市场主体。“农民没有成为市场主体，中国经济怎么能发展起来呢？”厉以宁的发问犀利、简单而又直接。

厉以宁在演讲中坦言，当前的中国正处在双重转型阶段：一是由农业社会向工业社会转型，亦即转向现代社会；二是从社会主义计划经济转为社会主义市场经济体制。双重转型是交叠在一起的。虽然厉以宁给今天正在转型的市场经济加上了一个很大的定语，但他对于中国双重转型的认识是很到位的。

其实说起来，这都是一些常识性的东西。但在今天的中国，要认识到常识，或者将认识到的常识性东西说出来，并加以积极推进，有时又是需要一些努力和周折的。否则我们就无法解释为什么我们的改革始终举步维艰，为什么我们纠错的成本往往高于改革的成本，甚至高于改革带来的收益。

说到这里，我必须再重申一下一段时间以来我反复重申的观点：今天的中国，似乎正在同时做着三件事情：一是现代化进程的推进，也就是从农业社会向现代工业社会的转型，这个转型其实最早从洋务运动和民国时代就已经开始了；二是改革，亦即从计划经济向市场经济的转型；三是纠错，不断纠正我们在改革进程中犯下的错误，这也正是我说的纠错成本有时高于改革收益的地方。一个很简单的道理：如果当时不建立那些荒唐的东西，今天我们还需要花那么大力气去改吗？如果我们在改革的早年头脑清醒一点，走一步看两步、三步甚至四步，今天还需要花这么大的成本来纠错吗？

最关键的一点是，今天我们往往还在做着第四件更为荒唐的事情，那就是继续犯错。虽然犯错对任何人来说都难以避免，然而我们经常犯的都是一些常识性的错误，或者常常是在没有将事物的前因后果思考通透时就开始盲目行动，用今天的时髦话来说就是缺乏顶层设计。

试想，20 世纪 90 年代末在开始住房、医疗等改革的时候，如果决策者周围的智囊们不但能看到市场化“灵丹妙药”般的效力，同时也能重视和提升政府保障的部分，那么后来的住房、医疗改革就不会那么走火入魔，今天我们在改革住房、医疗等问题上需走的弯路就不会那么多，就更不会出现前些年在房价调控问题上人们看到的那些荒唐和“忽悠”的事情了。

所有这些都是缺乏常识带来的后果，也是改革缺乏顶层设计带来的后果。这些后果加起来带给我们的结果就是：我们一直在弯路重重中“折腾”，我们所花费的纠错成本，本可以让我们取得更大的成就。

因此，未来几年的路，我们要走得更为稳健才对。

上面的一大段言论显然有点扯远了，但对于帮助我们看清未来若干年的形势，这些话恐怕并非是完全多余的。

值得注意的是，上面提到的关于 2015 年中国经济可能进入下行窗口期的说法，是学者们 2011 年的研究成果。当时学者们认为，中国经济的下行窗口期将在 2015 年前后来临。在 2011 年，这一观点作为警世之言已经十分犀利，也足够引起人们的重视。

遗憾的是，这一观点在 2011 年的中国似乎并没有引起很强烈的关注和重视。当时的国人基本上还沉浸在经济持续高速增长的氛围之中；如果说有烦恼，也只是被房价的疯涨以及随之而来的超严厉的调控措施，搞得有点不知所措而已。

而今天回首再来看这个观点时却会发现，这个观点显然已经过于保守。其实，从 2012 年第一季度开始，随着中国经济开始“风雨飘摇”——忽高忽低，忽好忽坏，中国经济实际上已经进入下行的窗口期。

至于这个窗口期将持续多长时间，人们目前还不得而知。很有可能的是当 2015—2016 年来临的时候，中国经济将进入实质下行的阶段，而至于这一实质下行期又将持续多长时间，目前人们也不得而知。

但值得注意的是，学者们的研究显示，其他发达国家的历程表明，当人均 GDP 达到 10000 美元左右时，经济将进入下行调整期，而这一调整期必将伴随一系列经济结构和规律的调整。首先，调整前工业在经济结构中占重要比重的局面，让位于调整后服务业上升的局面；其次，调整前投资、出口占重要比重的局面，将被调整后消费占重要比重的局面所取代。

换言之，当经济下行来临时，一个经济结构的调整过程也将同时展开；经济下行期结束时，也将是经济结构调整结束的时候。以这一眼光来看，你阅读本书的此刻，中国经济的结构性调整就必须已经开始，消费必须在经济结构中逐渐占据主导地位，同时，服务业在经济结构中的比重必须开始大幅上升。

但要做到这一切，现阶段可能吗？

四、供应面：中国将面临 20 年危机？

我之所以提出这一疑问，是因为“调结构”是历届中国政府提出的口号和目标，但时至今日仍然没有实现，以致出现了本书第一章所描述的那些情景。中国经济在 2013 年第三季度因投资拉动而出现的种种现象，也无不折射了这一点。

其间的原因自然是多方面的。但过去若干年，中国在经济结构方面还可以“等”，因为众多的其他因素还比较有利于经济的向前发展，比如各种生产要素的价格还比较低廉，比如人口红利还依然存在；最主要的是，中国的经济依然还在上行的跑道上，而只要中国经济还在上行跑道上，即使问题众多，总还可以拖延，或者拖延了也不致引起很大的麻烦。

但未来几年，这一切条件都将急速消失。

首先，如前所述，中国经济下行的窗口期从 2013 年已经开始显现，未来几年可能进入实质性下降的阶段，而这很可能发生在 2015—2016 年。这也就是被张燕生称为“2016 年猜想”的那个“谜团”。

其次，如前面几个小节所述，中国经济高速发展多年来依赖的人口红利，最迟从 2015 年开始将大幅消失。而按照前面提到的有的经济学家比喻的“小鸡鸡理论”，人口红利一旦消失，就至少需要 18—20 年的时间才能重新找回来。

换言之，从 2015 年到 2035 年的这 20 年里，中国必须在没有人口红利的情况下找到其经济下一轮持续高速发展的动力。

这个动力到底是什么？

前面提到的经济学家林毅夫曾有一个振奋人心的观点：中国未来还有 20 年经济增长率在 8%以上的经济增长时间。与此同时，林毅夫的另一个引起争议而后来也被事实证明不无道理的观点是：中国经济在未来相当长的时间里仍将依靠投资来拉动；中国经济面临的不是是否需要投资拉动的问题，而是投资不能过度的问题。

但这个观点一直没能佐证的是：到底什么才是中国未来 20 年经济持续增长的真正动力？

本书第一章提到，一些经济学者经常讨论中国经济未来长远发展的前景，但唯独缺少对改革难题的客观分析。作为一个正在转型中的经济体，中国经济的潜力无疑是巨大的，这只要看一下还有多少农民需要在城镇化过程中被转化为市民就可以一清二楚。但问题是：通往这一愿景的道路十分漫长，其间布满了地雷和荆棘；如何排除这些地雷和荆棘才是现阶段应该认真探讨的问题。

讨论进展到这一步，似乎我们的问题已经基本找到了答案，那就是：继续改革。十八届三中全会提出的各种改革思路似乎已经证明了这一点。

然而我们再继续问一下：究竟什么才是中国经济未来长远发展的终极动力？说到改革，今天的中国亟须纲举目张，举一反三。然而究竟什么样的改革是“纲”，什么样的改革是“目”？什么样的改革只是“桥梁”，或只是“框架”，而什么样的改革才是“桥”上跑的“车”，或是“框架”里的实质性内涵？

今天中国经济、社会面临的问题很多，也很复杂，用我前面的话来说，是所谓的“良性综合征”。就经济问题而言，无论是房地产泡沫、地方债、产能过剩、国进民退，还是“三驾马车”的结构始终调不过来，无疑都是中国经济的深层次问题。解决这些问题的“药方”也很多，十八届三中全会提出的财税改革、土地改革、金融市场化、垄断改革、国有资产改革等，方方面面都是有效的切入口。

然而“良性综合征”的特点就在于：每一个切入口都是有效的，但都可能“只见树木，不见森林”，并可能导致不良后遗症的出现。因此，中国经济需要找到一个或几个改革的核心切入口，以此纲举目张，举一反三。

五、未来三年：中国社会风险不容低估

未来三年，中国到底会发生什么？这是一个大家十分好奇，也十分急迫想知道的问题。

做电视新闻这一行业的，离不开重大或突发新闻这个特殊的新闻类型。什么是重大突发新闻？虽然互联网已经非常发达，以至于今天的大部分精英人士都已习惯于通过互联网而非电视获取资讯，但只要有突发新闻，大部分人还是习惯在第一时间打开电视机。

从广义上说，所谓的重大新闻无非有两种：一种是不可预知的、突发的，另一种则是可预知的。前者如“911”恐怖袭击，后者如美国总统大选或中共“十八大”的召开。

因此，要了解未来三年中国到底会发生什么，也无非两方面的内容，一种是不可预知的、突发的事情，另一种则是可预知的。前者我们永远无法预知，所以一般我们谈的都是后面这个范畴里的东西。

其实，即便是可预知范畴里的东西，也可分成两个部分，一是我们知道必然要发生的事情，比如我们早就知道 2012 年下半年要召开中共“十八大”，我们现在也知道中共“十九大”将在 2017 年的下半年召开；另一种是我们大家并不一定清晰知道，但其发展脉络早已深嵌在我们日常生活的逻辑之中，只不过我们没有发现，或根本没有关注的事情。

我在本书的前面部分提到，2014—2017 年是中国社会十分关键的三年，中国经济、社会和政治的一些深层问题都将在这三年里从

深层浮上表层。

这一结论听上去似乎有点耸人听闻，但这是基于十分客观的分析得出的。2008 年年底，中国发行量最大的报纸《参考消息》请我写一篇年终专稿。当时的背景是：作为中国百年之梦象征的北京奥运结束了，在未来几年内，似乎没有可预期的重大事件发生，中国未来几年将何去何从成了许多人关心的问题。

我在那一年的年终专稿里写道：2008 年之后，中国下一个可预期的重大事件将是 2012 年秋天举行的中共“十八大”；这未来四年的时间，将是中国内政外交的盘整期。所谓盘整期，就是在没有大事发生的情况下，人们有闲暇和心情去处理一些原先因大事连连而无暇顾及的深层问题。但也许正是因为不用天天赶集般地处理大事，所以中国内政、外交的一些深层次问题将从深层浮上表层。

应该说，我当时的这一预测更多的是基于直觉，而非逻辑的演绎和推断。然而从 2009 年开始出现的一连串现象显示，我的这一预言在某种程度上得到了应验：在外交上，中国与周边国家的矛盾和冲突开始上升；在内政上，由于改革进入深水区，因此经济、社会矛盾日益显现，政治权力对经济生活的介入直接导致腐败日益严重和人民幸福指数下降，各地层出不穷的社会稳定事件，以及富人“用脚投票”的移民浪潮，就是在这几年里发生的。

在 2013 年出版的《访与思——中国人成熟吗?》一书的最后我这样写道：“如果历史经常证明我对中国未来发展的预言，那也许将是我作为学者的‘荣幸’，但却是我们民族的悲哀；我更愿意看到的是，我的预言全部出错，而我们民族的强盛之路却走得日益稳健。”

我希望我们都能以这样一种心情和态度来看待 2014—2017 年中国可能出现的种种风险。这种种风险既体现在经济领域，也体现在社会乃至政治领域。

先从政治领域说起吧。2017 年，在中国的政治领域里，将发生一件重大的事情！

读到这里，也许你已开动脑筋，正在努力思考这个重大事件到底是什么；也许你觉得我正在危言耸听。无论如何，我还是要告诉你，这个即将来临的重大事件其实十分简单，我一说你就会立刻明白。

这个所谓的大事其实非常简单，那就是：2017 年秋天，中共十九大即将召开。从最近 20 年中共的运作情况来看，“十九大”不是换届之年，因此本不值得十分关注；但由于年龄的原因，“十八大”现任政治局常委中，除了习近平和李克强之外，将有五人离任，对一个由七人组成的常委班子而言，五人离任并由新人接替，某种意义上这与换届选举已经非常接近。

更重要的是，2012—2017 年是中国发展非常关键的五年；过去十年中，中国的经济和社会矛盾高度积累；恰好这个时候，中国经济面临放缓。如前所述，中国经济此轮放缓，究竟是周期性放缓还是结构性放缓，抑或两者兼而有之，将成为亟待未来一年解决的重大问题。因此，“十八大”上任的政治局常委班子面临的是一个异常复杂的局面，需要高瞻远瞩的思路，需要对中国问题切中要害的把握，也需要既有胆识又有谋略的政治技巧。现任班子的思路到了

2017 年将取得何种成效，其又如何与未来继任者的思路无缝衔接？都是 2017 年中国面临的考验。

在“十九大”召开之前，无论官方也好、民间也好，大家都要降低社会风险，降低经济下滑风险。然而社会风险能不能掌控得住，这一方面取决于经济问题，另一方面取决于社会的贫富差距和社会情绪。在这种情况下，多年中国政治生活的常识告诉人们，在这一重大衔接事件的前后，中国不能出现重大的不稳定因素，其中包括经济、社会的重大不稳定。所有可能产生重大不稳定的因素，都必须在未来三年里得到足够的化解或缓解。

但这种化解或缓解显然不能靠强力的压制，也不能继续依靠政府的高度介入，而是必须遵循其内在规律，用专业的手法而不是政治的手法，在未来三年里实现手到病除，妙手回春。

这实在知易行难，是一门操作难度极高的艺术。

其次再说说中国社会领域未来三年存在的风险。

2014 年到 2017 年这三年，中国经济会显现一些深层的问题。深层问题是什么？这就是中国经济下行势在必然。

经济结构的改革我们已经听了好几年，可是经济结构仍然改不过来。大家一定听说过基尼系数这个概念。未来三年的中国，必须高度关注基尼系数的发展及其可能产生的负面效应。

基尼系数（Gini Coefficient），是 20 世纪初意大利学者科拉多·基尼根据劳伦茨曲线所定义的判断收入分配公平程度的指标。基尼系数是比例数值，在 1 和 0 之间，在民众收入中，基尼系数最大为“1”，最小等于“0”。前者表示居民之间的收入分配绝对不平均（即所有收入都集中在一个人手里，其余的国民没有收入），而后者则表示居民之间的收入分配绝对平均，即人与人之间收入绝对平等，但这两种情况只在理论上出现。因此，基尼系数的实际数值只能介于 0~1 之间，基尼系数越小则收入分配越平均，基尼系数越大则收入分配越不平均。

中国有三个完全不同的基尼系数版本，分别出自官方、准官方和民间。

先看官方的版本。2013 年 1 月，国家统计局公布中国的基尼系数为 0.47，较 2009 年时的 0.49 有所下降。这里的背景是：自 2009 年以后，将近四年的时间里，官方没有公布过基尼系数的数据。当时学界的部分解读是，真实的原因可能是中国的基尼系数太高，不方便公布。但学界的这一解读在 2013 年 1 月似乎被推翻了——官方不但主动公布了基尼系数，而且其统计还显示，基尼系数较 2009 年时有所下降。无论从哪个角度看，这都是一个好消息。

对官方的这一动作，学者们的另一个解读是：2013 年 3 月的全国两会上，有可能要出台收入分配机制改革方案，国家统计局主动公布虽有缓和但依然高居不下的基尼系数，似乎是在为收入分配机制改革的方案鸣锣开道，做一个巧妙的铺垫。

然而 2013 年 3 月之后，人们失望了，因为收入分配机制的改革方案并没有出台。关于这一方案，多年来“只听楼梯响，不见人下来”，吊足了人们的胃口，也让人们一次一次地失望透顶。

于是，2013 年 1 月国家统计局公布的官方基尼系数版本，注定成了一个“跛脚的鸭子”，或者成了一个“虎头蛇尾的工程”……

然而，虽然官方已经对这个数值的公布做了许多温和的修饰，以大幅减低其可能引发的社会心理冲击，但仅就0.47这个数据本身而言，它已经踩到了世界银行关于基尼系数的三条红线之一。按照世界银行的标准，基尼系数只要达到0.4，就已经达到警戒线，亦即需要引起全社会的高度重视。

读到这里，你一定会问：世界银行的另外两条红线是什么？我告诉你，那是危机线和动乱线，分别是基尼系数的0.5和0.6。换言之，对世界银行来说，若一个地方的基尼系数达到0.5，那就是踩到了危机线；而若达到0.6，那就是踩到了动乱线，意味着社会有可能酝酿动乱的种子。

中国除了国家统计局的基尼系数标准版本之外（注：即便这一标准版本也已踩到了警戒线），还有另外两个版本分别踩到了危机线和动乱线。这两个版本分别是：中国社会科学院公布的0.52和西南财经大学公布的0.61。

当然，国家统计局、中国社科院和西南财经大学这三个不同机构所采用的调查样本有所不同，最后得出的结论自然也有所不同；从最官方的国家统计局到官方最高学术机构——中国社科院，再到具备完全民间色彩的西南财经大学，其统计结果也从温和到激烈一路上升。

但值得注意的是：这三个机构的调查中，即便是最温和的官方统计数据，也已达到了世界银行的警戒线。至于公众愿意相信哪一个版本，完全是公众自己的意愿，只是人们实在已经找不到低于警戒线以下的基尼系数版本了。

2012 年 12 月，寒冬中的北京却处处洋溢着提前到来的春意。中共“十八大”刚开完，而次年 3 月的“两会”尚未召开，我当时在我的节目里，将这四个多月的时间称为“中国改革的盘整期”。

2012 年的 12 月直至随后的 2013 年 1 月，后来被一些人士称为“小阳春”，原因就在于，那些早来的春意似乎让人们闻到了一丝改革的气息。2012 年 12 月的北京城，各类论坛原本就比较多，由于这股早到的春意，各种探索改革的论坛更是如雨后春笋般冒了出来。

那个月的中旬，我在北京主持了一个闭门的内部午餐会。到会的都是京城中一些大名鼎鼎的人物，有中央编译局副局长俞可平，学者吴稼祥、章立凡，也有共和国第一任宣传部长陆定一的长子、经济学家陆德。

在这个特殊的“小阳春”里，每个人的发言都很踊跃，而且尖锐。其他人说些什么，我当时说了些什么，我已记不太清了，而陆德那天所说的一句话却像一道闪电一般将我点醒了。他说：“未来三年，中国须高度重视基尼系数的缩小。由基尼系数所代表的贫富差距，在今天的中国已到了不容忽视，也不能再拖延的程度。若我们继续忽视这一点，那么到 2017 年，中国有可能会产生动乱。”

从陆德嘴里说出来的这最后两个字，让作为主持人的我吓了一跳。会议结束后，我和他在洗手间巧遇，就站在洗手间的门口探讨起这个问题。陆德向我详细解释了世界银行关于基尼系数的三个定义。这当然是陆德的一家之言，但这位敢于直言的“红二代”还是给我留下了深刻印象。

一个星期后，我就对陆德发出了到香港参加节目的邀请。又过了两个星期，陆德到达香港出席节目。我们一口气录制了两期在今天看来依然是十分开放、大胆的节目：《2013 年：中国改革到底能做到什么？》《未来十年路线图：前五年与后五年》。

我至今也忘不了，70 高龄的陆德在节目开始前认真准备的劲头。那是个老烟民，香港到处都禁烟的环境着实有点苦了他。为了他能在准备节目时痛痛快快地吸上几口，我们节目组的人在大冬天的时节里，一直陪他坐在阳台上。于是，他大口吸烟，我的女助手则在冷风里瑟瑟发抖。他不但谈经济，谈 2017 年的基尼系数风险，更多的是谈当今政治，谈过往历史，谈他的父亲——共和国第一位宣传部长、中共八大中央委员里唯一的正规大学毕业生，一个冒着巨大风险提出“新闻就是新近发生的事实的报道”“新闻的第一要义是真实”的知识分子。

而带给我最深印象的，依然是陆德关于 2017 年中国基尼系数的那个表述。

有些话，别人说可能有问题；但从陆德的嘴里说出来就很安全，也很让人听得进去。

第四章

创新+经济自由度：未来三年改革之魂

一、三中全会：万千宠爱下的弄潮儿

2013年11月9日，十八届三中全会在北京开幕。这一天，成了全国上下万众瞩目的一天；这次会议，也成了全国上下众望所归的一次会议。

其间的原因十分简单：这么多年，中国的改革始终在“急不得”和“等不得”之间左右徘徊，四处挣扎，前后躲藏，千呼万唤“不”出来。但在中国经济下行、社会矛盾激化的趋势下，改革再也不能瞻前顾后，左右徘徊，而必须如同中共高层所说的，有“啃硬骨头”和“壮士断腕”般的勇气。

但由于多年的拖延，改革已经成了积重难返之事，牵一发而动全身，尤其是各种利益集团导致改革阻力重重。但理性又告诉人们：如果继续拖延改革，那么中国未来几年的问题将更加积重难返。

一段时间以来，人们期待的改革领域很多，也很广：从金融改革、财税改革、土地改革，到户籍制度改革、国企改革，乃至打破垄断，对这些人们都有很多期望。

一段时间以来，随着十八届三中全会即将召开，尤其是随着官方智库递交的 383 改革方案的公布，不少精明的朋友纷纷在做着各种准备：

——准备买房的朋友们忽然安静下来，因为三中全会可能在房地产问题上有新的调整思路；

——一些原来不准备购买小产权房的朋友开始“蠢蠢欲动”了，因为无论是 383 改革方案还是之前的各种坊间消息都显示，随着土地改革的启动，集体土地可能入市交易，小产权房有望“转正”，因此此时入市正好是机会。

似乎谁都把宝压在了三中全会上，甚至将个人的投资机会和其他命运都压在了这一全会上。万千宠爱都洒向三中全会，三中全会承受得了吗？

然而，2013 年 11 月 9 日三中全会开幕前三天的晚上，来自北京方面却是一片静悄悄，官方媒体一片沉寂，令人感到有些寂寞。

那晚，倒是从广州传来喜讯：恒大俱乐部首次获得亚洲联赛冠军，从而洗刷了中国男足 24 年来在亚洲杯中未曾夺冠的耻辱。

随后的两天，北京官媒依然是一片静悄悄。直到 12 日晚上的 7 点整，大家才从央视《新闻联播》中获得最新的消息。这一切，似乎与我儿童时代，小伙伴们每当重大新闻发生，都等待“两报一刊”（即人民日报、解放军报和红旗杂志）社论发表时的那份心情，真有某种异曲同工之妙。

然而在这份万众瞩目却又姗姗来迟的时刻，人们似乎能读出中共最高领导人习近平在全会期间说的一句话："三中全会后，改革可能会遇到很多思想观念上的阻力。"

……

十八届三中全会结束后的第三天，温元凯和蔡霞出现在我的节目里。

提起温元凯，现在35岁甚至40岁以下的人可能都觉得非常陌生。但对于今天50岁左右的人来说，这曾经是一个如雷贯耳的名字。

温元凯，20世纪80年代中国改革中的几大风云人物之一。70年代末，当他还是中国科大一个名不见经传的年轻教师时，就利用一次与中央领导见面的机会，勇敢提出了恢复高考的建议。这一建议很快被采纳，旋即神州大地出现一股"高考热"。"文革"10年中被耽误的优秀人才，都在那一年里找到了希望之门。恢复高考，温元凯为中国最早的改革立下了不可磨灭的功劳。

1978年3月，全国科学大会召开；1978年年底，十一届三中全会召开。这之后，中国迎来了整整十年的黄金发展期。用1991年上海《解放日报》"皇甫平"文章的作者之一周瑞金先生的话来说，20世纪80年代，那是一个"牧歌般行进的年代"。

想象一下，牧歌般行进，那是一种怎样的氛围和感觉？那是一种虽然贫穷、寂寞，却对未来生活充满憧憬和希望的氛围。温元凯就是那个如牧歌般行进的年代里的一个"弄潮儿"和"第一个吃螃蟹的人"。

将近 30 年后的今天，从已 60 多岁的温元凯身上依然能够感受到当年的那种朝气、理想和激情。温元凯的谈话一定不是从微观入手，而是从宏大的叙事着眼。2008 年 11 月纪念改革开放 30 周年时，我曾组织了一个系列的回顾、反思和探讨节目，高尚全、吴敬琏、江平、温元凯、刘永好、周瑞金，当年中国改革中的风云人物，一个接一个地在我的节目中登台亮相。温元凯的那份激情和理想色彩依然不减，给我留下了很深刻的印象。

这份激情、理想和朝气，从温元凯对三中全会的解读中也依然可以明显感觉到：

三中全会有亮点，提出了市场在资源配置中起决定性作用，并提出了一系列改革的思路。但从 5000 多字的公报中，我通篇没有找到‘打破垄断’的字眼。

温元凯还是 30 年前的那个温元凯，讲话一针见血，毫不留情。温元凯继续一针见血地指出：

三中全会最大的亮点是中共中央向全世界宣誓我们要全面深化改革，某种意义上这是 1978 年中国改革开放以来第一次比较全面地提出深化改革。但十八届三中全会还少了一点，就是少了一个像 1978 年改革开放时南京大学的讲师胡福明写的《实践是检验真理的标准》这样一篇文章，而当时《光明日报》能够刊登这样一篇文章，当时睿智而敏锐的胡耀邦能够抓住这篇文章，由此推动了一场全党的大讨论，推动了一场思想解放运动。就今天来讲，我认为中国如果要全面深化改革，一定需要再一次的思想解放运动，对此公报提到了一句，但是没有任何说明。

蔡霞，中共中央党校党建研究专家，一个对中国执政党转型深有研究的专家，主流媒体中经常可以见到她的各种见解。外表温柔的蔡霞一开口，犀利程度丝毫不亚于温元凯：

我感觉，执政党一方面是想努力往前走，但另一方面我可以预想，将来会遇到很多困难，一个是既得利益对改革的冀盼、阻挠，这个力量我自己感觉不小，所以在某些方面讲到推进改革的时候，有些语言是不那么明确的……我赞成温教授所讲的，全党需要来一个大力度的思想解放，但是1978年十一届三中全会前后，因为整个党要开启一个新的历史时代，所以必须要有一个大力的全党思想解放来推开大门。现在是在前面35年改革的基础上再往前走，而且在前面的改革发展中积累了很多矛盾和问题，在一定程度上讲，现在的局面可能相当复杂，所以希望是加强中央控制权威，在中央控制、执政党主导的前提下推进国家的发展，这在一定程度上有利于改革有领导、有步骤地向前迈进。

温元凯继续发出警世之言：

千万不要小看和低估了今天全面深化改革最大的阻力，就是已经有一个庞大的既得利益集团，他们会非常顽强地对抗改革，因为改革将触犯他们的利益。而且我认为，在三中全会的公报中能够察觉到这种影响。……比如，它没有提打破国有垄断，这个垄断是当前一个很可怕的问题，而且你也可以看到很多央企、国企正在成为腐败分子和贪官的一个滋生地，这就和垄断非常有关系，我们十八届三中全会强调市场准入，要开放民营资本。那么怎么样务实？比如，民营企业为什么就不能开炼油厂？民营资本为什么就不能从事进出口石油的贸易？民营企业为什么就不能开加油站？如果这方面开放，我想我们的汽油价格会比现在低，汽油质量也会比今天好。这种开放就是啃硬骨头，但是我估计可能啃不动，所以我们要非常警惕，既得利益集团的“太极神功”是非常厉害的。

蔡霞说：

我同意刚才温教授的看法，打破垄断是市场健康发展的一个非常重要的关键问题，但是在整个三中全会的决定公报中，我没有看到这一点，这就反映了既得利益的势力是相当顽固的。确实温教授在这点上讲得很对，全国人民的利益实际上和打破垄断是有关系的，打破垄断直接来看是民间资本能否放开准入、能否平等参与竞争的问题，间接来看涉及全社会利益是否公平的问题。此外，还有很重要的一点就是，这些年来权和钱的勾结大都在垄断领域，垄断行业问题不断。所以我觉得，如果要素市场不能很好地建立起来，这个市场体系不能有一个比较好的法治规范，不能有个公开、公平、透明的竞争格局，那么钱权勾结、党内腐败还会源源不断。”

在蔡霞温柔的外表下潜藏着犀利和敏锐：

市场经济的活力源泉实际上是在民间，如果整个社会的发展活力和潜力能够充分施展出来，中国未来的发展是可期待的。如果仍然要坚持国有经济为主导，比如，对于现在垄断的行业和领域，表面上、文字上说可以放开，那种放开可能就是指民营资本可以有点股份进来，但是起主导和控制作用的还是国有资本，最后就会把这种本来是打破准入的界限变成国有资本变相吸纳民营资本的钱，让民营资本进来了，但是又把民营资本捆住了，变成了国有资本吸纳民营资本来壮大自己，所以在这个问题上还是有待于出台具体政策和措施。

温元凯说：

我们看数据，当前中国经济中非公有经济占GDP贡献的60%以上，占进出口贸易的70%以上，占安置新增就业人口的85%以上。我就不懂了，这为什么叫国有经济为主呢？我认为，党的“十五大”就提出国有资本的配置，所谓国有资本应该配置在关系到国家安全和重大国计民生的领域，要从竞争性的领域里面退出，那么国有资本为什么还要搞房地产开发呢？为什么还要开酒店呢？应该从这些领域都退出来，让市场更加有效地配置资源，这样中国经济才有更大的活力，否则将来的矛盾就会越来越尖锐。

对于2020年目标的实现我有一个担忧，就是中国的全面深化改革没有人才。20世纪七八十年代的改革，是由万里担任省委书记的安徽省推动了全国大包干的改革，他顶着复辟资本主义逆流的帽子，有当时四川省的呼应，有任仲夷在广东搞的开放特区改革，有袁庚的蛇口工业区改革，有武汉大学、上海交通大学的大学改革，由此才出现了当年的局面。所以我认为，要实现2020年的目标，我们需要启用一大批真正愿意改革，而且有大气魄和眼光来推动改革的闯将才行。

未来的路到底怎么走？蔡霞说道：

我觉得还有两点要补充。一点就是真要推进这个改革，对于党来说非常重要的一点就是上下步调要一致。地方往往会有地方的利益，我们称之为诸侯利益、诸侯经济，它会对中央的一些措施阳奉阴违，嘴里说的都是贯彻执行，实际上很可能还是照样按自己的思路走。因此，要严肃党内的纪律，中共这几年一直在强调严肃党的政治纪律，这一点是很有必要的。第二点，如果真要推进这个改革，现在很需要努力的就是增强政府和社会间的合作和信任，现在相互之间的信任关系还没有建立起来，政府好像总是担心有一些话会造成大的影响，我感觉这是政府对社会有顾虑，还不够信任。

二、上海自贸区：究竟能走多远？

读到这里，大家可能觉得这本书变得有点沉重了。

在此之前，不妨还是先讲几个故事吧。

2013年9月29日，中国（上海）自由贸易试验区正式挂牌。这一天，距离李克强总理3月27日视察上海并提出上海自贸区的想法，仅仅过了六个月零两天；距离7月3日国务院正式批准上海自贸区计划仅3个月还不到。

然而上海自贸区到底怎么搞？它最后成型的形态究竟是个什么样子？究竟是像中国香港、新加坡那样的自由港，还是像深圳那样的经济改革特区？它究竟只是停留在投资贸易便利化、自由化的层面上，还是将突破“境内关外”的界限，成为引领中国下一轮改革的引擎？

至少在2013年9月29日自贸区挂牌的那一天，这一切并不清楚。但坊间消息显示，筹备上海自贸区的时间里，由于下面一些部门的互相推诿，国务院负责人曾为此大拍桌子，这才使得自贸区最终得以按计划推进。

从外界的观察来看，至少在上海自贸区即将成立前的三四天里，有关自贸区的细则尚未出台，这无论如何都是一件不太正常的事情。

2013年9月27日下午，上海自贸区正式挂牌前两天，我在上海浦东人才城一周年纪念仪式上发表演讲，题目就叫“未来十年中国改革方向和浦东的机遇”。自贸区挂牌前两天，相关细则“只听楼梯响，不见人下来”，究竟折射了什么？这自然是演讲中绕不过的一个问题。

演讲进行到一半，我忽然收到一个短信：就在几分钟前，国务院公布了上海自贸区整体实施方案，确定了六个领域的十八项开放措施。

“这些细则其实还只是一个粗线条，而且与之前的整体方案初稿相比，实际上收缩了很多。这种收缩其实已经是某种程度的退步或让步。”当晚，一位了解内情的资深经济界人士这样告诉我。

几天后，又一位了解内情的人士告诉我，有关自贸区的具体实施细则，各部门内部争论得不可开交，几乎到了要“散伙”的地步。

这一切是否属实，只能留待历史检验了。无论如何，我想起了国务院负责人面对造成阻力的各部门人员大拍桌子的“坊间传说”。

那天的饭桌上，浦东新区一位中层干部对我说：“上海自贸区完全靠李总理的高瞻远瞩，大力推动。我们一开始其实对此并没有做好充分准备。”

2013年10月6日，也是一个星期日，上海自贸区挂牌已经整整七天。时值国庆黄金周，中国大陆街上人声鼎沸，各个办公机构却一片静谧安宁。

而在香港，《寰宇大战略》节目的录制却在紧张而有序的进行中。节目当晚的主题是：“上海自贸区：中国新一轮改革试验田？”嘉宾分别是香港科技大学教授丁学良、马来西亚总理前政治秘书胡逸山、中国交通银行首席经济学家连平。

三位嘉宾，背景各有不同，角度和见解也各有不同。

丁学良，一个颇有才华、口若悬河的社会科学研究者，多年前因一句“当今中国能被称为经济学家的人，不超过五个”而名声大噪，也因此得罪了不少经济学家。

无所顾忌、口若悬河是丁学良给人的第一印象。就这个层面而言，他是一个不错的电视嘉宾。早年“红墙”内的生涯，使他对体制有一种天然的期待和使命感，而这与他 1992 年就获得哈佛大学博士学位似乎并无关系。他在由秦晓等人创办的博雅基金会里颇为活跃，据称经常在基金会内部研讨一些与中国未来战略有关的大计，比如人民币资本账户开放和人民币国际化等议题。

丁学良好酒，也会品酒。早年有西方同事评价他：“做社会科学研究，是浪费了你的才华。你应该成为一个‘葡萄酒大使’”。一瓶上好的威士忌，能使他在我们的休息室里天马行空地聊开了，天底下似乎没有他没去过的地方，没有他不能涉及的话题，他的思想火花和才情如泄洪般一发而不可收。虽然那只是一瓶威士忌，却让素来自以为酒量不错的我，在下午主持节目时感到头脑似乎慢了半拍，从此下定决心：为了主持事业，永远不沾威士忌。

胡逸山，1974 年出生，但从马来西亚总理政治秘书的职务上退下来已有好几年时间，正躲在新加坡的大学里做研究，循着“旋转门效应”，等待着下一个更好的机会。这个马来西亚早年的“神童”，学业阶段曾连跳三级，早早完成学业，早早进入政坛。谈到他的政坛野心，他自己“谦虚”地这样说：“以后能有个外交部长当就不错了。”

连平，交通大学首席经济学家，我在华东师大的师兄，早我两年毕业，只不过我毕业于外语系，他毕业于政治教育系，后来这个系一分为三，成了哲学系、经济系和金融系。我们当年在校园内并不认识，更何况我当年只是刚脱稚气。我们的第一次结识是在华东师大 60 周年校庆晚会上——一场由央视“一姐”董卿主持的充满青春气息的露天晚会。我和连平、许子东、毛尖四个人作为“杰出校友”代表上台，接受了董卿的“盘问”。交通银行作为五大银行里唯一一家总部在上海的银行，在上海自贸区的设立过程中得天独厚，作为该行首席经济学家的连平频频亮相，各种观点、建言陆续见诸报端、荧屏。

三个不同背景的嘉宾，视角、观点无疑有着极大的差异，但讨论的焦点不外乎“上海自贸区究竟将做成什么境界？”就整体而言，上海自贸区无疑有着三重境界：第一，微观、技术层面的境界，即实现贸易和投资的便利化、自由化；第二，为了达成上述境界，需要实现一系列配套措施和框架的改革和创新，其中包括金融创新、政府放权；第三，作为自贸区的最高和必需境界，实现独立法治和信息自由。

上述三重境界分属于不同的范畴，但对于一个完整、成熟意义上的自贸区而言，三重境界缺一不可。若没有金融创新和政府放权，就不可能做到完整意义上的贸易和投资的便利化、自由化；若没有相对独立的法治和信息自由，纵有金融创新和政府放权，依然不能称之为完整、成熟的自贸区。这三重境界各自独立，但又环环相扣，互为因果，从不同的切入点服务于共同的目标——建设一个完整、成熟的自由贸易试验区，并在上海成功之后，逐渐向全国其他地方辐射。

但上海自贸区能否同时或逐渐承担这三重使命？自贸区挂牌前后围绕细则的争论，归纳起来都是在第一层面和第二层面的争论，自贸区迄今取得的突破（比如负面清单以及由此而来的政府职能改革）也主要都是集中在第一和第二层面，第三层面的内容几乎都没有涉及。

其间，有学者提议，上海自贸区应设立自贸区法庭，借以处理自贸区内的法律监管问题；也有人士建议，自贸区内应实行互联网放开，但随即有关方面就明确表示，自贸区的互联网将依法受到管理。

商务部研究院梅新育还撰文称，中国不会在网上设置“政治租界”，“13 亿中国人民得以继续享受着和平生活，而不至于如同苏联一样土崩瓦解，如同利比亚、叙利亚人民一样的下场，互联网管理能力功不可没”，“上海自贸区是一个大有希望、大有前途的经济特区，我们希望它为全国经济发展作贡献，决不希望它沦为各路政治势力角逐的角斗场，沦为政治斗争的牺牲品”。

香港大学金融学院教授许成刚则公开表示：“若不能实现法治独立和信息自由，上海自贸区就将只是一个抽象的概念。”

同为经济研究学者，许成刚和梅新育的观点却形成了截然反差。读到梅新育文章的当晚，我在微博上写了这么一句话：“一篇看完觉得是极有争议的文章，怎么看也不像一个经济研究员写的文章，而像一个宣传部官员的公开报告。”当然，我在这里无意对梅新育的观点再作评论。问题是：事情是否真的这样截然对立？同为自由港，新加坡的法治和信息管制情况又是如何？

节目中，胡逸山的观点很明确："新加坡无疑有高度独立的法治，但新加坡的互联网信息并非没有受到管制。"

"哪些信息在新加坡受到管制？"我问。

胡逸山答："那些外部世界对新加坡的公开批评，或者公开诋毁新加坡政府的互联网言论。"

"这些管制是否影响新加坡作为一个自由港的地位？"我又问。

胡逸山又答道："由于是一些影响范围很小的政治性信息，因此对于新加坡自由贸易的影响不大，或几乎没有影响。"

"新加坡的司法在多大程度上独立运作，并由此保证自由港的成功？"我又追问。

胡逸山的回答明确而坦率："新加坡的司法无疑完全独立于政府运作，这对于自由港的成功至关重要。当然，在一些敏感的政治事件上，政府可能会尝试对司法施加影响，但也必须遵循司法的基本规律。至少在自由港的问题上，新加坡的司法是完全独立的。"

问题到这里已基本明了，但香港和新加坡是否就是上海自贸区的模板？抑或上海根本就做不到？

丁学良一如既往地快人快语："上海自贸区要完全做到香港和新加坡的程度是不可能的，能用五年的时间做到香港和新加坡的三分之一就不错了。"丁学良这句话的震撼力不亚于他当年放言"中国能被称为经济学家的人，加起来不到五人"。

然而这能做到的三分之一又是什么？丁学良更为干脆明了："第一，上海自贸区应尝试设立一个商业仲裁法庭，以尽量接近世界法律规范的方式来运行；第二，凡是政治上不敏感的信息，自贸区内一律放开；第三，实现自贸区内的政府职能转型，除了政府高度放权之外，转型内容还应包括税收、官员的选拔和任命、官员的问责制，以及自贸区内所有官员的财产公示。”

丁学良的这一席话把正在主持节目的我弄懵了，刹那间我很担心这期节目能否安全播出，或者在播出过程中是否会遇到诸如“迎客松”那样的障碍。当然，此刻的我更多的是兴奋，因为我敏锐地感到，丁学良的思想火花和才情，以及一连串具有实质性内容的核心信息，在我的追问下将很快迸发出来。此刻的我，需要的只是追问，再追问……

我开始紧追不舍：“你提到的自贸区仲裁法庭与最高人民法院之间是什么关系？如果这样，我们似乎需要一部自贸区的基本法了。这是完全不现实的事情。”

丁学良回答：“这需要人大常委会的授权，需要顶层设计。”

我穷追猛打：“信息的政治敏感与否由谁来定？如果由宣传部长来定，那么绝大部分信息都将是敏感的。”

丁学良回答：“当然不能由宣传部长来定，要按照国际上一切规范的自由贸易区的标准来定。”

然后我转头问胡逸山：“新加坡会怎么做？商业仲裁法庭没有问题，但若涉及政府以及敏感信息，新加坡会怎么处理？”

胡逸山的回答很平静：“新加坡会营造一个很公平、国际化的营商环境，所有商业纠纷都会得到公正的法律裁判。涉及与政府有关的敏感信息，政府会以很技术的手段来处理，最后还是会保证营商环境的成功。只要大家在自由港里能公平地从事贸易和投资，最后也就不会很拘泥于那些政治敏感的信息了。”

镜头切换到远在上海的连平，交通银行首席经济学家。

“连平兄，”由于校友的关系，我这样称呼他，“你怎么看新加坡和香港学者的意见？”

连平的回答出乎意料地干脆明了：“做成另一个香港和新加坡，从来就不是上海自贸区的目标。”

连平的话，让大家都惊呆了，也沉默了……

他接着说道：“香港和新加坡的制度和法律框架都与上海完全不同，因此上海自贸区不可能做成另一个香港和新加坡。上海自贸区目前最大的挑战不在于贸易和金融技术环节的设计，而在于政府职能转型。政府能否真正放权。上海自贸区建成之初的两三年是关键。这个目标能否达到，我对此是有些疑虑的。”

连平的疑虑，似乎最终敌不过丁学良的坦率和犀利。

“政府的改革，正确的做法应该是政府‘被改革’，亦即依靠社会力量倒逼政府放权和改革，而现在的做法似乎是成了‘政府自我改革’。这样下去肯定是行不通的。”丁学良依然快人快语。

连平的回答依然平静而理性：“任何国家的自贸区都是由政府牵头构建的，这没有问题。关键是政府在牵头搭建之后，要有自我放权的意愿。这是我比较担心的。”

与我的担心正好相反，那天的节目，晚上播出时一切顺利，没有遇到任何障碍。节目播出第二天，我收到安邦集团研究总部通过电邮传送的“每日经济”报告，其中有一段的标题是《形势要点：负面清单显示上海自贸区并没有想象中自由》。

报告写道：

中国（上海）自由贸易试验区业已挂牌。这项改革被寄予引领中国改革开放第四个十年的历史性期待。但正如我们此前分析的，对上海自贸区的突破不应高估，这是一份带有谨慎与折中色彩的自贸区方案。……9月30日，上海市市政府发布了自贸区的负面清单，进一步确证了这样的观点。负面清单显示，在不同程度上限制外资进入的行业，有多达18个门类，89个大类，419个中类，1069个小类，共190条管理措施，这反映了开放程序不如预期。

报告接着写道：

最新一期《经济学人》指出，负面清单管理是指政府规定哪些经济领域不开放，除了清单上的禁区，其他领域都许可；因此，理论上，负面清单应很简短，这对投资者是一种友好的表现。但从实际公布的上海自贸区负面清单看，外资免入和受限制领域不少，禁区多达上千个，从投资银行业务到开网咖（即可上网的咖啡店），林林总总。而Facebook、Twitter、彭博（Bloomberg）等被封的网站也没有开放。《经济学人》引用了一名外国律师对此的抱怨，称中国官员沉迷于控制。如今再问专家对于上海自贸区未来的看法，许多专家的看法是谨慎的。《德国之声》则报道："令市场失望的是，自贸区并没有带来预期中的人民币完全自由兑换。个人金融理财领域市场化规定也非常模糊，让人看不到近期内获利的可能性。总体来看，上海自贸区并没有想象中自由，市场应当低调预期为好。

读着这份简短的研究信息，我又想起一天前胡逸山在节目最后的发问："我走过很多国家，感到不理解的是：其他国家搞自贸区都只需要对外开放就可以了，为什么在中国光开放还不行，还首先要谈什么政府自身的改革？这和自贸区没有任何关系啊。"

听到这里，我实在忍不住了，决定跳出主持人的中立立场，直接回应胡逸山："在你生活的地区，各方面都已经很自由了，所以你们搞自贸区只需要对外开放就可以。而在中国，由于面临对内改革的重任，而改革往往又积重难返，所以我们就尤其需要通过对外开放来倒逼对内改革，过去 30 多年就是这么过来的。你不懂中国国情！"

我主持节目时，很多朋友批评我"太强势"，甚至"过于霸道"，或"不够中立"。有朋友建议，作为主持人的我应该甘当配角，善于倾听、串联，让嘉宾成为主角。问题是：我的本行是学者和评论员，主持只是我的副业，而我主持的谈话节目主题，每一个都是我本人正在研究或思考的题目，我希望借此引发更多的公共讨论，偶尔的"霸道"和"不中立"就全赖嘉宾朋友们的理解和支持了。这当然是题外话了。

撇开这些枝节的东西，又必须承认，胡逸山作为马来西亚朋友，他提出的问题听上去虽"幼稚"，却从另一个侧面点出了今天中国问题的本质，亦即：中国的问题，30 多年前开始改革时，是以开放促改革为导向开启的——这当然是那个时代的无奈；但 30 多年后的今天，当中国一跃成为世界第二大经济体后，由于问题积重难返，中国依然需要以开放来促改革——这就是上海自贸区的来历，某种程度上是一种更大的无奈。

三、上海自贸区：设计者们怎么说？

2013 年 10 月 19 日，中国（上海）自由贸易试验区正式挂牌 20 天之后，华东师范大学城市发展学院成立。

华东师大是我的三个母校之一，用我的话来说，是我的“初恋女友”。我曾在三所大学求学，先后获得学士、硕士和博士学位，即华东师大、同济大学、德国图宾根大学。我经常开玩笑说，三所大学犹如我的“三个女友”，最后获得博士学位的那所学校，成了我的“妻子”；读本科的那所大学，给了我很多冲动、浪漫，虽然离开后一二十年都不曾联系，甚至不曾想起，但她给了我最深刻的记忆。华东师大就是这样一所曾带给我很多冲动和浪漫的学校。

但今天我不谈“初恋女友”，而谈谈我在母校主持的一场有关上海自贸区的论坛。那次论坛云集了对上海自贸区具有重要影响力的人物，如王新奎、周振华、连平等人。

王新奎，全国工商联副主席、上海工商联会长、上海 WTO 事务咨询中心总裁、上海市人民政府参事室主任、上海自贸区总体方案设计专家。在上海自贸区成立后的一段时间里，王新奎是十分引人注目的一位人物。

周振华，上海市政府发展研究中心主任，上海市政府重要的智囊人物之一。

连平，交通银行首席经济学家。交通银行是五大银行中唯一一家总部在上海的银行，连平是其研究团队领导人。

论坛的内容有些厚重，但气氛是颇为轻松的。

邱震海：请问王教授，自贸区到底是什么样的？上限下限在哪，最高最低能做成什么样？

王新奎：上海自贸试验区肯定不是你脑子里想的那个自贸区。

邱震海：我想象的是一个很开放的试验区，您是说肯定不是我想象的这样开放？

王新奎：大概是这样。

邱震海：王教授说上海自贸区诠释的是以开放促改革的国家战略，为什么说这是一个国家战略？关于上海自贸区的建立原因，现在海外有很多不同的解读。一个最基本的解读就是，为了使上海的贸易和投资便利化；而另外一个最极端、最自由的解读是，因为顶层设计的改革推不下去，到处都是盘根错节的利益集团，所以必须要在上海搞一个自贸区。您提到了以开放促改革的国家战略，对此您到底怎么看？李总理到底有没有这个想法？

王新奎：首先，关于信心不足的问题，第一轮方案正式公布以后捞现钞的人信心都是不足的，本人对此深感欣慰。其实我看不是信心不足。总理讲过一句话：如果说现阶段改革是容易的，那就称不上改革，因为容易的都改掉了，留下来的就是不容易的。因为形势有了变化，每一次大的国际形势的变化都对我们提出了挑战。我记得在1980年的时候，邓小平同志讲过起步阶段的问题，他说如果不实行改革开放，中国将会被开除“地球球籍”。因此大形势一直在变化，我们必须跟着变化。

邱震海：现在香港是否担心上海自贸区搞起来以后被超过？

王新奎：其实这个跟香港毫无关系，如果把这个事情和香港挂在一起，那太小看上海了。另外，这和当年的浦东开放、加入WTO也不一样，中国现在是举足轻重的新兴国家，所以大家也都感觉得到，全球也对中国提出了新的要求。现在马上就要启动中美、中欧谈判，这些都是推动上海自贸区改革的全球背景。所以，我们需要迎难而上，最重要的是开启20世纪八九十年代人人参与改革的形势。改革的红利是人人参与共同创造的，但这十年来我们已经形成了习惯，好像改革的红利是中央政府给的，我就在这里坐享其成，没有我的事情。前人的改革红利已经消耗得差不多了，这一轮改革红利的实现需要像我们八九十年代时经历过的那样，需要人人参与。

邱震海：您设计了自贸区的主要方案，您觉得后面出台的自贸区方案比原来的版本进步了还是退步了？如果进步了，是在哪几个地方进步了？如果退步了，是在哪几个领域退步了？

王新奎：这是完全不同的两个版本。第一个版本很简单，就是传统的思路，我们叫做中国保税区的升级版，它提出的就是上海自由贸易园区这样一个版本，由于种种原因上一届政府没有批这个方案。上海外高桥中环保税区占了全国近200个保税区的半壁江山，连续几年被评为全球保税区中的第一，去年才被迪拜超过了。刚才我讲过，第一个版本就是这个保税区的一个升级版。到了2013年3

月 28 日，李克强总理将总体方案推倒重做，所以这是两个完全不同的方案。

邱震海：也就是说，现在出来的版本应该比当时纯粹的保税区版本要进步许多？

王新奎：这是两个不同的版本。如果第一个版本公布出来，你会很有信心。

邱震海：那个版本的主要特点是什么？

王新奎：就是优惠政策和特殊政策，当时有几十项优惠政策，现在一个都没有了。

邱震海：是被中央部委砍掉了吗？

王新奎：优惠政策和特殊政策不符合中央的改革要求，中央改革的要求就是可复制、可推广，第一个版本是不可复制、不可推广的。下一阶段的改革已经不是优惠政策和特殊政策了，这是非常明显、非常明确的。这次三中全会推出的改革方案也不是优惠政策和特殊政策。邓小平同志提出改革开放到现在，基本思路就是特殊，因为那个时候环境不一样，今后需要留下来保持特殊的就只是香港了。

邱震海：也就是说，原来很多优惠政策被砍掉，是因为从广义上说它不符合中央的改革精神。

王新奎：制作第一个方案的是上一届政府。

邱震海：昨天有个官员跟我说，现在是两头没问题，中央没问题，上海市也没问题，只是中间很有阻力，中间的指的就是一些部委。现在阻力到底来自哪里？

连平：我不知道阻力来自哪里，但是这两个版本有差异。差异在哪里呢？对于其他问题我没有发言权，金融方面我倒是仔细观察了一下，应该说没有太大的变化。它的最大特点就是到现在为止，对这些问题的细化还没有清晰的说法，尤其是央行，本来说要出细则，结果也没有出来；银监会很快搞了一个八项条例，其实也没有细化，有的是重复的，有的是一句话变成两句话，也没有太多新的东西。据我的了解，这些方面的细则还在制定过程中。在主导推进这个方案的过程中，商务部、上海市等方面的工作做得还是比较快的，所有涉及他们的东西都相对比较细化，但是涉及金融方面的东西很少，就像刚才说的，银监部门把一句话变成了两句话，仅此而已。这说明在金融问题上肯定还没想得非常明白。现在挂牌了，企业进去了，银行在这里提供服务，金融方面却只有一个大框架，但是没有具体可行的步骤。另外，原来提出的是异地市场化，这次新加了一句话：对于利率市场化，原来说的是比较全面的资产、负债、存款、贷款都要放开，现在就是说自己的资产。我的理解是，自贸区对于在存款方面全部放开还不是很放心，怕资本之间的流动，这恐怕还是因为对岸和离岸之间的关系还没有真正想明白。其实就商业银行来说，已经有四家银行做了十几年的离岸业务，存款利率、贷款利率全都和国际市场一样，国际市场的存款利率也没有因此变得很高，国际市场把很便宜的资金弄进来然后投放到境内，这个方面的管理和运行还是比较平稳的。这也就说明，如果有一个有效的制度，离岸管理是能够管理好的。现在人们就这个问题的看法还是不一样，过去的离岸是由银监部门主导的，现在自贸区的推进可能是在央行的主导下进行，究竟会不会采用原来的模式，到现在还不清楚。

邱震海：这样来看，我们还是回到了 30 多年前摸着石头过河的状态，自贸区也是在摸着石头过河。然而自贸区的摸着石头过河有两层意思：其一，大家都不明白风险怎么掌控，这个时候摸着石头过河有难度，但也有它的合理之处。其二，面对很多来自利益集团、中央部委的阻力，自贸区的建设采用摸着石头过河的方式，也是由于对政府职能转型明显的信心不足。一方面，自贸区离不开政府的架构，各个中央部委都要参与；另一方面，如果架构得好，上海做得越成功，就越要向全国复制，而现在进行设计时不靠政府又是不可能的。您怎么看这个问题？

周振华：这其实有两方面：政府职能方面要放权，特别是审批权；同时也加强它的监管，特别是事中和事后监管。当然，这意味着权力更小一点，事情更复杂、更难做一点，不像以前权力大时做事情也比较直截了当。在中国的体制下政府职能转型一定能够推行，因为中国有最高的顶层设计。

邱震海：换句话说，只要中央高层有决心去推，就肯定能推得下去。对于这个问题，上海到底有多少自主权？

周振华：现在中央在很大程度上是把试验权交给了上海，明确上海是责任主体，有重大问题直接向党中央国务院汇报，与成立一个领导小组相比，上海的改革自主权更大。我的理解是它不是自由贸易试验区，而是改革贸易试验区，所以不要把中国上海的自贸试验区等同于现在世界上的 3000 多个自贸区，这完全是两个概念。

邱震海：真的是改革试验区吗？

王新奎：改革一定是有矛盾的，并且矛盾是不可以积累的，改革的阻力也不全都是积累下来的，没有这么简单。刚才我讲到经验积累，比如央行作为中央监管部门对于金融风险是要负责任的，提资本项目自由化很轻松，写起来就那么几个字，然而做起来的风险的确非常大。现在中央的要求实际上很简单，就是三点要求：一是马上就要和美国人、欧洲人谈投资准入，首先要实现外汇自由转移，这个不实现的话其他一切都无从谈起。更何况中国企业到国外投资享受的是这个待遇，外国企业到中国来投资为什么不能也享受这个待遇？二是由于资本项目利率市场化、汇率市场化问题长期得不到解决，宏观经济在很大程度上是扭曲的，而且基本撤销了货币政策，因此在这种情况下，也必须探索出一条逐步放开之路。先在自贸区试水，的确是摸着石头过河，没有照教科书去做。三是人民币的循环问题。一方面要鼓励人民币出去，另一方面又要让人民币回来，如果人民币真的出去了却不回来，人民币就永远不可能成为国际储备货币。对此，自贸区要建立一些能够促使人民币回流的平台，促进人民币流转，形成一个循环系统。现在的试验是成功的，未来人民币的流动自由度是要更大的。

王新奎：这次自贸区改革开弓没有回头箭，只能成功而不能重来。说是试验，试验应该容许失败，但自贸区的试验不容许失败。如果这个模式既不可复制，也不可推广，就连合法性都没有了。我觉得开始的时候慢一点、谨慎一点有好处。

邱震海：我们有多长时间来完成自贸区的试验，两三年？

王新奎：这是一个很大的问题，如果上海自贸区折腾了两三年，一个可复制、可推广的政策都拿不出来，这是很不利的，对上海也不好。配套的法律建设也需要两三年才能完成。有些人说把“试验区”拿掉，就是“自贸区”好了，“试验区”好像总是短命得不得了，因为是试验嘛，只是两到三年，不能永远试下去，因此，未来两到三年很关键。

陈宇新（上海纽约大学教授）：我看到了这样一个困境：如果自贸区搞得很合理，完全是离岸的、隔离的，比保税区改得更彻底，就可以搞得不错，实施起来也会比较顺利，但是可能达不到以开放来倒逼改革的效果。我们处在互联网的时代，信息、资金的流动速度都非常快，所以从领导的角度来说，他希望的是慢慢推广，就是从浦东开始，到上海再到华东，一点一点地做。现在互联网时代的特点是，一旦打开一个口子进行改革，就可能很快覆盖全国，这样一来风险就很大，会立刻影响到其他地方，并进一步扩大风险。因此这是一个很大的困境：如果搞得太小、太隔离，实施起来容易却起不到改革的效果；但是如果步子稍微大一点，风险也会很大。另外，我看到顶层和底层的互动更多了，有些时候是底层推动顶层。现在更多的企业进去了，民企的积极性比外企还高，于是就涉及一些资金的监管问题，就不得不让自贸区的管理者被迫进入，不改也得改，因为他们要知道怎么运作。中国很多方面的改革现在也是如此，很多底层的推动，反而会促进自贸区往前走。

邱震海：需要上下联动。

陈宇新：这会推动改革往前发展，监管、法律和银行体系都有这样一个需求。

邱震海：风险的掌控、路径的推进、时间表和路线图的设计等，都是很复杂的技术问题。但坦率地讲，其实这里还有三个境界是可以探讨的：首先是所谓的自贸区要完成贸易和投资的便利化，这是最主要的；其次是为了达到这个目的，需要制定一些配套框架，其中包括政府职能的转型等；但还有一个最高的境界是很难做到的，一方面是保障外资，另一方面是法律，至少在自贸区内能够做到一定程度的相对独立，包括企业和政府之间的法律关系、企业之间的法律关系，这些在王教授的设计中是否能够考虑进去？在路线和时间的铺排上有什么考虑？

王新奎：这是中国融入全球规则中的一个非常重要的选择，如果我们对这一轮全球规则的重构掉以轻心，则很可能面临第二次遏制。所谓高标准的投资规则是一个很完整的体系，如果按照美国2012年版本来分析，大概分为公平竞争环境、整体国民待遇和投资权益保护。许多领域的最后结果是谈判定的，就是要按照你这个干，我需要向你交代什么，比如机制的多元化，不是按照竞争中立设定标准，而是按照所有制设立标准，这些都要进行谈判。这个领域的实验即我们讲的高标准投资准入规则的实验要根据国际规则来固化，不是我们自己制定规则。比如增长解决机制，还有将来会谈到的三大例外——税收例外、金融例外和根本国家安全例外，这些本身就含有巨大分歧，因为我们有所谓经济安全的概念，这在全球的投资规则中是没有的。上海现在要做什么呢？从最关键的做起，就是整个国民待遇。因为整个国民待遇分为两块：一个是准入阶段的国民待遇，另一个是准入后的国民待遇。我们现在对于准入阶段的几个部分先试行负面清单管理的外资准入模式，而且仅限于六大服务，绝对不是一下子推开。中美在前九轮的双方谈判中互相了解了情况，涉及负面清单的长短问题时，美方要求负面清单很短。这次中美联合中有一句话是扩大电子商务的开放，在四个城市试点，其实就是海淘。这种试点其实也没有什么太大意思，因为还是要交关税的，最多就是享受柜台保税优惠，让企业可以有这样一个渠道去利用。这里面的监管是规范的，包括商检，是不是按照小额进口征税等。大家都在讲负面清单的管理，其实按道理来讲是正面清单加负面清单，现在我们除了在第一线做谈判工作之外，什么是负面清单都还没搞清楚，一般例外、特殊例外、风险处置，这些都是非常复杂的问题。

邱震海：最顶层的放开相对比较谨慎，刚才王教授谈了许多具体的法律，为什么外资企业都会谨慎？中国的华资企业都很积极？还有一个国民心态的问题，大家都是排好了队再去买东西，外资银行有没有信息自由？有没有法律主体？商业银行怎么看目前的运作？

连平：刚才王教授说的很有意思，很多都进去了却搞不清楚做什么事，后来想想也很正常，宣传力度很大，中间很细化的东西又没有出来，现在有一批没有搞明白就先进去了的人，在这样一个框架、这样一个环境下作出这样的决断，也表明了这个企业的素质，但是不表明所有后来的企业都是这种类型。在整个管理框架以及具体板块上的政策都逐步明晰之后，可能会逐步有一批搞明白的企业也进去了，所以我觉得短期内出现这样的现象不奇怪。有的企业是赶浪头，赶了再说，以为可以在里面抱一个金娃娃，这不奇怪，也不是什么坏现象，关键是要看政策逐渐明晰之后的一些相关做法，届时企业也都会明白这中间会有什么样的便利。我的想法是，这个地方既应该是一个推进改革的重要试验场所，同时也应该是一个促进资本流出去而不是倒流回来的基地，现在的政策明显有这方面的意思，包括最近已经出台的一些政策，其中就涉及为企业到海外投资提供便利和支持，我想将来这也应该是整个试验区的重要目标之一。当然，最重要的还是推进改革。刚才讲到全世界自由贸易区很多，可以说全世界绝大部分自由贸易区的主要目的是通过建立自由贸易区促进本地的经济发展，至少能够带来就业，通过圈地给予一些开放政策以吸引境外资本开设企业，服务业也好，制造业也好，对于当地肯定都是有好处的。对国外来说就业是非常重要的，也是政府要考虑的一个方面；但是对于我们来说，现在应该更多地考虑如何借助这个自贸区与高水平的国际通行规则接轨，通过一系列制度创新来推进改革。所以我觉得，短期出现这样那样的现象反映了中国经济本身的问题和中国企业的素质，但是一项重大的改革项目要向前推进，一定会遇到许多困难。北京一直在说，自贸区几个月搞成了就是强行起飞，我的理解是，飞机是起来了，右半边飞得蛮顺利的，但左半边可能被拖住。

邱震海：希望飞机能飞得稳一点，因为我们每个人都在飞机上。

参会嘉宾：关于四位嘉宾对自贸区的看法，听之前我很激动，听了之后我很失落，因为要从审批变成事中和事后监管。我就在想，原来审批的时候，我只是碰到问题就去解决它，现在是事中和事后要来监管，是不是他们每个月都要来看我一次？是不是每个月我都要出点血？我虽然是大老爷们，但这是做不到的。如果这个问题不方便回答，我想提第二个问题。我确实是想在自贸区注册一家公司到美国去买商品回来，因为现在有四个点，这四个点相互之间不是连在一起的，如果我的商品空运回来，这四个点中哪个更容易或者更适合我？

王新奎：审批制有三大问题：经济领域的行政审批其实是一种计划体制，最后审出来、批出来的都是一大批过剩产能，个别企业短期内可能会捞到一点，长期来看其实也会面临灭顶之灾。另外，这个项目既然是你批的就由你负责，比如企业投资的一个工厂污染很厉害，本来应该由企业补偿老百姓，政府是第三方，现在政府批了，企业就会说你政府为什么让我上？老百姓就会说你为什么要上这个项目？这个矛盾就会非常尖锐。审批制的坏处已经很清楚了，改为监管的时候，从行政审批到依法监管是不是应该先试行一番？举个例子，现在企业是不是在半年以后可以出具一份报告并且一点都不能做假？工商总局有一条，就是企业的年鉴报告需要网上公布。那么如果你造假怎么办？如果企业造假怎么办？如果政府不是依法行政怎么办？这都要找出解决的办法。所以，这个问题一会儿上去一会儿下放，我非常理解你，我当过工厂主席，下面的困境我很清楚，我也多次碰到过政府管理中的问题。民营企业现在已经出现了以命相搏，这些都是过去黑手党的做法，无非就是为了审批土地、审批项目。

上海自贸区究竟将做成一个什么形态？也许到本书出版的那一天，这个问题依然还在讨论和探索之中。走一步看一步已经成为过去多年中推进中国改革的逻辑。问题是：未来若继续这一逻辑，是否会有风险？毕竟中国的发展已到了与30多年前完全不同的高度，30多年前可以摸着石头过河，现在和未来若继续这样做，可能就会隐藏很多风险。

四、中国改革：什么是框架，什么是灵魂？

2013年11月15日，十八届三中全会闭幕后三天，《中共中央关于全面深化改革若干重大问题的决定》正式出台。60项改革林林总总，洋洋洒洒，带给人希望，也带给人很多解读的空间。

这种希望，与三天前《公报》出台时人们的些许失望，形成强烈的反差。

客观来说，中国改革需要解决的问题很多，土地改革、财税改革、金融改革、国企改革、收入分配机制改革等，每一个都是一块难啃的“骨头”。每一个改革进展下去，都是牵一发而动全身，环环相扣，带出后续一大片更为深刻的改革。

正因如此，我在很多场合将今天中国的问题称为“良性综合症”，含义有二：第一，至少现阶段中国的所有问题都还是良性的，属于转型期出现的专业问题，只要能遵循转型的逻辑，对症下药，就能有效治理这些痼疾；第二，今天中国的问题大都是“综合症”，绝非“头痛医头，脚痛医脚”就能解决，也绝非用纯粹的经济、社会或政治逻辑就能解决的问题。

无论是平日我们推进的改革，还是三中全会确定的改革方针，抑或正在快速而艰难推进的中国（上海）自由贸易试验区，其目的只有一个：为中国未来的发展架构框架。

我在很多场合都提出一个问题：中国的改革与发展中，到底什么是灵魂，什么是框架？若用建房子和造桥梁来比喻，一个合乎逻辑的问题就是：房子建完后是要有人居住的，不然就成了“鬼屋”或“鬼城”，桥梁建完后是要有车和人走的，不然就成了摆设。既然这样，对今天和未来的中国改革与发展来说，很显然，土地改革、财税改革、金融改革、国企改革等都是“房子”和“桥梁”；没有这些“房子”和“桥梁”，中国的改革与发展将有很多障碍，但这些“房子”和“桥梁”建成后，我们依然需要“房子”里的“人气”和“桥梁”上的“车”与“人”。换言之，如果我们没有一个更为终极的切入口和目标，那么财税改革、金融市场化改革的完成，充其量只是完成了“房屋框架”的建设或“桥梁”的搭建，“房屋”里住的人到底在哪里？“桥”上跑的车又在哪里？须知，只有“屋”里住的人和“桥”上跑的车才是未来真正推动中国经济发展的核心。

比如，现在强调城镇化，然而城镇化也是一个框架，是一个“桥”，目的是让农民进入城市，使普通农民变成合格的市民。上海自贸区现在也要“搭桥”，以实现贸易便利化、自由化，上海做好了自贸区的模式就要复制到广东，复制到天津，复制到福建。然而这是中国经济的灵魂吗？它只是在搭好框架。就像我们的房子一样，房子建好了，除了窗明几净，有空调，不会地震倒塌以外，我们还需要一个内在的东西——我们需要有思想。

现在大家都在谈改革，“十八大”有很多改革措施，而今天中国的问题很多，经济问题也很多：房地产问题、国进民退、财税制度改革、土地改革，等等。由于财税体系没有理顺，农村土地改革没有推进到位，金融制度尚有许多障碍，中国今天和未来的发展将遇到重重阻力。因此，李克强总理说，中国未来发展的关键，是继续释放制度的红利，挖掘改革的红利。

未来的中国经济千化万变，目前所有的改革都是在“搭桥”、“搭房子”、搭框架。如果我们只看到房子和框架而忽略本质，未来几年中我们又会出现偏差。因为所有这些问题都是“纲举目张”里的“目”，而不是“纲”，都是框架，而不是灵魂。中国经济需要一种灵魂，用我的话来说这个灵魂就是创新和保持经济自由度。

具体而言，中国经济有两个动力：一个是创新，中国需要逐步培养创新精神，寻求从全社会尤其是从每个人的角度去挖掘创造能力；第二个是经济自由度。今天的中国不再是一个纯粹的计划经济体，今天的中国经济中，大概有三分之二是市场经济，但至少还存在三分之一的计划经济成分。一个经济体，只有真正拥有自由度，才能真正拥有发展的原始动力。

五、在中国，谈创新太奢侈？

然而在中国谈创新，谈经济自由度，谈何容易。这是不是有点太沉重？甚至有点太奢侈？

也许有读者认为这两个问题听上去太虚，太抽象，远不如财税改革、土地改革、金融市场化、垄断改革来得直接。其实上面提到的那些改革无疑是有效的切入口，但其最终功能和目标又是什么？

其实，如果以创新和经济自由度作为“红线”，作为统领未来中国经济的“抓手”，我们就可以对中国经济的现有问题及其解决方案进行排列组合式的重新梳理，并从中找到更为清晰的脉络。

现在到了我们做总结的时候了：未来几年，中国在经济领域到底将面临哪些重大挑战？

首先，经济下行的窗口期在 2013 年已经提前来临，2015—2016 年这个被张燕生称为“2016 年猜想”的时间段将很有可能是中国经济进入实质性下行的时期。根据其他发达国家走过的历程，这段经济下行期必将伴随经济结构的调整，服务业和消费的比重将大幅上升，工业和投资、出口的比重将有所下降。

如果现在我们能抓住这一机会进行经济结构调整，那么经济下行的适度代价也将是一个划得来的代价，否则，中国经济下行的压力将变得不堪承受，并可能引发更多的社会问题。

其次，上述的经济结构调整充其量只是经济需求面的问题。经济学家们有一句话：短期看需求，长期看供给。而从供给面来看，中国经济未来若干年也将面临重大挑战。这一挑战首先表现为人口红利的消失。如果说标志着劳动力无限供应开始消失的“刘易斯拐点”于 2004 年就已经在中国显现，那么从 2015 年开始，中国的人口红利将出现全面下降的情形。

换言之，自 2015 年以后的近 20 年时间里，中国必须在没有人口红利的情况下寻找经济增长的新动力。

这就涉及我们对中国经济供求面的剖析了。如果说需求面存在“三驾马车”，即投资、出口、消费，那么供给面同样也存在所谓的“三驾马车”，它们就是劳动力、固定资本和劳动生产率。在过去很长一段时间里，我们很少关心这几个问题。原因很简单：没有关心的必要，因为过去几年里中国需要的是大力招商引资，迅速增加固定资本。同时我们也完全无须关心，因为劳动力曾呈现无限供应的局面，以前有一句话：“中国什么都缺，就是两条腿的人不缺。”然而从2004年开始，中国劳动力无限供应的局面开始出现微妙变化；到2015年，这一局面将出现本质变化，因为中国的人口红利将大幅下降。

20世纪50年代北京学者马寅初的“控制人口论”曾遭到严厉批判。结果中国人口在20世纪50—70年代经历了大膨胀。

在计划经济的年代，由于经济封闭，社会资源不但捉襟见肘，而且毫无流动性，因此经济体的活力极其有限，其所能提供的工作岗位也极其有限。换言之，一个封闭的经济体根本没有能力吸纳众多的劳动力。这也是导致20世纪50—70年代中国社会人口膨胀并且日益贫穷的原因之一。

但当市场经济的进程开启之后，经济体的活力大大增强，资源配置显示出极高的自由度，经济体吸纳劳动力的能力大大提高，而且对各类劳动力的需求不断增加。从2014—2015年开始，我们对这一点的感觉将越来越明显。不少原本就已开始饱受劳动力短缺之苦的企业将更为痛苦，越来越多的企业也将开始逐渐感受到什么是劳动力短缺。

但问题的另一面则是：劳动力短缺并非生产能力下降的代名词。

计划经济年代里，许多人都做着“一杯清茶，一张报纸”度过一天的工作。十个人干三个人的活，与 30 个人干十个人的活相比，最后获得的功效显然是不可同日而语的。

举一个大家可能已颇为熟悉的凤凰卫视的例子。凤凰卫视曾有一句“名言”：女生当男生用，男生当畜生用。据说后来这句话又进化了，变成：“女生直接当畜生用。”其意思说的是，凤凰卫视的工作强度之高外界难以想象，某种程度上这句话也隐含着提高劳动生产率的意思。

2009 年 3 月凤凰卫视搬迁之前，曾长达 13 年“蜗居”在香港红磡的一个异常局促的环境里。不少内地同行来参观，曾半开玩笑地说：“这只是一个县级电视台的水平。”但若再看看凤凰卫视当时在“蜗居”状态下做出的一系列有深度而又言辞犀利的节目，大家就会感觉到，一个“县级电视台”其实也能做成世界级的大事。

大家可能也都知道我有两个栏目：《震海听风录》和《寰宇大战略》。但大家有没有想过，我手下到底有多少“兵”？2007 年我在欧洲某地巧遇内地一个大台的著名主持人和他的节目组。见到人家那阵势，我简直无地自容：我粗略算了一下，一行至少十个人，摄影的，拉灯的，写稿的，开门的，提包的……这气势我恐怕下辈子都不会有。2011 年我到内地某著名电视台参加一个节目，一个小小的栏目，工作人员达 12 个。回头再数数我在香港的“兵”：两个栏目加起来，也只有三个人。难怪同行们见了我会说：“要是在别的地方，一个栏目就至少十几个人围着你转！”不过，让我觉得欣慰和自豪的是，虽然我两个栏目加起来只有三个人，但曾经每年创造4000多万的盈利，同时无论是思想高度、战略视野、言论尺度，还是节目的含金量和内在品牌，都远远超出那些人浮于事而又无法创造出内在品牌和实现盈利的节目。

这就是劳动生产率的功效和魅力！它的要诀不在于人多，而在于提高劳动生产率。

但请注意，我这里说的劳动生产率，并不是简单地指劳动力在单位时间内的使用效率。如果问题只是那么简单，那么我们只要改革企业的管理体制，提高企业的管理水平就可以了。

真正的劳动生产率其实是一种被我们称为全要素生产率的东西。一般说来，全要素生产率是指“生产活动在一定时间内的效率”，是衡量单位总投入的总产量的生产率指标，即总产量与全部要素投入量之比。

全要素生产率的核心就在于两个字：创新。一般人可能会认为，生产过程中只要增加技术含量就可以了，但我们再问一下：技术含量又来自何方？陈旧的技术含量对于企业和经济体的竞争又能起到哪些实际的效果？显然，关键的关键还在于创新。没有创新，就不可能提高竞争能力。

因人手太少而让我在前呼后拥的同行面前“抬不起头”来的两个栏目，之所以能在竞争中脱颖而出，其“奥秘”也在于创新二字。这两个栏目如果只是拾人牙慧，而不能站在一定的高度审视问题，那就既不能形成节目的内在品牌，更不可能将节目的含金量和内在品牌转化成商业价值。

在今天和未来的中国市场，始终存在到底是“迎合”还是“引领”的问题。从市场的角度出发，创造价值的直接通道无疑是迎合市场，非如此就不可能与市场“接地气”。但另一方面，中国是一个发展极其迅速的国家，无论是市场的发展还是人们认知水平的提高，都是如此。所以，在“迎合”市场的同时，一个高明的经营者又必须时刻牢记“引领”二字。只有能引领市场的人，才能最终占据市场的先机。其间的“度”如何把握，当然是一件极具挑战的事情。

如何做到“引领”？关键离不开创新。

我在本书的第一章提到过叶檀，她是在《震海听风录》上经常出镜且言辞犀利的一个嘉宾。

也许有人不喜欢她的观点，有人不喜欢她的这种直截了当的表述方式。但我则不管这些，一如既往地请她发表各种犀利观点。只是你恐怕不相信，直到我撰写本书的时候，我和她还从来没见过面，因为每一次都是视频连线——我与很多嘉宾都保持这样的关系，彼此相知多年，甚至在节目中在电话里无话不说，但却从来没见过面。2013 年 10 月叶檀出席我的节目，当我提到在今天的中国谈创新太沉重时，她依然言辞犀利：“在今天的中国谈创新，不是太沉重，而是太奢侈了！”

在中国谈创新太奢侈！这句话给了我本已沉重的心情一记猛击。从情感而言，我不愿相信这句话是真的；但作为一个现实主义者，我又必须承认叶檀是对的。

让我们先看看一个民族或一个经济体要创新都需要些什么。

首先，它需要社会中的大多数人都具有活跃的思想，敢于怀疑一切，敢于挑战一切现有的权威或体系。看看今天我们周围的现实，达到这一点显然是极其困难的。当这个社会的大多数人都不敢大胆地表达意见的时候，当我们的社会氛围从整体上是不鼓励、不保护出格的言论、大胆的思想的时候，这个社会中的人们是很难形成活跃的思想和创新的习惯的。

其次，创新需要大多数人都具备创新的习惯和能力，而这显然又来自我们从小的教育。20多年前我到德国读书，教授一进课堂就将自己还没发表的一篇论文放在桌上，然后那些年轻的、不知天高地厚的学生就开始挑剔起教授的论文了，其中的很多意见是幼稚的、不成熟的，甚至还缺乏必要的知识根基，但那些学生根本就没有感觉到自己的“无知”，而教授也全然不因此而恼怒。这是创新最需要的氛围。

反观我们的教育，师道尊严。“传道、授业、解惑”，学校教育极少鼓励学生挑战权威，学生也没有这个习惯。记得有个政治学专业的毕业生到欧洲留学，讨论课上需要发言，她居然问身边同学：“我该说些什么？”同学回答：“你有什么想法就说什么。”这个中国某大学的政治学专业毕业生居然说：“我没有想法，真不知道说什么。”这个例子也许过于极端，但它在某种程度上反映了中国教育的后遗症。

第三，创新需要法律的保护。我经常在中国内地居住，有一次电脑发生故障，需要重新安装所有程序。我有点书生气地问安装程序的小伙子新安装的Windows等程序是否需要购买。小伙子不解地看了我一眼说："在这里，没有人花钱去买程序。"被小伙子这么不解地一盯，我顿时觉得自己 out 了，简直长着一颗外星来的花岗岩脑袋。但再一想，如果这个地方谁都不买正版程序，那么谁还会有积极性去发明、创造程序呢？如果全社会都没有鼓励创新的氛围、机制和习惯，那么创新又怎么可能产生呢？显然，这是一个十分 out 的问题，但折射出的却是一个十分明白的道理和常识。

如果整个社会缺乏保障知识产权的机制，如果整个社会的人们都缺乏尊重、保障知识产权的习惯或本能，那么创新是很难在这块大地上发芽、开花、结果的……

由此看来，叶檀说的"在中国谈创新太奢侈了"还真不是一句义愤之言，而是反映了中国实实在在的现实。

问题是：过去若干年，中国可以在没有创新的土壤上实现高速成长，因为中国赖以发展的模式是出口主导，亦即输出便宜的生产要素（劳动力、土地等）生产的便宜产品，短期内可以赚取大量外汇，增大经济总量；但从长期来看，这一模式显然是无法持续的，尤其是在未来三年人口红利势必下降而劳动力将趋于紧张的情况下，提高全要素生产率将成为当务之急。而提高全要素生产率的要旨，则是增加创新。

中国如果无法突破创新这一关，未来若干年将会如何？这是一个很多人有意或无意回避的问题，也是一个在现阶段难以回答的问题。但我们还是要尝试去回答。

还是让我们从经济学上最基本的"微笑曲线"说起。所谓"微笑曲线"，无非是指两头高中端低的形状。所谓两头，就是占据知识产权的上游，以及占据营销权和定价权的下游；而中段则是核心生产部门。从表面上看，似乎生产部门是核心部门，因为没有这个部门，企业或经济体的运作将难以维系。但实际上，由于这个部门不掌握核心技术，也不掌握核心技术的“护身符”——知识产权，同时也不占据营销和定价的制高点，因此看上去虽不可或缺，但在整个价值链上它创造的价值是有限的甚至是最低的。一台苹果电脑虽然在中国组装，但由于其知识产权是别人的，中国在国际市场上又没有定价权，因此“中国制造”辛辛苦苦劳作，最后所得的利润却不超过10%，甚至更低。

相反，那些上游占据知识产权的部门、下游占据营销和定价权的部门，看似不直接参与生产，但实际上在整个价值链上占据了极其重要的位置，其创造的价值远远超过核心生产部门。

这听上去是不是很不公平？初一听好像是，但再一想其实很公平。没有技术含量的东西怎么可能创造或拥有重大的价值？真正拥有技术含量的东西又怎么可能不创造或拥有重大价值？当然，这是就长远而言。在一个经济体发展的低级或初级阶段，没有技术含量的东西有时也能赚取重大价值，20世纪80年代个体户的暴富和今天的中国房地产就是两个极好的例子。但当一个经济体进入相对发达和成熟的阶段后，这个现象就必然得到逐步矫正。

今天的中国不是要高调打造“经济升级版”吗？中国经济不是即将进入“第二季”吗？若不能突破创新这一关，那么“中国制造”即使劳作得再辛苦，也将仍然占据价值链的低端，甚至还会“越来越穷”。大家有没有发现，这世界上有些人越来越富，虽然可能他并没有起早贪黑地劳作；而有些人却越来越穷，虽然他可能每天都十分辛苦。两者差别的全部奥妙就在于此。

但是，大家也不必把创新看得太过高深，以为一谈创新就是要人人都去拿诺贝尔奖。有时候整合也是另一种创新。

举一个例子吧。本书前面提到了经济学上的“供求决定论”和“需求决定论”的分歧。从“供求论”的角度来看，在乔布斯没有发明苹果手机之前，我们谁有如此强烈的使用苹果手机的需求？但大家再往深层想一想，乔布斯发明的苹果手机是原创吗？从苹果手机从无到有的角度来看，它确实是原创；但从科学发明的角度来看，乔布斯无非是把原来的手机功能和电脑功能合二为一而已。乔布斯本身并没有作出重大的原创性发明，但他成功整合了原有的科学发明的成果。而这一整合不但为苹果公司和乔布斯本人带来巨大的商业价值和知名度，而且极大地改变了很多人的生活和工作方式。

因此，不要把所有希望都寄托在原创上。整合也是一种创造，而且有时候是一种更为重要，更能迅速带来商业价值的创造。

再举一个例子。今天的中国，多的是各种领域的专家，缺少的是能够整合各个重要领域知识的另一类“大家”。今天中国的许多问题，绝非单纯的经济学、社会学或政治学知识就能解析的，而必然需要能整合所有逻辑的方法，才能把中国的问题讲清楚，说明白。谁若具备这一能力，那无疑就具备了拥有巨大社会价值和商业价值的潜能。

同样，考察、思考和研判今天中国各类问题时，我们最需要的也是整合的能力。如果纯粹以政治思维来切入，会以为今天的矛盾就是政治矛盾，其实是忽略了政治矛盾背后的社会矛盾，社会矛盾再往后推，其实根源是经济问题。

所以，我说中国患上的是并发症。今天中国的并发症还是良性的，放到未来三至五年时间里，是可以治好的，但五年之后就很难讲了。

我相信，只要今天我们能够好好把握方向和策略，中国的病症未来一定会治好，那么中国今天就需要综合性的思维，需要把所有思维都整合到一起。

整合性的思维和行动，对今天的中国来说，是十分需要的。

六、经济自由度：在中国太沉重？

今天和未来的中国，除了创新，另一个十分重要的因素是经济自由度。

所谓经济自由度，听上去似乎十分抽象，但其实它不但与我们的日常生活和工作息息相关，而且还是覆盖中国现阶段改革的十分重要的杠杆。

我在很多场合提出，今天中国最大的问题之一，是我们的经济依然是不甚自由的经济；如果不能解决经济自由度的问题，那么中国的市场经济就永远不是成熟、健全的市场经济；如果不能解决经济自由度的问题，中国的经济发展就永远会遇到这样、那样的问题。

我们经常说，造成中国的经济放缓的因素有周期性的，也有结构性的；我们经常说，政府介入市场过多，要更多地放权给市场和社会；我们更是经常说，中国这个需要改革，那个需要改革，尤其是 2013 年十八届三中全会上提出的一系列改革举措，如财税改革、土地改革、金融改革、国企改革、收入分配体制改革等。

但大家有没有想过，覆盖所有这些的最为核心的框架是什么？一句话：经济自由度。当我们谈经济放缓时，其实会发现，造成经济放缓的很多问题源自我们的经济是不自由的。李克强多次提到“释放制度的红利”，说的就是这个意思。

因此，如果能从经济自由度的高度来认识未来中国需要进行的改革和努力，效果要好得多。

想要更好地保障经济自由度，除了上面提到的政府须理顺与市场的关系之外，司法必须高度保障经济的自由与独立，这也是非常重要的一个环节。但在今天的中国，一如谈创新太奢侈，谈司法则太沉重了。但只要独立的司法框架没有确立，只要民营经济在很多方面依然受到限制，中国的市场经济就不能被称为成熟的市场经济。

三中全会后推进的财税改革、土地改革、金融改革，哪一项不可以归入经济自由度的范畴？只要这些改革没有完成，我们就不能说中国的经济已经拥有了很高的自由度，因为只有企业家——中国经济的实际操盘手，才实实在在地知道，中国的市场中依然存在许多繁文缛节，存在许多障碍和藩篱。

我有时甚至公开对企业家们讲：你们要允许员工有罢工的权利。当我对企业家们讲政府应如何还权市场的时候，企业家们个个都听得兴高采烈，觉得我成了为他们摇旗呐喊的“代言人”。但当我建议他们要允许员工罢工的时候，企业家们都傻眼了，很多人怎么也没有想到，素来为企业家呐喊的我会冷不防地提出这么一个议题，甚至怀疑我是不是吃错了药。而在政府工作的一些朋友听到罢工可能会浑身发抖，因为在中国谈罢工，立刻就会引人产生政治上的联想。

但仔细想想，老婆和你啰唆或吵架，虽然让你烦心，但至少说明她还愿意和你一起过；等哪天老婆安静了，不闹了，你真正担心的事才来临了：她开始离开你了。

所以，当员工愿意和老板议价的时候，既说明员工对企业还存有希望，同时也说明老板还可以有机会最大限度地发挥员工的自我价值的实现。一个员工在企业工作，其内心诉求是什么？无非有两个：一是挣到一份能维持他相对体面生活的薪水；二是帮助他实现自我价值。

大家可能都知道凤凰卫视有个主持人叫窦文涛，主持娱乐性的谈话节目颇有一点“鬼才”，有人说他早年以说“黄段子”而使“锵锵三人行”走红。加入凤凰卫视前，窦文涛是广东电台的一个小主持人，默默无闻，碌碌无为。直到加入了凤凰卫视，他才从“一条虫”变成了“一条龙”。同样的一个窦文涛，从“虫”到“龙”的经历生动地折射了体制对创造力的巨大影响。

坊间有这样的传闻，凤凰卫视董事长刘长乐曾说，《锵锵三人行》那个节目他不能看，因为里面的一些观点都是他不同意的；作为董事长，他可以轻松地拿起桌上的电话，给窦文涛打电话；但他清楚地知道，这样做的后果就是，广东电台的那个窦文涛很快就会回来，而凤凰卫视的那个窦文涛则将荡然无存。因此，刘长乐选择的办法不是看了节目而给窦文涛打电话，而是干脆不看节目。

刘长乐的隐忍来自他的雅量。恰恰是这种隐忍，造就了凤凰卫视，当年在资源缺乏、设备简陋的情况下，凤凰卫视迈入了内地电视台无论如何都难以达到的境界。

华大基因董事长、深圳华大基因研究院名誉院长汪键，在一次论坛上谈到企业人才战略的问题。在新学科发展时、在新的产业诞生时，需要怎样的人才？汪建反问道，回顾持续了 40 年的 IT 革命、持续了 20 年的网络经济，有多少 IT 英雄是完整地接受了教育的？拿名牌学校的毕业证书，完成所有科学训练，然后创业成功的，有没有？他以王俊、李英瑞等为例，讲述了华大基因的人才观。他当年大胆启用了年仅 22 岁的王俊，现在其已是中国唯一被《自然》杂志评为影响世界的十大科技人物之一的科学家，还被《财富》杂志列入 40 岁以下的 40 名财富精英的行列，成为同时在科技和产业两个领域具有国际影响的人物。“正是王俊这样的创新人才推动了华大基因在世界科学上的第一次贡献”，汪键表示。

汪键说：“华大是一个机构，不是企业，我们有纯正的基础科研，有纯正的教育结构，我们还有硕士、博士授予权，还有十几个博士生导师。李英瑞 19 岁的时候放弃北大而加入了华大基因，虽然没有完成完整的教育，但从 22 岁到 26 岁，连续四年时间在 30 岁以下的科学家中论文发表量世界第一。赵博文 17 岁时还在中国人民大学附属中学读高二，他参加了我们的暑期班，由此萌发了退学加入华大的想法。就是这个高中都没读完的小孩，21 岁的时候已拥有华大认知基因组学实验室主任的头衔，拥有自己的研究项目。”

各位朋友可能要问，经济自由度到底体现在哪里？具体来说，在很大程度上它表现在我们今天民营企业的生存环境。就浙江这个民营企业的大省而言，五年前我在浙江做了调查，浙江出口的90%、净利润的75%~80%都是来自民营企业。可以说，民营企业已经成为经济上的“正规军”，然而在政治地位上却是“杂牌军”。另外一个问题在于，员工能不能在企业内部真正感受到自己的价值得到了实现。日本的一个员工可以在一个企业干40年甚至45年，一直干到退休为止，然而在今天的东亚地区，我们很难在一个企业里找到这么老的员工，香港地区也没有。

总而言之，中国只有依靠创新，才能拓展出一条未来之路。

第五章
未来三年：人才危机将日益深刻

当我们的讨论进行到这里的时候，也许你的眼前正在出现两个中国的形象：一个是发展异常迅速的中国，另一个则是潜在危机渐显的中国。这两个中国，哪一个是真实的？让我告诉你，两个中国都是真实的，而且就像我在其他场合常说的那样，这两个中国正在进行赛跑，而目前我们还真不知谁能跑得过谁。这才是真正的问题所在。

然而本书前面谈到的所有危机，无论是潜在的经济放缓风险，还是人口红利下降的风险，抑或是创新和经济自由度不足的危机，与下面一个危机相比都是次要的；上面这些危机，要么本身就源自下面这个危机，要么程度上远远不敌下面这个危机。这个危机就是人才危机，尤其是高端人才的危机。

今天和未来的中国，有两个红利危机十分值得重视：一是人口红利危机，是就低端劳动力的数量而言；二是人才红利危机，指的是在高端人才方面中国正在出现深刻的危机。

人口红利与人才红利，一字之差，本质完全不同。如果说未来几年的人口红利危机预示着中国未来将缺乏足够的一般劳动力，那么人才危机则预示着这个正向世界第一冲刺的经济体，在向创新型社会转型的关键时刻，将严重缺乏高端人才，从而导致后劲不足。

相较于人口红利下降，这是一个更为深刻的危机，而且其负面效应在未来三年将日益得到显现。

一、为什么是未来三年？

为什么说在未来三年，这一负面效应将日益得到显现？这需要从过去三年开始谈起。

大家可能没有感觉到，2009 年对中国而言是一个至关重要的年份。从外部特征来看，这一年应该是中国开始走上康庄大道的时期，因为 2008 年中国刚刚举办了北京奥运，中国的百年奥运之梦得以实现。同时面对世界规模的经济危机，中国出台了四万亿人民币的投资计划，各种经济指标稳中有升。

2008 年年底，我在给中国发行量最大的报纸《参考消息》撰写的年终专稿中预言，2008 年到 2012 年秋天中共“十八大”换届选举之前的这段时间，表面上看中国似乎没有重大事件发生，但中国内政外交中的一系列深层问题可能将浮上表层；因此，从 2008 年年底到 2012 年年底的这四年，将是中国内政外交的盘整期。

我当时作出这一预言，更多的是出于直觉。但几年后回首，现实的情况表明，我的预言的很大一部分应验了。从 2009 年开始，中国的内政外交进入了一段相当不平稳的时期：

首先，在外交上，随着美国重返亚太战略的实施，中国周边日益不安宁，南海、东海冲突接踵而至，而缺乏应对经验的中国一时间有点手足无措。

其次，在内政上，过去几年被掩盖的社会矛盾开始持续上升。而恰恰在这一关键时刻，万众期待的改革缺位了，当时的中国选择的是一条暂时不作为，但实际上不进则退的道路，因此民间情绪开始悄悄地出现逆转。这一民间情绪的逆转有两个明显的表现：草根阶层中此起彼伏的社会稳定事件，财富和知识精英阶层中的大规模移民现象。

大家一定已经发现，今天很多朋友津津乐道的“移民潮”，其实是从 2009 年以后才大规模蔓延的，其主要表现为两大类：一是财富移民，二是知识移民。

我在《访与思——中国人成熟吗?》一书中曾引用过几个材料，这里不妨再引用一下：

2011 年 4 月 20 日，招商银行与贝恩管理咨询公司联合发布《2011 年中国私人财富报告》。该调研指出，以 1000 万个人可投资资产为界限，2011 年，内地富人将增至 59 万，其中 60%的富人已经完成或正在考虑投资移民。与此同时，根据 4 月初发布的《2010 胡润财富报告》估算，中国目前有 5.5 万名亿万富豪。没有可信的数据显示这些富豪已经有多少移民海外，但北京因私出入境中介机构协会的数据显示，2009 年中国再次掀起投资移民海外的热潮，2009 年到美国投资移民的 EB-5 类签证的中国申报人数已经翻了一番，从 2008 年的 500 人上升到 1000 人以上。

与财富大量流失同时发生的，是中国人才的大量流失。中国欧美同学会副会长兼商会会长、中组部国际人才战略专题研究组组长王辉耀在他的研究报告里透露，截至 2008 年，中国送出留学人员约 140 万，为世界最多，但归国者只有 39 万；自 1985 年以来，清华高科技专业毕业生 80%去了美国，北大这一比例为 76%。2006 年，清华和北大成为美国博士生来源最多的院校，由于这些来自中国的大部分科学与工程博士都会孜孜不倦地走着“在美找工作——获得签证——申请绿卡——入籍成为美国人”的道路，因此，美国科学杂志把清华、北大称作“最肥沃的美国博士培养基地”。

读到这里，你可能还是没有明白为什么未来三年，中国的人才危机将日益显示其负面效应。

前面提到的王辉耀博士，早年留学美国，后在跨国公司工作，活跃于京城政治、经济和学术圈，也是欧美留学生中的主要代表人物之一。我们最早结识于每年年底在广州举行的“中国留学人员交流会”，简称“留交会”。自 2002 年之后，我就与“留交会”陆续有些往来，2008 年被广州市政府聘请为市长顾问，是所有顾问中唯一的人文学科代表。

自此以后，我和王辉耀几乎每年都要在广州见面，我对他的工作及其意义渐渐有了了解。我常在各种场合说，研究中国的人才问题和人才战略，王辉耀是中国第一人，无人能出其右。王辉耀与我也惺惺相惜，称我的节目是“华文电视政经节目中最好的”，“节目影响力很大，是凤凰卫视最好、最有高层影响的节目”。这当然属过誉之词，让我受之有愧。

2010年冬天，王辉耀在广州“留交会”做的一个报告深深地触动了我，使我从此开始关注并研究中国的人才问题。王辉耀的报告让三年前的我第一次明白，对中国这个世界第二大经济体来说，我们不仅是要吸收全球华人中的精英，更要有胸怀和机制吸引全球一流的人才。而恰恰在这方面，中国目前非常不成功，中国目前主要还是在吸引本国出去的“海归”，而远没到吸引全球一流精英的地步。2004年开始实行的“中国绿卡”迄今只有4000多人获批，绝大多数获批者是外籍华人，其中有2000人还是家属。即便是在吸引“海归”方面，这些年虽有一些“海归”回国，但高尖端人才的数量不多，而更多的知识移民则又对冲了吸引“海归”的功效。

王辉耀引述李光耀的一句话是：“中国是在14亿人口中选人才，而美国则是在全球70亿人口中选人才。”短短二十几个字，将中美两国的战略、视野、胸怀、机制、社会开放度立体地勾画出来，高低立现。

但我还要再加一句：“一方面，中国仅仅在14亿人口中选人才；另一方面，14亿人口的精英又正在大规模地、源源不断地流向美国等西方国家。”

读到这里，你大概和我一样，脑海中会浮现出下面这句话：“这个游戏没法玩了。”不过，作为一个爱国者，我还是要再加上一句，以使这句话更加完整：“这个游戏没法玩了，除非中国未来作出深刻的改变。”

二、中国需百万顶尖人才，目前仅一万

2013 年 6 月，王辉耀专门飞到香港出席我的节目，讨论中国的人才危机和人才战略。与王辉耀一起出席节目的还有香港地区的加拿大学者、“中国通”崔大伟。

小小的摄影棚顿时成了指点风云的舞台。中国这个世界第二大经济体，表面上看其机体正在不断长大，但其体内的血液正在不断流失。这种“失血”现象短时间内可能不为人注意，但等到中国超越美国而成为第一大经济体时，或许我们忽然间会发现，多年不断的“失血”已导致“血液”流失殆尽。到那时该怎么办？

这听上去似乎十分危言耸听。我承认这一比喻有点言过其实，但看完下面一段我与王辉耀在节目中的对话，你大概又会觉得我上面讲的不无道理：

邱震海：中国到底需要多少尖端人才，而我们现在又缺多少？

王辉耀：目前来讲，尖端人才是非常缺乏的，比如按照科技部的统计，我们真正的高端人才在全国范围有一万人左右，就是特别顶尖的一批人才。

邱震海：美国呢？

王辉耀：美国至少是我们的十倍以上，而且现在我们在很多尖端领域都很缺乏人才，比如，我们现在是航空大国，有仅次于美国的第二大航空市场，但是航空领域的院士没有几个；我们现在是汽车大国，但尖端汽车领域的院士也很少。更重要的是大量人才的流

失，比如美国现在已有200多人获得诺贝尔奖，在美国工作，中国这方面很少，长期都没有。更重要的是什么呢？阿德麦肯锡曾经做过一个调研，中国目前的市场上大概需要75000个高端的、一流的职业经理人，但是市场上又能找到多少呢？只有5000个，差了十多倍。

邱震海：美国呢，美国大概需要多少？

王辉耀：肯定很多，世界500强里面美国公司占了大多数，差不多一半都在美国，而且这方面它的储备是很充沛的，包括大学的人才储备、政府的人才储备、科研研发机构的人才储备，还有硅谷，基本上是世界的一个创新中心。我们看到现在大量的高科技、新发明都来自硅谷，硅谷里50%的企业都是移民创造的，美国47%的科学家都不是出生在美国。

邱震海：未来25年，中国的人才需求一定是往上涨的。也许十年之后，当中国也需要十万顶尖人才的时候，按照我们目前这样的失血速度，您觉得会是什么状况？

崔大伟：100万，那时中国将需要100万。因为中国人口基数很大，我们的人口现在是美国的四倍，而且中国如果要成为世界第一大国，必须靠人才做支撑。

邱震海：但是现在中国的人才在不断流失，这个流失比率大概是多少？

王辉耀：拿留学生来讲，按照官方的统计数据，去年出去40万人，总计出去的大概260万人，回来的差不多100万左右，回归率是30%~40%，还有约60%是在海外，这个比例是比较大的。国际上常见的一般是 40%、50%，应该是一个比较合适的比例，然而我们的留学生现在大部分还在海外，尤其高端人才在海外的比例非常大，比如理工科的博士现在 90% 以上都留在了海外。按照教育部留学服务中心的最新统计，回国的留学生较多是硕士，其中包括英国一年毕业的硕士，而博士的回归率只有 5%。

邱震海：如果按照这个下降的速度继续往下走，回归率还这么低，中国还吸引不了全世界一流的人才，而未来的 10—20 年中，中国可能需要几十万尖端人才，那么届时会呈现出一种什么样的危机状况？

崔大伟：中国过去主要依靠出口，而中国的出口商品又不具备高技术含量。中国一定要从劳动力出口转向科学方面的出口，但是假如人才流失的情况继续下去，这个目标很难实现。

王辉耀：中国面临一个新的转型，要从人口红利转到人才红利，要从中国制造转到中国创造，要从投资拉动转到人才拉动，这些都要靠人才来支撑。

邱震海：中国经济已经放缓了，而且人口红利正在下降。如果人口红利加上人才红利，两个红利同时下降，十年以后的中国将是一幅什么样的图画？

王辉耀：我们举个例子，过去这些年，中国企业占世界 500 强的比例在不断增加，原来只有几家，后来增加到十几家，二十几家，到 2013 年大概有六七十家。然而虽然进入了 500 强，真正能在世界上占领国际市场份额，能够到国际市场上参与全球化的公司屈指可数，可能只有联想、华为几家公司。很重要的原因就是我们缺乏一流的国际化人才，比如顶尖的世界500强公司的高管。没有这批人才，中国未来要走出去非常困难。中国的经济发展也是这样，国内各种价值链的攀升，高科技产业的发展，都需要有足够的高端人才支撑，特别是创业人才。

过去30年之所以成功，是因为我们调动了国内低端劳动力的流动，减少了壁垒，把劳动力全球化、全国化，全国化的人口流动尤其是两亿农民工的流动带来了繁荣。未来30年要依靠全球化的人才流动，要去发挥全球人才的红利，吸引全球人才来中国，特别是要把出去的人吸引回来，再把国际上其他国家的人才吸引到中国来，由此才能支撑中国未来30年的发展。

三、2025年：中国是否将“失血过多”？

过去若干年的中国，经常都是在一不小心中获得成功的：

1999年，中国完成加入世界贸易组织的谈判，当时中国还只是全球第十一大经济体。

2001年，中国正式加入世界贸易组织，当时的中国已经成为全球第九大经济体。

从此以后，仅仅过了五年，到2006年，中国就“一不小心”超过了德国，成为世界第三大经济体。

1991年年初我抵达德国的时候，无论是在德国呼吸到的清新空气还是感受的人文气氛，无论是德国人民实际的收入水平还是抽象的思想水平，都远在我的祖国之上。这种感受对年轻的我来说是令人震撼的。而当时我没有想到的是，仅过了 15 年，我的祖国就在经济总量上超过了德国。

从 2006 年到 2010 年，仅仅过了四年，中国又“一不小心”在经济总量上超过了日本，成为世界第二大经济体。

不知大家有没有注意到，中日之间的各种冲突从深层浮上表层，从一般冲突上升为准军事冲突，大都是在 2009 年之后发生的，这绝对不是一个巧合。用某些学者的话来说，这是典型的“擦肩效应”，亦即作为后来者的中国赶上日本，双方“擦肩”之时总会发生些许摩擦。

从 2010 年到现在，又是四年时间过去了，人们已在认真地计算中国的下一个“一不小心”将在什么时候发生——超越全球第一大经济体美国。届时的“擦肩效应”定将发生得更为猛烈。

但在计算下一个“一不小心”何时发生的时候，请读者朋友注意，在刚刚结束的 2013 年，中国又完成了不为人注意的“一不小心”：根据 2013 年 10 月的统计，中国的人民币已超越欧元的地位，成为继美元之后的全球第二大贸易结算和融资货币，欧元和日元则分别处于第三位和第四位。

这一动向反映了什么？它折射了一点：人民币国际化进程虽然尚未完成，但人民币实际上已经具备相当程度的国际化水准。而这一水准的拥有，较之理论上的人民币国际化显然更具有实际意义。

2013 年，中国完成了另一个不为人知的“一不小心”：中国的全球贸易总量超越美国。这一数据意味着，中国已经成为全球最大的贸易国。

现在回过头来说大家很关心的下一个“一不小心”，即中国经济总量什么时候能赶上美国。如果说过去几次“一不小心”主要都是得益于出口为导向的经济模式，那么赶上美国之后，如何维持世界第一大经济体的地位则是中国面临的重大挑战。也许赶上美国之后，中国依然可以依靠粗放型经济模式；但富国不等于强国，中国要维持世界第一大经济体的地位，并逐渐成为一个真正的强国，必然需要技术含量高的经济模式，必然需要大量高端人才的支撑。

不要忘了，从本书前面的描述中可以看出，中国的高端人才储备目前还正在大量的“失血”之中。就目前而言，我们还看不出中国的这种“失血”现象有任何扭转的迹象。

按照一些朋友的“认真”计算，中国“一不小心”赶上美国的时间，很可能是在2025年，也就是距离现在11年之后。11年的时间长吗？我不知道。我只知道，经济总量赶上美国也许不难，但要维持世界第一的地位，中国现阶段的能源储备、人才储备是严重不足的；中国现有的产业结构安排也是严重不合理的……

再看一段我与王辉耀和崔大伟的对话：

邱震海：中国目前的人才情况能不能支撑到中国2025年赶上美国？

王辉耀：我认为这会有一个很大的挑战，或者说一个很大的危机，因为从目前来看中国人才流失的速度在加快，比如过去这些年出去的留学生人数在不断加大，同时还有大量财富精英，包括技术移民、投资移民，也在大幅增加。

如果我们要做创新型国家，要成就 2025 年的一个价值链攀升，要从中国制造发展到中国创造，没有人才的支撑肯定是无法实现的。

邱震海：辉耀兄最近写了一本书，叫《移民潮——中国怎样才能留住人才》，里面讲到 2011 年时中国在国外的留学生是 110 万，外国到中国的留学生是 29 万，相差非常之大。

王辉耀：对，而且来读学位的外国留学生只有 11 万多。

邱震海：这 110 万中国留学生，相当一部分是中国最优秀的学生。最优秀的中国学生跑到了美国，跑到了西方，而到中国的外国留学生大多却不是其本国最优秀的青年，这种数量上的反差，加上结构上的反差，其实已经让我们非常震惊了。当然我们要区分三个概念：一是人才的流动，二是人才的流失，三是人才的浪费。人才流动是应该鼓励的，但是人才的流失是应该引起警觉的：所谓人才流失就是他放弃了国籍，带走了他的身份，带走了他的资金，带走了他的技术，不可能再用他的知识、财富来为祖国服务。中国有很多战略，如国防战略、经济战略、能源战略、产业战略、科技战略，然而却没有一个好的人才战略。

邱震海：二战结束后，美国和苏联分别攻入德国。两个国家都在掠夺资源，苏联在集中精力抢机器，抢设备，甚至抢军火。美国则是有选择地抢那些高学历的德国科学家，甚至创造过原子弹的德国科学家，把他们作为战俘运到美国。

王辉耀：实际上，二战以后美国的很多重大发明，包括原子弹、氢弹、导弹、人造卫星、电子计算机，发明这些的科学家，很多都是他们抢来的。

邱震海：我们看看诺贝尔自然科学奖的获奖人数，根据2012年的数据，美国是233个，中国为零，还比不上以色列、南非。这是为什么？这是一个非常沉痛的问题。再看看中国和美国聘用诺贝尔自然科学奖得主的人数，中国还是零，换句话说，中国没有聘到一个拿到诺贝尔科学奖的人到中国来长期工作，而美国占了70%。是因为中国没钱，请不到一流的诺贝尔奖得主吗？还是其他原因？

王辉耀：我认为这是一个全方位的政策制度问题，比如吸引人才的环境，包括机遇条件、团队、英语工作的语言环境，甚至包括绿卡、办签证，都是制约因素。

邱震海：中国从2004年之后开始实行中国绿卡，希望一片诚心能够吸引外国顶尖科技人才来为中国服务，这已经超越原来只是吸收海归回来的政策。

但是我们比较一下，改革开放30多年来，中国公民拿到美国绿卡的加起来有111万。而最近10年，自从中国推出绿卡制度以来，拿到中国绿卡的总共只有4000人。

王辉耀：这个比例悬殊非常大，美国每年发放的人才绿卡是14万张，另外还每年发放近8万张人才签证。从这个上面来看，我们发放的绿卡非常少，而且这4000张绿卡持有者里面还有一半是家属。

邱震海：拿中国绿卡的很可能还有一部分是华人，在拿到美国绿卡以后，为了在中国生活工作方便而再回来拿中国绿卡。

崔大伟：他们要在中国工作，就要跑来跑去，拿到中国绿卡是应该的，这里我们没谈到双重国籍的问题。很多国家现在反对这个政策，中国一直不愿意改变制度，只承认一个国籍，作为中国人，要拿到外国的国籍，就必须放弃中国国籍。

王辉耀：这也是个制约因素。

邱震海：现在很多朋友问，作为世界第二大经济体的中国什么时候能够赶上美国，现在我们喜欢把中国和美国放在一个平面来看，但其实中国和美国在人才储备上完全不在一个等级，相差非常远，现在中国是最大的贸易出口国，美国是最大的贸易进口国，同时中国也是最大的人才输出国，而美国又是最大的人才输入国，这种对比也许会让很多朋友有所清醒。我们再引用美国的敌人——古巴前领导人卡斯特罗说的一句话吧，他说："贫穷国家要摆脱不发达的状态，人才是必不可少的，但他们花费巨资培养出人才，最终却为发达国家服务，这阻碍了贫困国家的发展。"辉耀兄，我记得你的书上有一段讲到塞拉利昂。塞拉利昂是一个非洲穷国家，缺衣少药缺医生，但是美国芝加哥某一个医院里面原籍塞拉利昂的医生人数，超过了塞拉利昂本国的医生数目。

王辉耀：对，这确实是事实。20 世纪 60 年代发展中国家有很多学者做过这方面的研究，比如一年基础教育的投资金额达到 700 亿到 1000 亿美元。这还是六七十年代的数据。所以，关于基础教育的培养，国家花费大量资金在人才培养上，但是获益者却是美国，这就是现实。

在那天的节目录制现场，我从王辉耀平静的语气中读出了深深的忧虑，于是就有了我在节目现场的那段有感而发："中国发展很快，但是坦率地讲，中国未来的发展到底有多少可长期支撑的空间？我们的能源是不是足够？我们的科技，我们的产业，尤其人才储备，是不是足够？如果人才储备不够，甚至还在大量流失，那么未来的15—20年，中国将如何维持？今天的中国就像一个人在不断长大，已经成为世界第二大经济体了，但是身体里面的血在不断流失，也许等到有一天我们成为世界第一大经济体，看上去很大的时候，我们的血已经没有了。”

我在一些公开演讲场合论及人口红利消失的问题时，曾经用过一个“面粉与水”的比喻：当中国作为经济体蓬勃发展的时候，会产生许多工作岗位，犹如一个大池里需要的水，而大量从农村富余出来的劳动力就成了往“水池”里倒的“面粉”；在发展的早期，这根本不是问题，因为过去中国的劳动力供应一直是无限的；但突然有一天我们发现，“水池”依然没有填满，而“面粉”则开始稀少了，这就是“刘易斯拐点”的出现，亦即劳动力无限供应的状态开始趋于结束。

这个“面粉与水”的比喻，也可用于对未来几年中国人才“失血”状态的描述。中国经济总量的膨胀和国力的上升犹如一池清水，需要大量高尖端的一流人才来填满。然而恰好在这个时候我们发现，我们手上的“面粉”远远不够。如上所述，今天需要100万高尖端人才的中国，实际的高尖端人才却只有一万。所以，有限的“面粉”永远无法填满那池清水。

不仅如此，而且这极其有限的一万人里，有些人可能还正在认认真真地计划移民。换言之，这一万人的数量，未来几年还可能继续萎缩。那 100 万容量的“水池”，恐怕永远没有被填满的那一天了。

但请不要问我为什么会这样。过去很长一段时期，我们一直都说国家没有钱，所以我们无法吸引一流的人才。但今天我告诉大家，中国的各级政府是全世界最有钱的政府，“国家很困难”这句话早已不适用了。更重要的是，全世界最有钱的政府，居然吸引不了全世界最具才华的人群，这里面的原因一定不是硬件层面的，而绝对是软件层面的。

四、人才危机背后的制度危机

在中国，谈什么都可以，但千万不要谈法治，因为谈法治太奢侈；也千万别谈体制，因为谈体制太沉重。人人都知道，今天的很多问题都是体制造成的，但恰恰是关于体制的改革最为艰难。

然而涉及人才问题，我还是要忍不住谈一下体制问题，虽然我不可能太过深究。

还是请大家先看一段我与王辉耀等人的对话：

邱震海：中国在人才战略上最大的软肋是什么？

王辉耀：我认为人才的吸引机制需要进一步健全，比如美国参议院正在出台一个新的美国人才移民法，这个移民法有很多大动作，比如人才工作签证从每年 6.5 万个大幅提升到 11 万个；还要开创创业签证，同时也要取消国别的移民配额。中国需要加强环境制度建设，比如中国现在还没有投资移民法，还没有人才移民法。另一方面还需要建设我们的学术氛围，自由的学术环境，海归子女回国后的求学也是很大的问题。

邱震海：这两个问题一个是硬环境问题，一个是软环境问题，我个人理解硬环境问题比较好解决，出台一些法律规定就可以解决，但软环境问题更难解决。过去20多年中国的硬环境在不断发展，但中国的软环境到底有没有改变？

王辉耀：现在很多地方是有大楼却没有大师，也就是说，硬件非常好，每个到中国的外国人可能都觉得中国的硬件非常好，但是在吸引高端人才方面，我觉得还有很多工作可以做。还有另外几个问题，一个是大学普遍只进不出，人才流动没有起来，在吸引人才方面台湾大学的人才流动性非常大，而在大陆，高校间的人才流动还不够。

另外一个问题就是论资排辈也非常严重，等级制度、体制内体制外的流动障碍很大，比如评选机制，看的往往不是你能做多少工作，而是你有多少关系，这对于海外归来并且习惯于纯粹凭学术、凭本事、凭能力来奋斗晋升的人来说，意味着还要做很多额外工作。

崔大伟：还有知识产权的问题，比如，在国外创造一个新的知识产权，带回国内，很可能六个月以后就有人把你的知识产权拿走了。

王辉耀：我觉得只要认真来做，是可以转变一些现实状况的，比如，周边一些国家在20世纪五六十年代都有大量人才流失，后来又经过努力把这种人才外流转变成人才回流。对此，我觉得中国也完全可以做到。

邱震海：从其他国家的经验来看，他们能做到这点的关键是什么？

王辉耀：关键有几个方面。一是他们很注重制度建设，包括跟国际接轨的人才吸引政策的建设，第二就是软环境的改善，包括学术环境、工作环境、子女教学环境，同时还有一个更重要的因素是，归国人才能够得到一个发展和流动的平台。

邱震海：您从加拿大过来，在一流人才的引进方面加拿大有哪些可以供今天中国借鉴的地方？

崔大伟：加拿大也有一个问题，就是跟中国一样的问题，我们人才也都跑到美国。我是加拿大人，我拿到美国密歇根大学的博士学位。很多跟我情况相似的加拿大人都跑到了美国，所以后来加拿大也建立了一个制度，对于留学回国者给予多 30%~40%的工资，并且提供研究经费。

王辉耀：加拿大也有一个跟中国不太一样的地方，那就是加拿大向美国输送一个人才，还可以从其他国家吸引四个人才来做补充。

邱震海：我记得 1978 年 3 月，当时有过一个中国的科学大会，在战略高度上全国上下都认识到科学春天的来临，中国未来的四个现代化只有靠科学才能发展。35 年过去了，中国一跃成为世界第二大经济体，但是高端人才依然严重储备不足，如何从战略高度来构建这个问题？

王辉耀：您说得很对，这个 1978 年的科学大会，我记得当年郭沫若称之为“科学的春天”。1978 年改革开放以后邓小平做了两个非常英明的决策，一个是恢复高考，另一个是派遣留学生。这两个政策对中国未来30年的改革开放起了很大作用。所以我觉得，现在我们应该呼唤人才的春天来临。中共“十八大”的报告就提出了构筑具有国际人才竞争力的制度优势。什么是构筑具有国际人才竞争力的制度优势？这就需要我们从宏观的战略架构上处理好这个问题。

崔大伟：现在中国有一种现象，就是对新近回来的海归不那么信任。一些早年的海归已经当上了官，似乎不太欢迎新来的海归，害怕优秀，害怕竞争。

邱震海：似乎中国越发展，某种程度上对人才的心态越趋于保守。我也听到很多海归朋友有类似的描述。这与1978年的情形形成了鲜明的反差。

王辉耀：我觉得，从某种意义上来讲，这个体制机制还需要进一步创新，比如现在的大学体制，首先应对正常的进出淘汰机制加以更多的完善；此外，现在大学的办学可能比较单一，今后应注重多元化发展，比如可以建立国际学校，这样人才的运用就会更好。另外就是文化上的因素，现在吸引海归最好的就是跨国公司，民营企业、国企央企以及其他事业单位就很差，前些年也进行过国资委全球招聘，央企全球招聘，然而我看过一个报道，招聘了十年下来，只招到120多个海归，聘用人员45%是来自原来的国企，另外45%是来自其他国企，只有10%是真正从全球招聘来的，全球招聘的比例太小。

崔大伟：我刚从土耳其回来，看到土耳其现在最好的三所大学都是私立大学，都是最近20年发展起来的。现在他们排名第一的大学大概有180个老师、教授，其中150人是海归，大部分是从美国回来的，所以他们的大学发展特别快。

邱震海：土耳其的经验是来源于它文化的开放，还是来源于土耳其政府从上到下的一套战略？

崔大伟：不是政府的问题，最主要的原因是这些大学是私立的。

王辉耀：首先应允许办私人大学。

邱震海：其实坦率地讲，中国改革开放二十多年来，有无数民营企业，很多民营企业家也很有钱，而且很大一部分民营企业是“海归”创办的。有没有可能现在资本的力量加上知识的力量就能形成一种新的创新力量？我们能不能更多地利用现有民间资本的力量？

王辉耀：我觉得，我们的人才培养可能也要来自新的改革开放。回忆改革开放30年前，当时国有企业可能跟现在的很多教育机构一样，体制比较死板，活力不足，邓小平当时非常英明，鼓励中外合作、三资企业、中外合营，于是给国有企业注入了活力，带动了竞争多元化。我觉得我们的教育、人才培养系统也应该是这样的，应该有更好的国际上的合作和参与。因为教育本身就是全球化的，国内也有这种例子，比如中国商学院，开始是培养教育不授予学历，但是后来逐渐发展起来了，带动了中国管理教育的蓬勃发展，我们的大学也可以采取多元合作来培养人才。

邱震海：谈来谈去，我认为我们还是在谈如何吸引从中国走出去的那些海归，千方百计把我们自己的黄皮肤人才吸引回来，但是这是不够的，一个真正的大国是要在70亿人口中去选拔人才，中国现在作为世界第二大经济体，为什么没有拿到诺贝尔奖的人才会到中国来？过去我们说中国没钱，现在中国不缺钱，为什么依然吸引不过来人才？我们是缺钱还是缺文化？是缺体制还是缺战略？

王辉耀：我觉得可能各方面的原因都有，其中非常重要的一点就是，我们如果想建立具有国际人才竞争力的制度优势，就要按照“十八大”报告去做，要欢迎全球人才来中国，首先我们得有个机构来处理他们的申请。比如台湾地区在四年前就建立了移民局，欢迎全球人才。10年前中国就提出要起草人才移民法和投资移民法，然而至今仍没有出台。另外，在法律层面，出入境管理法、外国人来华等相关条例都需要进一步完善。构建好大的制度后，再构建软环境，包括回国就业许可，扩大发放绿卡的范围，以及海外侨民证和人才普惠制度。比如，印度发了1100万张海外公民证和侨民证，吸引了大量人才。

崔大伟：你刚才提到了国外的经验，让我想到以色列的例子。在那里，科学家完全是一个科学家，研究员除了自己的研究以外，没有任何行政责任，不需要开拓、维护很多资源。

邱震海：那就是我们一直在倡导的学术独立、学术自由。但在中国过去若干年的发展过程中，我们越来越看到的是学术行政化、学术官僚化，现在大学校长首先必须是个官员，大学校长首先以晋升副部级为荣。如果你是一个诺贝尔奖的获得者，你是否愿意进入一个副部级官员管理的大学？

崔大伟：那当然不去，应该追求的是诺贝尔奖，而不是一个副部级的官衔。最重要的是，要在完全没有干扰的学术环境下开展研究。

邱震海：我们的软环境依然是官本位的，依然是以官僚为主导，依然排斥竞争，不鼓励创新。

王辉耀：形式上，你必须是官员，你才能拿到足够的研究资源，但是如果为了拿到研究资源去做行政工作，那就会耗费大量的时间。即使拿到了这个资源，你也研究不出来，因为你的时间和精力都耗费在去拿资源、跑关系上面了，这就陷入了一个困境。

邱震海：很多朋友说我们现在有大学，还有大楼，没有大师，我要加一句，我们现在有很多大学教授，但是真的没有大教授。拿掉几个副部级大学校长，多出几个真正的大教授，这才是中国的正道。

王辉耀：除了需要建立一套跟国际接轨的人才引进制度，包括移民制度、签证、绿卡、侨胞证等制度外，我们还需要建立一套完整的打破用人体制内外界限的制度。国内有很多优秀的人才，但是他们往往进不到体制内，要把这些人才用起来。

邱震海：一个系统是否开放，也体现在政府官员中是否有很多海归。

王辉耀：确实是这样。

邱震海：1000 多年前，中国唐朝吸收了很多外国人担任政府官员。今天和未来的中国有没有这样的气魄？

王辉耀：我们必须要有这种更大的国际视野和国际气魄来吸引天下人才为我所用。

五、开放的胸襟和社会：未来三年的迫切挑战

日益发展、富裕的中国居然难以吸引一流的人才，甚至难以留住一流的人才；一个需要100万高尖端人才的中国，目前实际拥有的高尖端人才只有区区一万。这样的数字一一罗列出来，足以让正在做“大国梦”、“强国梦”的国人产生深深的危机感。

更重要的是，产生深深的危机感之余，我们还应该有一种深深的羞耻感。过去我们难以吸引一流人才是因为我们落后，但现在我们正走在通往世界强国的路上，为什么依然无法吸引一流人才？过去我们无法留住一流人才往往是因为贫穷，但今天我们已经成为世界第二大经济体，为什么依然无法留住一流人才？

显然，这里的根本原因不在于是否富强，也不在于富裕与否，而在于我们的学术体制和人文体制。一个以副部级为荣的大学是难以吸引世界各地真正的大学者加入其中的；一个首先以官员为荣，而非以校长为荣的大学，也是难以让真正的学者在其中感到心情舒畅并有真正用武之地的；一个只有跻身官僚阶层才能拿到行政和学术资源的社会，更不可能对真正的学术和知识有一种发自内心的尊重和敬仰。

更重要的是，这个封闭、保守的体系背后是我们心灵的封闭。我在《访与思——中国人成熟吗？》一书中曾经写过一段话，我愿在这里再次引述：“20世纪80年代的中国，物质贫困，心灵开放，90年代开始却正好相反，物质富裕，心灵封闭。从20世纪90年代到现在，又一个20年过去了。中国人的物质更加富裕了，但心灵是更

开放还是更封闭了？这个问题见仁见智。但随着物质的日渐富裕，中国人的日益迷茫是不争的事实。”

心灵的封闭和迷茫，才是今天中国最可怕的东西。都说中国要实现大国之梦，但大国之梦的前提是什么？除了经济、军事和综合国力的强盛之外，非常重要的一点是心灵的开放。开放的胸襟是建设成一个大国必要的心理条件之一。

大家有没有发现，随着我国经济的发展和国力的强盛，人们似乎渐渐缺少了过去落后年代的那种胸襟，心灵变得有些狭隘，胸襟变得有些狭小。而这对于一个正在成长中的大国来说，显然是致命的。我的嘉宾们在讨论人才问题时的下面这段对话，可能会对大家有所启发：

熊浩（战略观察员）：我觉得这里有一个观念可以澄清，我们说需要海归人才回国，这并不是简单的崇洋媚外，并不是简单地去相信西方的月亮比中国的圆，而是我们相信多元化会产生力量。不同的背景，不同的经验，不同的知识，相互之间才可能形成竞争，才可能彼此启发，所以我们的目的其实是创造一个更多元，更有生命力的学术环境，或者说人才环境。

另外一点我觉得，中国要解决人才战略问题，还需要营造一个更加有活力、更加有魅力、更加开放的社会。如果这个社会是封闭性的，如果这个社会对异质性的知识和观点有排斥，不能够很好地接纳和吸收外来人才，没有必要的宽容，那么无论在多么具体的措施下，人才回到国内之后也总会感到各种各样的不适。

这首先也是一个社会改造工程，创造一个开放的、宽容的，接纳各种意见的环境，在薪资水平、生存环境，包括环境质量、学术自由方面，创造一个更加开放宽容的大环境，我想这对海归人才才是有吸引力的。

王辉耀：其实我们现在不光是吸引海归，而且应该吸引全世界各国的人才。比如，香港的国际化程度为什么这么高？因为香港的国际化人口大概占10%的比例，而中国大陆现在是多少呢？比如北京、上海，北京要建世界城市，上海要建国际大都市，但是北京国际化人口即外籍人口的比例不到0.5%，上海可能还低于新中国成立前的比例。

邱震海：但是刚才熊浩讲的是这个架构后面的一些深层问题，如果社会改造工程没有完成，社会本身的心态是封闭的，文化相对来说比较保守，思想空间包括网络言论自由都还受到一定的限制，你怎么要求世界一流的人才能够在北京和上海工作？

王辉耀：问题的确如此。一方面是环境需要改善，另一方面又需要大量的人才参与这个改善。

邱震海：这一代的海归或者外国的一流人才在中国能不能真正受到信任，今天的中国从上到下对海归有没有这种信任感，这既涉及我们对先进文明的态度问题，也涉及我们对多元文化的心态问题。

王辉耀：这是非常重要的。改革开放时欢迎外资来中国，欢迎外国企业来合资，到了现在这个阶段，中国需要创新，需要国际的人才来中国。在春秋战国时代的中国，就有很多人才的流动，孔夫子就曾周游列国，所以现代中国也应以开放的姿态欢迎全世界人才来中国发展。

崔大伟：在加拿大没有什么内外有别，在美国有一点内外有别。但是在中国，回国人员的思想比较开放，但是对于没有出国经历的中国人来说，看外国人可能就害怕一些，这也是中国传统意识中的一种现象。

熊浩：我们非常期待能重现盛唐时期的那种人才多元化的盛景，以此构建非常雄伟的国力。但是首先国家要有盛唐的胸襟。如果没有盛唐的胸襟，不可能重现盛唐的风貌。在这点上我很相信儒家的一句话——内圣外王，意思就是你自己的力量如果是健康的，向上的，有力量，有活力的，那么自然会八方来朝，自然会对人才产生非常强的吸引力。

邱震海：如果我们回望过去 100 年中国现代化的历程，可以粗浅划分出中国的四代海归，我们看看这四代海归在中国现代化进程中到底发挥了什么样的作用。第一代是晚清人士，从容闳到詹天佑等。第二代是民国的留学生，像胡适、竺可桢等。第三代是中华人民共和国成立之后，主要是留学前苏联和东欧国家的学生。第四代就是改革开放 35 年以来的 200 多万自费或者公费前往海外的留学生。怎么看四代海归在中国现代化中的作用？

崔大伟：第三代很有意思，因为中国共产党第八届中央委员会中 45%的人都是海归，后来就不是这样了。

王辉耀：再往前看，中国共产党成立的时候，比如说第一大的时候 12 个代表，八个是海归；然后十大里边六个是海归，当时第一届政府 56 个国务委员中的大部分也是海归。

邱震海：原因是什么？

王辉耀：因为那个时候中国要开放，要学习西方发达国家并赶超西方，必须要具有国际视野掌握国际先进技术并吸引具有国际理念的人才。这给中国带来了很多变化，比如中国的第一条铁路，詹天佑也是欧美同学会的创始人，包括胡适，包括所有以前的老一代海归，都对中国贡献非常大。

邱震海：过去100年中，如果可以比较，哪一代海归对中国现代化的贡献最大？

王辉耀：我觉得是第一代和第二代海归，特别是民国这一代海归对中国影响非常大。这两代海归对中国的影响作用，概括而言就是拯救中国，主要是引进了很多先进文化和理念。留苏这一代海归在建设中国过程中发挥了特别大的作用。当代海归在创业创新方面发挥了很多作用。每代海归在不同时期发挥的作用不一样，我认为当代海归还可以发挥更大的作用。

邱震海：你说得很委婉。其实你是在说，当代海归的作用没有充分发挥出来。最主要的原因是什么？

王辉耀：我觉得现在我们还要进一步解放思想。因为我们现在处于一个全球化的时代，一方面，中国企业要走出去，需要大量国际化人才，包括这些在国外待过并且有国际经验的人才；另外一方面，我们的很多发展都需要跟国际接轨，将面临各种错综复杂的国际问题，比如南海问题、东北亚问题、中美关系问题、对外公共外交问题、民间外交问题等，尤其国际贸易方面的问题最多，这些人能够在解决这些问题上发挥很多作用。

第六章

未来三年：美国将悄悄改变世界

各位读者读到这里，可能会有一个感觉：本书前面部分都是在谈未来几年中国国内的风险。那么中国以外的地区呢？这就是本章试图解答的问题。

在这里我再提出一个核心观点：我们现在一只眼睛要看着中国，另一只眼睛却要看着世界。我有时半开玩笑地跟朋友说，以前欧美发达的时候，有西方中心主义，有欧洲中心主义，现在我们也可能有某种程度上的“中国中心主义”。

当然，今天全世界都离不开中国，中国是全世界最重要的经济体。然而同时也不要忘了，我们内部的问题很多。中国民间有句俗话：既要埋头拉车，也要抬头看路。今天的我们十分关注中国本身的问题，包括中国本身的改革，这当然无可非议。但在关注世界局势时，我们似乎慢慢养成了一个习惯：与中国有关的事情，我们才关心；与中国关系不大的，我们的眼光便一扫而过，甚至就连扫一眼都懒得。因此我说，“中国中心主义”正在我们中间渐渐形成。

久而久之就会出现一种风险：我们对中国以外的世界中正在发生的深刻变化，渐渐开始感到漠然；甚至对外部世界中一些风险信号也不再敏感。大国尚未成型，却已染上大国的傲气，最终的结果是“出师未捷身先死”，这是今天的中国人应该吸取的教训。千万不能只顾埋头拉车，否则拉得差不多了，抬头一看，路没了，或者前面的路已被别人堵死了。

所以，我们要用另一只眼睛看别人在干些什么，尤其是看看我们的竞争对手美国在干些什么。2013 年秋天，由于债务危机，美国联邦政府被迫关门，奥巴马被迫缺席 APEC 峰会。当时有评论说，美国连政府都关门了，这不但丢脸，而且是美国开始衰败的一个表现。我当时就说，这种判断都太简单化，至少是言之过早。

这就像我们很多朋友去台湾地区，一看到那里的民主乱象就说“不到台湾地区不知道‘文革’还没结束”。这其实也是简单化的思维。当然，台湾地区的民主有很不完善的地方，但它毕竟是民主体制。既然是民主，就有作为其题中之义的“乱象”，又怎么能把一个民主跟原来的那种封闭体系放在一个层面进行比较？

一、五年调整：中美各自答卷如何？

我在这里无意继续讨论台湾的民主。我想说的是，通过政府关门就断定美国已经开始衰败，这是一种简单化的思维。过去五年里，中国和美国都在经历经济调整，世界经济危机开始于美国两房危机的发生。从 2008 年 9 月开始，中美双方都为拯救经济作出了很多努力，也在各自调整自己的经济结构。

五年过去了，该到“是驴子是马，拉出来溜溜”的时候了。我在各地演讲的时候常说，中美各自的经济调整差不多到了一个做阶段性总结的时候。我们可以大概得出一个结论：美国经济调整相对是比较成功的；而中国的经济调整在表面成功之余，却产生了很多结构性问题。

还记得五年前经济危机开始时，大家几乎一致的看法是：这一波不景气的元凶看似来自华尔街，但如果只有一根柱子倒，美国不会垮这么快。有评论认为，在此之前，硅谷和好来坞已出现成长趋缓，这两根柱子已经松动；继 20 世纪 90 年代兴起互联网之后，硅谷没有再提出新的大概念。美国的媒体和学界也开始检讨，认为美国在创新能力上的后继无力才是造成经济衰退的元凶。

然而即便是在对美国批评最激烈的时候，依然没有人敢否认下面的观点：如果说世界上还有哪一个国家能实现技术创新，美国仍然是不容忽视的。2008 年秋天的一个下午，香港中环文华东方酒店的咖啡厅里，我与一位著名的投资银行家一边喝咖啡，一边探讨一起出书纪念十一届三中全会的事宜。

“格林斯潘要对美国金融创新缺乏监管负部分责任。”这位投资银行家说得毫不留情。格林斯潘是时任美联署主席。

“但美国的长处和灵魂也正在于创新。创新过度而缺乏监管，不等于就此可以否定美国赖以成长的创新精神。”投资银行家稍后又补充道。

从那时到现在，又是五年过去了。过去五年的发展，一定程度上印证了这位投资银行家的话。

这就是美国，一个因创新过度而监管不足而出现金融风险的国家。然而创新依然是这个国家与生俱来的本能。只要监管到位，这个国家依然能以创新引领自身和世界经济的发展。

五年前经济危机初起时，就有评论写道："从奥巴马的政策来看，有两件事可能是其任内形成的创新突破口：新能源科技和保健……美国在新能源技术上并不落后，而是在新能源政策上落后。屈从于利益团体的压力，也阻挡了创新的能量。"

现在看来，这个评论还是准确到位的。五年后我们发现，美国正在能源格局上发动一场深刻的革命：曾经对外来能源依赖最强的国家，经过一场"能源革命"，居然不但做到能源自给，而且还做到了能源出口。其背后一定有美国更为深刻的奥秘。

我们先看看美国这五年的经济调整。最近一两年，美国各种经济数据的回升已是有目共睹的事实。我常和朋友开玩笑说，前几年到美国抄底买房的朋友，现在可以高枕无忧了。当然，美国经济复苏并没有直接惠及中国的经济，这是一个值得研究和深思的问题；其中的原因之一是，这几年中国国内劳动力成本在不断上升。

有一篇欧洲的评论这样写道：

> 中国不会失去为美国代工的机会。出于能源和生产率的考虑，我们会使用美国的制造商，一些工作机会会重新回到美国。美国会继续在高生产率、高科技领域走专业化路线。服装业则不会回归美国，在最低时薪不能低于七美元的要求下，服装业的整体人工成本

还是很高的。美国的纺织业都是高科技产业，如袜子的生产过程就是高度机械化的。高科技、机械工具、机械化部件、高端计算类工作仍会留在美国；玩具、小家电、鞋、服装不会在美国生产；美国会制造计算机芯片，但这些高端专业化的部件将在其他国家组装，如中国，中国位于亚洲工厂的中心，拥有适宜组装的劳动力。若中国的工资水平略微上调，那些制造企业就没必要继续留在中国了，他们可能会转向越南、印尼等国家。但有些时候，将制造业移至海外已不像以前那样有利了。

我们再看看2012年美国经济的一些表现。BWCHINESE中文网讯这样写道：

苹果公司今年以来在华尔街的表现让很多业内人士瞠目结舌，可用一句流行的广告词形容为“没有最高，只有更高”。年初至今，苹果公司的股价从每股405美元起步，飞涨了近60%，毫不犹豫地把一个个所谓的“里程碑”甩在身后。

2月13日，苹果公司股价首次突破500美元大关；2月29日，苹果市值达到5000亿美元，超过谷歌和微软现有市值的总和。然而惊叹声犹在耳旁，仅仅一个多月后，在其新款iPad上市的前一天，苹果冲破每股600美元。4月10日，苹果股票再度逆势上涨，盘中市值触及6000亿美元，而历史上唯一达到过这一高度的仅有微软，且微软的辉煌还要追溯到1999年年底的科技股狂热时代。

就在苹果风生水起的同时，作为硅谷新一代的代表，社交网络公司 Facebook（脸谱）宣布将于 5 月在美国上市，预计市值可能达到 1000 亿美元。这再度在投资者中掀起一轮热潮。

今年以来，纳斯达克指数累计上涨了 15% 以上，涨幅远远领先于其他主要指数，并在阔别 10 年后再度站上 3000 点大关。由于纳指的“主力军”是美国发展最快的高新技术、电信和生物企业，很多人将这一指数的走势看作“新经济”的风向标。

这就是美国，一个曾因创新过度、缺乏监管而陷入危机的国家，但最后还是以创新为最根本源泉，重拾经济增长的动力。

金融危机爆发后，美国政府不但没有减少科技研发的投入，还特别提出将高科技作为带动经济复苏的发动机，并通过经济刺激政策提振了科技公司的需求。无论是谷歌还是微软，硅谷企业的盈利在经济危机后迅速复苏，更不要提每季度财报都会给人惊喜的苹果。在整体经济复苏缓慢的大背景下，高科技公司成为美国经济中为数不多的亮点，给人们带来了希望。

2012 年 1 月 7 日，美国纳斯达克首席经济学家弗兰克·哈萨维博士在北京表示，科技创新能化解全球经济衰退所带来的影响，技术创新将成为下一轮经济增长的动力。他的观点十分直接且一目了然：“目前欧元区的衰退问题、美国经济复苏缓慢问题都可以通过科技创新加以缓解。技术上的创新可以带来新产品、新服务、新的生产力，带来经济的增长。”

金融危机爆发五年之后，比较主流的观点是：美国仍是多元化经济体，高科技行业将继续引领美国经济增长。由于科技进步和机械自动化水平的提高，许多迁往发展中国家的企业会回归美国，如汽车制造业。新科技减少了汽车工业所需的劳动力，汽车业将更依赖机械自动化，并使美国经济重新焕发活力。

与此同时，这几年里出现的一个绝对不可忽视的现象是能源和页岩气相关行业的发展。页岩气领域的改革正如火如荼，未来10—15年内，美国有可能成为能源净出口国，这也将成为美国支撑经济增长的重要一极。

最重要的是，美国的研究型大学依然跻身全球最顶尖行列。有一位美国学者在接受中国媒体专访时说："我们更加关注文化实力，在这里，不再尝试才是失败，所以你会读到一些新闻，如硅谷的百万富翁做了第七次尝试。我们进行各种尝试，如果失败了，就再试试别的，去别的公司，这种文化态度本身就是一种潜在的力量。"

这里的关键在于：第一，美国经济和社会的微观创新不容低估，充斥在社会方方面面的是一种创新的精神、探索的勇气，即便某些创新曾经带来一些负面效应；第二，美国的经济在相当程度上是自由的，没有许多制度的藩篱来束缚。创新和自由，"润物细无声"地进入了美国经济的各个环境，犹如润滑剂，使得曾经受到重创的美国经济迅速恢复了活力。

反观中国经济过去五年的调整，却正好向着相反的方向滑行。一个本来就脱胎于计划经济，正艰难迈向市场经济的经济体，由于经济危机，政府介入加强，五年里变得更为依赖政府，政府也就更加顺理成章、心安理得地成为经济的"保姆"和"看护人"。在这种情况下，中国经济的自由度正在严重下降，而且已下降到一个十分危险的边缘。大家只要看一下民营企业的境遇，以及各级政府对经济活动的高度影响力，就可以明白这一点。

国家控制力和民营经济这一对早年同时搏击沙场的“兄弟”，正越来越多地呈现出内在的对立，国进民退直接导致民营经济活力的高度萎缩。

从 2005 年到 2010 年，有关部门先后颁布了两个“非公经济 36 条”，对民营企业有诸多放松，而且第二个 36 条的放松力度超过第一个。而实际情况是，从 2005 年到 2013 年，民营企业的生存环境却在恶化。2007 年，我从香港去内地，时而还可搭乘民营航线；而今天，这些民营航线已全部消失殆尽。

今天，到任何一所大学做择业取向调查，高居榜首的择业目标总是这三个字：公务员。我的回答也只有三个字：没出息。在一个最具锐气，最富有冒险精神，同时也最能承受风险的年龄，大学生们居然选择了一个最稳定，最不需要锐气，也最不需要冒险的职业。而这一切发生在改革开放 35 年后，与 20 世纪 80 年代形成截然相反的对比，让人感到不可思议，又令人唏嘘不已。

再到中小微企业走一走，看一看，就可知道什么叫“饱汉不知饿汉饥”了。且不说大银行的贷款不会青睐它们，就连国家的免税措施也很少能惠及它们。2013 年上半年，国家推出中小微企业免税措施，规定年收入 24 万以下的企业可以免税。年收入 24 万，亦即月收入两万；若以 10%的盈利率计算，月盈利为 2000 元，这样的企业连一个工人也雇不起。这样的免税措施有意义吗？这不是门槛太高，而是门缝太窄，全国能“挤进门缝”享受优惠的小微企业恐怕没有几家。

再看看中国企业的创新精神和传统。不可否认，有一些企业新锐敏感，中国几个互联网巨头企业近年推出的产品可谓令全球受惠。但这一创新精神并未延伸到广大中小企业，大多数中小企业仍然在为产能过剩而发愁，为贷款难求而犯难，越来越多地信仰“卖房建厂，不如卖厂买房”的荒诞逻辑。创新，对于中国的大多数中小微企业来说，不是太沉重，而是太奢侈。

别以为“卖房建厂，不如卖厂买房”的逻辑荒唐。深圳一家做微电子企业的老板对我说：“搞了这么多年实业，最后发现最赚钱的还是我的厂房。”陕西榆林的一个做通信设备的老板对我说：“中国的房地产只要不倒，我们这些做实业的就永远没有出头之日。只有当人们觉得房地产的暴利没有了，才有人踏踏实实地回来做实业。”

然而截至我撰写本书的时候，有数据显示，在今天的中国，制造业的盈利率是 7.7%，有的甚至只有 5.4%；而房地产的利润是 20%，银行的利润则高达 39%……

也许有朋友会立即反驳：无论如何，过去五年中国稳住了自身经济，也稳住了世界经济。

这个观点完全不值一驳：过去五年，中国对自身经济和世界经济的贡献，完全来自政府的投资和超发货币。这虽然听来无奈，却是任何略通经济学的人都明白的道理。这是最糟糕的拯救经济的一招，而且在政府投资的过程中，提升经济自由度的努力在过去五年里完全退位了。

也许有朋友会反驳说：你再怎么批评中国经济，但过去 35 年中，中国经济维持了平均 9.8%的增长率，经济总量和财富总量都以加速度的方式增加。

这个观点也不值一驳：我在本书前面曾提到，过去 35 年中国经济赖以成功的因素，是在技术革命缺位的情况下，提前并加速推进了以出口导向为主的外向型经济模式；这在短期内必然带来经济增长和财富的快速积累，但技术革命的缺位，以及经济自由度的低下，则将对中国经济未来的长远发展构成结构性的致命障碍。

二、美国经济调整何以成功？

看看上面的数据，我们就知道，今天的中国，很少有人愿意真正沉下心来做实业。那么美国的情况如何呢？这一年多来，我们获知的信息是，美国的制造业正在复苏和回流美国。

据报道，美国制造业复苏，有两个主要原因：

其一是能源，页岩气等非常规能源是很重要的因素。以化工业为例，美国的化工行业比欧洲更具优势。因为有机化学的原料是乙烷，生产乙烷的方式有两种：从石脑油中提炼，而石脑油产自原油；或以天然气为原料直接生产。欧洲仍在从石脑油中提炼乙烷，他们以 100 美元/桶的原油为基础原料；美国却以价格更低廉的天然气为生产原料，这使其更具竞争力。

其二，美国的生产率一直在增长，这不利于制造业部门的就业，但对产出大有裨益。从长期趋势看，1964 年以来美国制造业的就业率一直在下滑，至今已持续近 50 年；而产出增长的原因便是生产率的提高。美国制造业各部门生产率的提高并不均衡，这主要是由制造业的技术创新程度不同所致。

上述两个因素都只存在于美国的制造业，并未对全球贸易产生影响。

基于此，我们大概可以得出下面两个结论：

第一，技术革命的力量正在推动美国经济的发展。技术革命，这是自工业革命以来，所有高速发展所依赖的基本因素，但也恰恰是过去 35 年以出口推动高速发展的中国经济中十分缺乏的环节。

第二，劳动生产率的提高也是推动美国经济的因素之一，而这既是中国过去发展进程中的弱项，也是——如本书前面所述——未来人口红利下降后，中国十分需要注意提升的方面。

如前所述，美国经济调整的成功，一是来自创新，二是来自经济自由度。

首先谈谈创新。2013 年发生的斯诺登爆料事件，以及美国对很多国家领导人（包括对其盟友德国总理默克尔）的监听，就说明美国的技术是全球第一的。必须承认，目前全球还没有一个国家可以在这方面与美国抗衡。

而这恰恰是我们过去 35 年的弱项。过去 35 年里，我们靠贸易主导经济，靠大量出口便宜的劳动力和产品，短期之内能换回大量外汇，所以我们的外汇储备在 2013 年底达到 38000 亿美元，2014 年有可能达到 44000 亿美元。但是创新在哪里？如果没有创新，经济就不可能有持续发展的动力。

美国的创新来自教育、来自人民的消费和思维习惯。美国重视本国国民教育和对别国优秀人才的引进，拥有世界上最具创新能力的人才资源。自1901年设置首届诺贝尔奖至今，该奖项的所有672名得主中，有284名美国人，占总数的42%。

增加教育投资是美国近几届政府的一件大事。1999年美国教育投入高达6350亿美元，占GDP的7.7%。美国成为世界上教育经费支出最高的国家，从而为其成为教育强国和人才强国奠定了雄厚的物质基础。美国重视教育的传统集中体现在州一级，各州40%的经费都用于教育，地方政府的财产税主要用于负担教育。

与此同时，美国投入巨额研发经费，其在科学研究及高技术产业领域的投资均处于世界领先水平。尽管美国的研发投入占GDP的比例从未超过3%，但其经济的高速增长和GDP的巨大基数使得美国的研发经费近50年来一直保持增长趋势。据统计，美国的研发投入约占所有OECD国家总支出的44%。美国的研发投入是第二大投入国日本的2.7倍。2000年，美国在研发活动上的投入比七国集团中所有其他国家（加拿大、法国、德国、意大利、日本和英国）的总和还要多。

当然，美国还拥有其他优势，比如完备的国家创新体系，各类机构形成了一个有机整体，互为有效补充并有密切的互动。美国拥有健全的科技立法体系，尽力为企业和个人营造鼓励创新的政策环境，大力推动美国产业的技术创新和科研成果的产业化，为适应经济的发展和企业竞争的需要，及时调整专利政策。同时，完善的资本市场是美国高科技产业发展的重要外部环境，发达和完善的资本市场体系为创新企业提供了直接融资场所，促进了社会化的科技创新体系的形成和完善，并且有力地弥补了金融系统中间接融资与科技创新不能有效结合的制度缺陷。

所有这些都是中国过去若干年高速发展进程中的致命弱项。最近几年，中国在这方面略有提升，但与美国的雄厚实力相比还是显得十分单薄。

其次，美国经济调整成功得益于其经济自由度的高度发展。经济危机初始时，美国政府也进行了救市，但为什么没有形成中国那样的国进民退？美国至今尚未完全退出量化宽松的货币政策却没有造成经济自由度的下降。为什么我们的货币一超发，我们的政府一投资，就会造成民营经济的萎缩？就会造成大量资产价格的上涨？

这说明了一个问题：投资和政府发行货币只是一个表象，并非问题的本质。我们经常会把中国的经济问题归因为投资的驱动，其实这只是表象，其根本还是在于我们的经济自由度本身不足。我在本书的前言里写过，2008年欧美各国均“跑步救市”时，中国一位高层领导人曾发表观点认为“这再次证明中国的体制是优越的”。这其实是一种认识上的重大误区，严重混淆了成熟市场经济环境下政府的适度干预和中国由计划经济向市场经济过渡状态之间的区别。

这一认识上的误区，是导致过去几年中国经济自由度严重下降的重要原因。因此，今天和未来中国的改革，从十八届三中全会后的情况来看，有国企改革、金融改革、财税改革、土地改革、社会保障改革等，林林总总，不一而足。但我认为其主线只有两条，一是创新，二是经济自由度。所有改革，最后都无非是为了完成这两大重要使命。如果我们能紧紧抓住创新和经济自由度这两条主线来开展中国的改革，就不会只见树木而不见森林，从而可以在每一个具体议题的推进过程中，都有一个宏观的视野和宏观的目标作为背景和支持。

我比较担心的是，我们往往在很多具体的议题上切入过多，以致“树木”谈得很多，对一片“森林”却了解不够。这个“森林”，既包括中国改革的森林，也包括中国改革之外的全球森林。大家不要忘了全球化，使中国得益的全球化最近正在被美国悄悄地改变游戏规则，这一定要引起我们的警觉。

三、美国正悄悄改变能源格局

在谈美国对全球化游戏规则的改变之前，还是先谈一下美国对全球能源格局的改变。

关于美国最近几年对石油的结构性调整，我们绝对不可低估。众所周知，美国是世界第一大经济体，其对能源的依赖非常严重。但由于对页岩气开采技术的发明和掌握，美国对外来能源的依赖度大大降低了。

作为世界第一大能源消费国，石化燃料一直是美国消耗最多的能源资源。近年来，美国对外的能源依赖度正在逐渐降低，能源生产和消费结构发生了显著变化。据来自中国商务部的信息，2011 年，美国能源自给率升至近 20 年来最高水平，且 60 年来首次成为成品油净出口国。据美国能源信息署统计，2011 年，在美国的能源消耗总量中，石油占比 35.3%，天然气占比 24.9%，煤炭占比 19.9%，可再生能源占比9.1%，核能占比8.3%。其中，前三大传统能源的占比逐年减少，合计占比80.1%，较上年下降约三个百分点。美国能源信息署预计，到2035年，美国的前三大传统能源消费占比将降至77%。

作为世界第一大经济体的美国，一方面消耗了世界最多的能源资源，但同时又是能源的出口国。对此你能相信吗？然而美国确实做到了这一点。

不但如此，由于页岩气开采技术的不断提升，美国未来有可能大量出口包括天然气在内的能源，届时不但在数量上将给世界天然气市场以强烈冲击，而且还将逼迫原先的天然气“老大”——俄罗斯改写国际天然气贸易的规则。

这就是美国近年来“能源革命”的结果和巨大影响力。这一“能源革命”的巨大影响力似乎尚未引起人们的足够重视。

2013年8月底，《第一财经日报》的记者走访了美国得克萨斯州、艾奥瓦州和加利福尼亚州，在近距离观察了美国经济复苏迹象后这样写道：

在得克萨斯州著名的鹰滩页岩开采区周围数百平方英里的土地上，可以看到一个又一个油气开采基地。自从几年之前在这里发现了储量庞大的页岩气，原本举步维艰的当地经济就被提振起来了。

一年前，大卫·沃尔波特和他的儿子们在得克萨斯中部这个只有2700人居住的小镇尼克森开起了一家“先锋烤肉店”，生意非常红火。在我们的交谈中，大卫提到了这个小镇的变化：“店里75%的客人都是因为页岩气才来这儿的，剩下25%的当地人则是因为页岩气变得富裕了才来店里消费的。过去，大家都拿着最低工资。如果你每小时能挣九美元，每星期工作32小时，还没医保没福利，你就已经属于镇上挣钱最多的那10%的人了。但是现在小镇的人口已经达到15000人左右，他们每周工作90~100小时，每个礼拜可以拿到2500美元。他们从没见过这么多钱。如果你每天不挣上500美元，根本不算是工作。”

《第一财经日报》的记者继续写道：

从事能源开发工作多年的太平洋能源开发公司创始人弗兰克也对当前的页岩气革命颇为感叹，他说：“在页岩开采区出现大量就业岗位，来自美国不同地区的人们都去到那些油田工作，这对就业的提振是惊人的。随着行业扩张，将会有更多的就业、更多的城市和城镇开始出现。这些数以万计的工人要看电影，要买菜，要住公寓，这些需求将带动服务业的发展。我称之为乘数效应。”

除了所谓“乘数效应”对于单一地区经济有所促进之外，美国能源产业的发展对于整个美国的能源独立和经济发展也有持续的推动作用。科技的进步使得页岩气实现了大规模开采，进而不仅降低了美国对于世界其他地区的能源依赖，也从消费和投资的角度加大了美国国内的需求，从根本上拉动了美国经济的发展。

从20世纪60年代末、70年代初的尼克松时代开始，“能源独立”就一直是美国政治的重要议题。40年前的美国人就已知道，若不能摆脱对外来能源的高度依赖，那么美国作为世界强国，就不可能真正掌握自己的命脉。但近40年来，美国却始终无法改变这一状况，对外来能源的依赖越来越高。

情况一直到奥巴马上任后才出现改观。奥巴马手里握有两把“金钥匙”，一是能源新政策，二是能源开采新技术。

奥巴马的能源新政主要有两个特点：一是内部化，集中力量调整美国的能源结构，开发近海石油和发展能源效率技术，力求以美国本土的资源满足国内的能源需求；二是绿色化，加强对核能、风能和太阳能等清洁能源的开发利用，提高能源利用效率，实现节能减排，减少对石油的依赖。

在能源开采新技术方面，美国油气开采业经过20多年的摸索，掌握了突破性核心开采技术——水力压裂技术，用于开采页岩气。所谓页岩气，是从页岩层中开采出来的天然气，是一种重要的非常规天然气资源。页岩气的形成和富集有着自身的独特特点，往往分布在盆地内厚度较大、分布广的页岩烃源岩地层中。相比于常规天然气，页岩气开发具有开采寿命长和生产周期长的优点，大部分产气页岩分布范围广，厚度大，且普遍含气，这使得页岩气井能够长期以稳定的速率产气。

在先进技术的带动下，美国页岩油气、油砂、深海石油等非常规能源获得了迅猛开发。据来自中国商务部的信息，2010年，美国页岩石油的开采量已从2000年的20万桶/日提高至100万桶/日；页岩气产量则从2000年的122亿立方米增至1378亿立方米。美国石油协会认为，如果算上页岩天然气资源，美国达到开采标准的油气资源居世界首位，比沙特高出 24%，是巴西的七倍多。美国剑桥能源咨询公司认为，由于非常规油气资源开发渐成规模，世界能源格局的核心正在从中东半球向西半球转移。

最终改变美国能源格局的力量究竟是什么？是奥巴马的能源政府？还是科技创新的力量？美国环球通视有限公司（IHS）副董事长丹尼尔·叶尔金的观点非常明确：是科技的力量，而非奥巴马的能源政策。

丹尼尔·叶尔金 2012 年 11 月 21 日在英国《金融时报》的文章中写道："两项正在开发中的技术——水力压裂法和水平钻井技术——共同催生了美国页岩气革命。十年之内，页岩气在美国天然气产量中的比例已由 2%上升至 37%。如今，美国已经超越俄罗斯而成为全球最大的天然气生产国。"

这一非传统生产方式带来了一场革命，其经济效益已很明显。最直接的效益体现在就业方面，美国由此新增了逾 170 万个工作岗位。页岩气和致密油的开采需要建设很长的供应链，在全美带动了大量支出。到 2020 年，美国可能由此增加 300 万就业岗位，其薪水将高于美国平均工作岗位。到 2020 年，美国政府来自非传统油气行业的税收和专利使用费收入可能超过 1110 亿美元。

若把页岩气的科技革命与奥巴马的能源政策放在一起，则必须承认，前者是基础，而后者只是框架。否则就无法解释，为什么"能源独立"的目标从尼克松时代就开始设计，40 年来却一直无果，直到奥巴马时代才最终成功。

下面的问题是：美国的这场能源革命对包括中国在内的世界格局来说意味着什么？

作为当今世界第一大天然气生产国的美国，目前页岩气产量占其天然气总产量的 1/3 以上。2005 年以来，美国天然气总产量增加了 1/3，预计到 2030 年还将增加 25%。2005 年，美国液态石油产量结束了 10 多年来的下降趋势，从此以每天 100 多万桶的速度增长。国际能源机构预计，到 21 世纪 20 年代，美国将取代沙特阿拉伯而成为世界上最大的产油国。美国石油进口量将大幅减少，在石油总消耗量中的比重将从 2005 年的 60% 下降到 2012 年的 41%，预计 2020 年会降至 34%。

美国环球通视有限公司（IHS）副董事长丹尼尔·叶尔金在他的《金融时报》专栏里这样写道：

> 这场能源革命也将对全球竞争产生越来越重要的影响。美国天然气蕴藏量丰富，并且价格低廉，是欧洲的 1/3、日本的 1/4。这推动了美国能源密集型制造业的发展，让欧洲和亚洲的竞争对手们深受打击。正是由于天然气价格便宜，已有数十亿美元的投资计划投向美国制造业。
>
> 石油方面，美国在长期内将继续是石油进口国，但进口量将大幅下滑，部分原因是石油供应日益增加，还因为美国的石油需求已触顶。美国将在石油利用方面提高效率，目前已要求提高汽车燃料效率。越来越多的美国进口石油将来自西半球，特别是加拿大，加拿大目前供应占美国石油总进口量近 30% 的石油。（海湾地区的一些

炼油商可能仍将需要来自东半球的某些品级的石油。)

2013 年 2 月在德国慕尼黑召开的安全会议上，不少观察人士认为，得益于页岩气、页岩油技术的发展与进步，美国正在能源领域掀起“一场自二战以来最大的变革”，而这场能源革命将对全球能源的生产与格局、国际竞争力和地缘政治版图产生深远的影响。美国目前已不再进口天然气，并开始通过管道向加拿大和墨西哥出口少量天然气。

作为这场能源革命的另一个潜在效应，天然气出口大国俄罗斯必将受到不利影响，俄罗斯的天然气进口国未来可能通过其他更廉价的进口渠道满足自身能源需求。众所周知，过去相当长一段时间里，俄罗斯“靠山吃山，靠水吃水”，利用本身丰富的石油和天然气资源，将全世界各国都玩弄于股掌之间，其中也包括其紧密的战略合作伙伴——中国。从 20 世纪 90 年代的“安大线”、“安纳线”风波，到前几年中俄在天然气价格问题上的久拖不决，所有议题都折射了俄罗斯这个国家的两面三刀和极不可信任。前几年，中国国家领导人访问俄罗斯，直到临行前都没有得到俄方在天然气价格方面的让步承诺，最后在天然气协议签署上无功而返。

但美国能源革命所导致的天然气革命，将使俄罗斯的这一传统优势逐步丧失，甚至丧失殆尽。

对世界第二大经济体中国来说，这一改变的潜在效应是极其复杂的，几乎可用“一则以喜，一则以忧”来形容。所谓“喜”，是指中国可能摆脱对某一能源来源地的高度依赖；而所谓“忧”，则是指美国对世界能源结构的改变是根本性的，其对中国的挑战也是巨大的。

至少在2013年年底的时候，我们可以看出美国能源革命带来的几个深刻影响：第一，美国重返世界石油舞台中心；第二，天然气迎来黄金时代；第三，石油与金融的结合正在重塑美国的霸权，也深刻地影响着当今的国际格局。

在20世纪30年代前，美国是当之无愧的世界第一大石油生产国。这一地位后来被新近崛起的中东撼动。与此同时，美国的石油公司经历了历史性大洗牌。巨无霸标准石油公司解体，埃克森、雪佛龙和莫比尔等公司群雄崛起，逐渐奠定了延续至今的争霸格局。

但大家也许有所不知，在美国石油界，除了这些石油巨头外，更多的是成千上万个独立石油公司。这些公司对美国油气工业的进步起到了无可替代的作用。《第一财经日报》在2012年12月的一篇分析文章中举了一个例子，那就是切萨皮克。1989年切萨皮克成立时，还只是一个仅有十名雇员、五万美元资金的小公司。如今，凭借在页岩气领域的辉煌成绩，切萨皮克已是全美第二大天然气生产商。目前，在传统的产油州得克萨斯和俄克拉荷马，仍活跃着成百上千个和当年的切萨皮克一样的小公司，有专攻技术的，也有专司服务的。完善的市场经济体系、活跃的并购市场和良好的基础设施把这些小公司的潜力发挥到极致。美国页岩气技术的重大突破正来源于这些小公司。

但切萨皮克这样的公司在今天的中国有吗？在未来的中国有可能出现吗？对此，我很悲观。今天的中国，我们只知道石油资源几乎为“三桶油”（中石化、中石油、中海油）所垄断。如果一个民营石油公司从海外开采了石油，要运返中国，需要数不清的官方批准文件，其代价甚至超出在海外开采石油的成本；更荒唐的是，民营公司运返的石油，居然还要给“三桶油”其中的一家返购！

虽然近年来清洁能源迸发出前所未有的激情，但这并不意味着化石能源的结束，恰恰相反，化石能源的又一个辉煌时代或许才刚刚来临。煤炭、石油和天然气这三大化石能源都具备支撑一个时代发展的能力。工业革命时期的煤炭造就了大英帝国，石油不仅帮助盟国在二战中打败了法西斯德国，也支撑起了美国的新纪元。如今，天然气或许将接过接力棒，延续化石能源的辉煌。

2012 年，美国天然气发电所占比例首次与煤炭发电比例持平。据估计，2025 年美国工业对天然气的依赖将显著超过对石油的依赖。而如今，美国低廉的天然气已经极大地增强了美国化工行业的竞争力，并对整体能源价格造成下行压力，为美国经济复苏和制造业复兴注入了坚实的动力。

在席卷全球的页岩气开发大潮中，中国自然也不能置身事外。2012 年年初，中国正式发布了《页岩气十二五规划》，2012 年 6 月即启动了第一轮页岩气探矿权招标，9 月进行了第二轮招标。虽然存在地质结构复杂、技术和经验缺乏、矿区重叠和机制不完善等各种潜在问题，页岩气公开招标仍让中国民营企业看到了一丝进军油气上游领域的曙光。也有学者期待着页岩气成为中国能源垄断体制改革的突破口。中石化石油勘探开发研究院和中国能源网研究中心的一份公开报告呼吁，中国应加紧成立页岩油综合试验区，并呼吁实行市场化的管输和价格体制。

但在“三桶油”独霸天下的情况下，这一点能做到吗？

中国的许多事情，都像改革一样，始终在“急不得”和“等不得”之间左右徘徊。体制问题确实“急不得”，而能源却是“等不得”。中国的一次能源储量不容乐观，对外依存度正逐步加大；同时，中国的能源结构不尽合理，清洁能源比例偏低。按照2010年的实际产量，原煤、原油和天然气的保证年限只有几十年。更有悲观者估计，中国现有油田只有十几年的开采空间，天然气也只有20年左右。同时，近几年我国加大了利用国外能源的力度，2012年煤炭进口2.9亿吨，而石油进口2.7亿吨，对外依存度达到58%。由于世界政治局势的复杂性，中国的能源安全面临很大挑战。

美国能源革命的成功给中国带来诸多压力，也带来诸多启示。其中的核心启示是：技术进步是解决能源问题的关键。美国页岩气的成功开发，除了得益于天然气市场需求的增长、国家政策的扶持外，技术进步是关键因素，尤其是水平钻探、高压水力压裂等技术的发明与广泛运用起着极为重要的作用。

当然，重视太阳能、风能等新能源的发展，注重节能减排和环境保护、提高能源使用效率等也是很必要的举措，但都比不上技术革命的推动作用。

未来中国能否也推动一场以技术革命为基础的“能源革命”？若中国在未来三年中不能推动这么一场“革命”，就很可能在由美国掀起的这场“能源革命”中被踢出局，或远远地落在后面。如果这样，中国未来20年的长远发展，将被彻底釜底抽薪……

四、美国正悄悄改变贸易规则

现在让我们回到前面的主题：美国正在悄悄改变全球化的游戏规则。

我在各地演讲的时候，经常阐述这样一个背景：过去 35 年里，如果说 1979 年的改革开放和 1992 年开始实行市场经济，还只是制度和环境上发生的变化，那么 2001 年的“入世”则是全面融入全球化的进程。由于全面融入了全球化，中国仅用了五年就在经济总量上超过德国，又仅过了四年就超过了日本。

然而这个中国曾经赖以成功的巨大因素——全球化，正在被美国悄悄地虚化。

2013 年 11 月 5 日，《第一财经日报》驻日内瓦记者发回的一篇报道中，第一句话便这样写道：2013 年的世界经济，正面临一场前所未有的国际贸易规则重构的挑战。

文章写道：“此次新一轮的制度重构将在美国的主导下展开，大部分西方国家都为新的体系投入了大量资源及精力。但在美国的‘跨太平洋伙伴关系协议’（TPP）和‘跨大西洋贸易与投资伙伴协议’（Transatlantic Trade and Investment Partnership，简称 TTIP）谈判中，都没有见到世界第二大贸易国——中国的身影。一位权威人士曾对此表达一种普遍的担忧：在这一系列高标准的谈判中，包括零关税、国企改革、劳工权益、环境保护、知识产权等在内的每一项都直指中国的敏感点。”

在这次游戏规则的重组过程中，迄今未见中国的身影！这是这篇报道中特别引人关注的信息。

更重要的是，中国在环太平洋地区和大西洋地区的所有重要贸易伙伴都被纳入了这两个体系的谈判之中，而中国却置身事外。因此，一个逻辑的结论就是：一旦这两个体系谈判成功，游戏规则重新确立，中国将很可能被排除在新的游戏圈之外……

北京大学国家发展研究院课题组在一篇题为《中国应尽快加入TPP谈判》的报告中写道："如果TPP和TTIP均实现的话，世界上2/3的GDP将被纳入其中，在此基础上，在美国主导下重构世界贸易格局完全是可能的。从目前情况来看，尽管最终达成的协议未必完全符合美国的意愿，但TPP和TTIP都可能在未来五年内变成现实，届时，我国将不得不像加入关贸总协定和世界贸易组织时那样，重走漫长的申请之路。"

当然，现实的情况不一定向那个方向发展，而且，作为世界第二大经济体的中国，被完全排斥在新的游戏规则之外是一件难以想象的事情，而且其结果对谁都不会有益。

但在迈向未来的进程中，已经出现了许多荆棘和障碍。中国若不对这些荆棘和障碍保持足够警惕，并作出适度的策略调整，未来几年可能面临许多潜在的风险。

未来的三至五年将是全球贸易规则重新确立的关键时刻。其结果只有以下几个：第一，TPP和TTIP谈判成功，WTO及以其为代表的全球化规则被全盘虚化，由TPP和TTIP确立的贸易规则将成为主导全球的新的游戏规则；第二，TPP和TTIP虽然谈判成功，但WTO及其贸易规则依然存在，全球范围内将出现两套贸易游戏规则；第三，TPP 和 TTIP 谈判步履维艰，WTO 依然作为全球贸易规则的主导者屹立在世界舞台中央……

就在本书即将截稿时，传来来自巴厘岛的消息：世界贸易组织第 9 届部长级会议闭幕仪式于 2013 年 12 月 7 日上午举行，世贸组织多哈回合谈判终于迎来历史性突破。“巴厘一揽子协定”共有十个文件，主要涉及贸易便利化、农业与棉花以及发展议题。其中，贸易便利化决议是旨在削减通关成本和提高通关速度与效率的多边协定，它是具有法律约束力的协议，也是 WTO 建立以来最重大的改革之一。

有舆论称，此次巴厘会议成果是对多哈回合谈判“早期收获”的锁定，因此又被称为“小多哈”。巴厘会议成果为最终完成多哈回合谈判奠定了基础，但多哈回合谈判毕竟还没有结束。

也有舆论称，巴厘岛会议将决定 WTO 能否翻身。现在看来，通过这一次谈判的结果就断定 WTO 能否翻身还为时过早。“巴厘一揽子协定”是艰难的全球贸易规则谈判的起点，而非终点。更重要的是：在“多哈回合”过去 12 年艰难谈判的过程中，游戏规则的制定者只有 WTO 一家，所有谈判都“急不得”，只能慢慢来；然而现在，TPP 和 TTIP 正虎视眈眈，过去的“急不得”变成了现在的“等不得”。

这又是一个“急不得”和“等不得”之间的矛盾……

五、全球化崩溃：中国面临输局？

TPP 和 TTIP 到底反映了美国哪些深刻的战略构想？中国对此又

将面临哪些深刻的挑战？

本书前面提到的张燕生，中国发改委学术委员会秘书长，2007年曾出席我的节目，与美国商务部前副部长直接对话，后又邀请我一起赴日本关西大学演讲。2013年10月，他在成都以“全球政经变局下的产业与金融发展趋势”为主题，分别发表了专题演讲。张燕生在演讲中这样归纳近期悄悄发生的全球变局：

金融危机以后，全球开始出现新的变局：第一，美欧正在全球范围内推动跨太平洋（TPP）、跨大西洋（TTIP）自由贸易区（FTA）战略，为全球未来的治理建章立制，也就是说，危机后全球制度正在发生新的变化。第二，大国正在全球积极推动双边投资协定（BIT2012）和服务贸易协定（TISA），打造高标准投资自由化和服务贸易自由化范本，前者要纳入准入前国民待遇、国有企业、劳工、环境、业绩要求等新条款；后者要求所有服务部门，包括潜在新型服务业，对外资一视同仁。第三，大国正在国际范围内推动制定“竞争中性”等国际新规则，限制政府利用优惠政策扶持国有企业战胜民营企业的能力。第四，一些大国正在推动全球再平衡战略，鼓吹所谓中国消费美国储蓄，中国进口、美国出口，人民币升值、美元贬值，中国服务、美国制造，中国开放、美国撤资等新一轮的结构调整。第五，通过重返亚太战略，美国加强与缅甸、外蒙古、越南、菲律宾等地的军事合作，以消除中国崛起对周边小国的军事威胁。而与此同时，即将到来的第三次工业革命正在加速改变全球的能源资源格局、贸易投资格局和制度格局。

为什么会出现全球的变局？在这一轮全球化过程中，美国经历了产业的空心化和经济的虚拟化。因此，奥巴马提出美国经济大厦再也不能继续构建在金融和房地产的沙滩上，美国要回归实体经济。

这种情况下我们可以很清晰地看到全球变局，美国之所以要推动 TPP，是因为要解决所谓的全球化失控，要解决来自中国的“不公平竞争”，它正在从战后的多边主义转变为与盟国开展盟国之间的特惠贸易和投资协定，这个协定将使多边贸易规则靠边站。

在这种情况下，全球化有可能分崩离析，作为全球化最大的受益者，中国有可能成为全球变局中的输家。

张燕生的最后这句话让全场震惊，也让所有读到这段文字的人感到震撼。但谁又能否认这种可能性的存在呢？

问题是：未来的三到五年，中国该怎么办？

张燕生的回答很简单：

中国应当继续高举全球化的大旗，反对贸易保护主义和利己主义。在中美共同利益的基础上，中美之间应当开放合作，而不是扩大对抗。中国下一步应当继续推进改革开放初期邓小平所讲的三个方面的开放，也就是要更加注重向西开放，下一步应该在全国和全球范围内继续推动开放驱动、市场化驱动、创新驱动的新模式。

新一轮的改革开放开始了，其中有一个热点，就是上海自由贸易试验区。上海自由贸易试验区应该是在全域推动更高标准的开放、更高标准的改革和更高标准的发展。根据前 30 多年的经验，改革开放是一个过程，是在实践中探索出来的。

上海自由贸易区实际上应该是在全域开放中往前走一大步，而且应当带动上海金融、贸易、航运和经济国际中心的建设，同时能够带动西部地区的金融和产业发展。

在这个方面的问题是，上海自由贸易试验区是一个继续扩大区域、城乡和居民收入差距的尝试，还是缩小它的一个新尝试？如果缩小，那么东部沿海地区新一轮的改革开放应当同向西开放和西部开发相结合。

下一步，中国有五个城市群有可能会在新一轮改革开放中站到最前沿，这五个城市群包括以上海为龙头的长三角城市群，以广州、深圳和香港为龙头的珠三角城市群，以京津、辽东半岛、山东半岛为龙头的环渤海城市群，以武汉、长沙、南昌、合肥为龙头的长江中游城市群，以及以成都、重庆为龙头的大西南城市群。

其中，哪个城市群在未来30年的改革开放中会成为全球新的增长极，哪个城市群中的领袖城市会成为今后在中国乃至世界都具有重大影响力的城市？成为这种城市群，必须集聚全球最优秀的人才、资源和企业，这会使整个中国经济社会的发展上一个大台阶；而且这种城市群的发展，今后将使中国在全球的价格决定权、规则制定权、责任担当权、逆周期的调整能力等方面发挥全球影响力。

然而这仍然没有回答一个问题，即中国究竟如何面对TPP和TTIP？如果说，TTIP是主要处理美欧之间事务的贸易规则，间接涉及中国。而TPP则是处理环太平洋地区事务的贸易规则，与中国的长远利益密切相关。

《第一财经日报》登载的驻日内瓦记者的报道中，有一段这样写道：“中国目前处在一个极其重要的战略转折点。中国过去十年的发展，主要是在自身改革的基础上充分消化了加入既有国际市场规则的结果。如果完全对‘美式标准’系列谈判不闻不问，则很可能被重构的规则排除在外。这不仅将导致中国失去现有优势，甚至已有的国际市场资源也会受到冲击。……但问题是，如果中国选择加入谈判，就不仅涉及如何判断‘美式标准’系列谈判真实进展的问题，还涉及中国到底能在多大限度上迎接这来势汹涌的挑战。”

这是中国未来几年无法回避的问题，也是必须解决的问题。

北京大学国家发展研究院运用“跨国可计算一般均衡模型”（CGE），以 2013 年作为基期，对中国加入 TPP 对中国及其他主要国家的经济影响进行了测算。其测算结果显示，假设 TPP 成员国之间实现零关税，如果现有的谈判成员国都加入 TPP，而中国不加入，则中国的出口增速将比 2013 年的预期增速下降 1.02 个百分点，GDP 增速将下降 0.14 个百分点。这些损失看似不是很大，但是与不加入相比，中国加入 TPP 之后的收益则很显著：出口增速将提高 3.44 个百分点，进口增速将提高 5.58 个百分点，GDP 增速将提高 0.68 个百分点。因此，加入 TPP 将有利于中国的经济增长和贸易平衡。

北大研究组的测算还显示，在其他成员国中，美国、日本和马来西亚将从中国加入 TPP 中获益。与中国不加入 TPP 相比，中国加入 TPP 之后，美国的出口增速将提高 3.12 个百分点，进口增速将提高 2.27 个百分点，贸易平衡将得到改善，GDP 增速也将提高 0.1 个百分点。日本和马来西亚的 GDP 增长率将分别提高 0.14 和 0.21 个百分点。

报告同时认为，中国加入 TPP 对新加坡、澳大利亚、新西兰等国有微弱的负面影响，对越南会产生较大的负面影响。越南可能是从 TPP 受益最大的国家。如果中国不加入，越南的 GDP 增长率将提高 3.36 个百分点；但中国加入之后，其只能提高 1.93 个百分点。这主要是因为越南的出口产品和中国的出口产品之间具有替代性，如果中国不加入 TPP，许多对美国的出口会转移到越南。

报告认为，加入 TPP 对中国有以下四个方面的好处：第一，有利于中国保持在亚太地区生产和贸易方面的枢纽地位；第二，有利于中国参与国际规则的制定；第三，有利于加快国内改革；第四，美国对中国加入 TPP 谈判的态度比较暧昧，但并未完全对华关上 TPP 之门。

北大研究组的报告中，有两段斩钉截铁的表述：

> 我国不加入 TPP 将付出高昂的成本。根据国家发展研究院的模拟结果，在亚太地区，我国是除越南之外在经济上受 TPP 影响最大的国家，不加入 TPP 将对我国的外贸和经济增长产生较大的负面影响。TPP 和 TTIP 建立之后，将涵盖全球经济的三分之二，我国被排除在两者之外，势必陷入被边缘化的境地。反过来，加入 TPP 将给我国带来显著的收益。从前述可计算一般均衡模型的测算结果来看，加入 TPP 将提高我国 GDP 的增长速度，同时改善我国的贸易平衡状况。

我国可以在 TPP、RCEP 以及中日韩自贸区等多方面齐头并进，无需把它们看作相互替代的东西。现在看来，美国将无法在今年年底之前完成 TPP 谈判，此时是我国提出加入 TPP 谈判的最佳时机，这样既可以显示我国对加快地区经济一体化进程的诚意，也可以打乱美国的战略部署，在外交上获得先机。

面对这种力主中国加入 TPP 的积极声音，另一种谨慎的声音也在发出。

《第一财经日报》登载的一篇报道中这样写道：

该模型并未考虑一些重要的问题，例如，如果参与其中，中国需要付出的改革成本；目前 TPP 达成一致的可能性与时间表带来的基础数据变化；目前谈判各方为达成一致可能接受的例外条款等。

一些业内人士也对本报记者表达了担忧，作为发达国家的日本加入 TPP 的进展并不顺利，而作为发展中国家的中国如果加入 TPP 谈判，受到的外部阻力只会比日本更大。贸然加入一个内部分歧较大、情况不明的谈判，中国很可能被一些国家和利益群体指责为阻碍谈判者而成为替罪羊。

抛开这些对于 TPP 进展的猜测，中国应该重点考虑的实质问题是，TPP 是否与中国的改革方向一致。如果是，不管目前时机是否合适，都应该继续沿用“渐进式”改革路径来创造未来加入的可能性。

对于上述两种声音，目前还看不出哪种声音更占主导或更具说服力。无论如何，在美国试图重塑世界贸易规则的努力中，在中国面临突如其来的压力时的观望、彷徨中，2013 年就这样悄悄地过去了。

直到 2013 年的最后一天，中国也没有如前面引述的积极声音那样提出加入 TPP 谈判的要求。

直到 2013 年的最后一天，中国似乎仍在观望、观察和评估……

但这不等于说，2014 年美国将放慢其重塑世界贸易规则的努力；这也不等于说，2014 年后中国面临的在贸易规则上被边缘化的压力将有所减轻。所有的一切，都只是被暂时推迟了而已。

我还是那句话：未来三到五年将是全球贸易规则重新确立的关键时刻。对此，中国只有两种选择：要么参与其中，要么被迫适应新规则，甚至被边缘化……

六、中国将面临重大变化和考验

谈能源，谈贸易，可能谈得有些读者恹恹欲睡，或者让有些读者看得一头雾水。正如前几年南海风云激荡时，我在一些地方演讲，一些年轻听众总是迫不及待地问：“南海，到底打还是不打？”

确实，除了经济、能源这些更加深层的问题（这些深层问题很可能是表面政治冲突的契机）之外，人们一般关心的似乎更多只是政治、安全问题上的冲突，媒体更热衷报道和追踪的，也是政治和安全层面上的冲突。

过去三年，随着美国“重返亚太”战略的实施，中国周边环境遭遇重大险恶，东海、南海冲突似乎像约架似地一个接一个上演。未来三年，这些冲突究竟是向着更为激化的方向发展，还是可能会有所缓和？中国在周边局势上存在哪些重大隐患？中国在战略思路上应有哪些重大调整？这是本节试图探讨的问题。

首先，未来三年中国在周边局势上的主要矛盾将依然是中日冲突。从过去几年的情况来看，中日双方显然都把对方视为自己发展道路上的主要障碍。正因如此，诸如钓鱼岛这样的领土争端才越来越多地成为双方博弈的筹码；而博弈的结果，则使得双方在钓鱼岛问题上更难以下台。

过去一年多以来，中国新领导层适度改变了原先的容忍策略，而改用“进攻是最好的防守”策略，这被日本方面解读为“试图以实力改变现状”。客观地看，中日双方（无论是政界、民间还是精英阶层）的认知水平都尚未达到欧洲二战后“以融合消弭冲突”的水准。因此，以博弈的手法使得双边关系“置之死地而后生”或“以战促和”“以战促谈”，将依然是未来三年里中日政治关系博弈的主流。对此，2013 年年尾，中国在东海防空识别区问题上的作为以及美日韩的反应就是一个很好的证明。

问题是：双方在缺乏掌控机制的状况下，如何把握博弈的“度”？亦即既维护自己的利益，又有效地避免擦枪走火？

罗援和吴建民，在中国民间几乎是两个极端标签化的人物，前者被称为“中国最著名的鹰派”，后者则被称为“中国最大的鸽派”。然而这两人却有一个共同的特点，即都是我的两档节目中的常客。久而久之，我发现，罗援远非外界解读的那么“鹰”，吴建民也远非一般人认为的那么“鸽”。

与罗援的交往至少已有五年多的时间，当时他还是现役少将，出席我们这类被冠以“境外电视台”的节目，还是需要一点勇气的，当然也是需要一些沟通技巧的。

这些年，作为时政节目的主持人，我接触的嘉宾真可谓三教九流，无所不包。我曾成功地让台湾地区前海军中将和解放军前少将在香港的摄像机前握手，共商两岸护卫南海的大计；也曾让两岸的前情报官员在香港的摄像机前聚首。在新加坡，我曾成功让解放军现任将军与美国前国防部长以及有亲日背景的学者，在摄像机前直接用英语展开对话。我也曾借助于一个朝鲜女商人，与朝鲜有关部门保持沟通渠道，朝鲜在六方会谈期间的一些重大立场，都是由这位女商人率先在《震海听风录》节目里透露的。当然，让日本、菲律宾和美国的前任或现任官员来到香港，与中方人士展开面对面的对话，那更是小菜一碟。

过去7年中，历任美国太平洋战区总司令，从基廷、威拉德到洛克利尔，在新加坡参加“香格里拉对话”时，只接受一个电视节目的专访，那就是我的《震海听风录》。记得2008年美国参谋长联席会议主席马伦接受《震海听风录》独家专访时，美国《防卫新闻》周刊和其他美国电视台的记者，只能坐在边上旁听。

这些嘉宾中，有的是无法前往中国内地的，甚至开始时就连到香港都有障碍，比如台湾地区的前情报官员；有的是无法前往香港或台湾地区的，比如中国内地的一些曾从事保密工作的前军界人士；

邀请有的嘉宾需要旷日持久的审批程序，最后的结果可能依然是“不允许”。为了把这些人拉在一起，需要费尽心机，也需要动用各种关系。

但罗援首次出席《震海听风录》节目中，却并没有什么惊心动魄，现在回想起来只是需要一些小小的勇气而已。一个解放军的现役将军，出现在“境外电视台”的节目里，有关部门会怎么看？“试一试吧，看看各方反应如何再说”，这是我当年在电话里对罗援说的一句话。我当时的直觉是：罗援可以搞定这些麻烦。

后来的结果是，罗援果然搞定了，或者他根本就没遇到什么麻烦。于是，罗援一次又一次地出现在我的节目里。很多年后，当罗援已成了大名人，我们才第一次正式见面（以前都是视像连线），他对我说：“我第一次上‘境外电视台’，还就是在你的节目里。”

但与罗援接触久了就会发现，其实他在“鹰派”立场的背后，有着相当程度的理性。对此，下面请看我与他 2013 年年末在《寰宇大战略》节目里，就东海防空识别区的对话：

邱震海：从您作为中国军方个人学者的立场来看，希望哪个国家在哪个环节上有所改变？

罗援：我们注意到一个细节，就是日本原来的三家民航公司曾经提出要向中国批报一些它的相关识别信息，但是日本政府对此实施了打压，美国军方提出不承认我们的防空识别区，但是美国国务院又建议其民航向中国报批。这就形成了否定之否定，在此之上就形成了一个新的平衡。所以我觉得，现在经过这么一轮博弈，可能在东海上空将会形成一种新的平衡，这个平衡已不再是以前完全由美国主导的平衡。

现在日本也说要进一步扩大它的防空识别区，韩国也要扩大它的防空识别区，现在东海地区又会形成多个防空识别区。我觉得这可能就对联合国形成了倒逼压力，倒逼联合国考虑对此制定新的行为准则。

所以，我想大胆地设想，日本、美国和韩国可能会采取一种双轨制，就是政府层面会承认，至少是默许我们的防空识别区，但是军方可能会采取比较强硬的态度，因为美国正在丧失20世纪50年代设立的防空识别区，而它有一条规定，即如果它的军用飞机没有意图直接进入设防空识别区国家的领空，它就没有必要向这个国家进行申报。

……

邱震海：如果说这种双轨制在相当长一段时期中存在，对中国军方来说是可以接受和容忍吗？

罗援：我们设立防空识别区，当然是希望所有国家，无论大小，都要遵守我们设立的这些规矩，但是如果形成了二元化，军方战机在这么一个狭窄的空间内频繁出入，很可能会造成擦枪走火事件，一旦出现这种危机情况，就要进行危机管控和处理。怎么进行危机处理？我注意到我们设立防空识别区时韩国的表态，它只是提出了遗憾，而没有直接进行抗议，它只是说在苏岩礁问题上，中韩双方还是有一些可控的措施。比如双方建立热线，启动危机处理机制，我认为这是首要的。也就是说，现在有可能出现危机，但不能事后处理，而是要在危机发生之前就预先处理和预防危机。

我与吴建民的交往始于 2005 年。2005 年 10 月“中欧社会论坛”在广东南沙举行中欧对话，刚刚卸任不久的吴建民前往参加，我对他做了第一次专访。

时间过去七年半，转眼到了 2013 年的上半年。这七年多时间里，我一直关注着吴建民。在中日关系风起云涌的时候，吴建民率先出来呼吁理性爱国，反对误国和害国，因而被贴上“中国最大鸽派”的标签。

2013 年上半年，中日关系继续风云激荡。日本将钓鱼岛“国有化”，引起中方强烈反弹，中方公务船只在钓鱼岛前沿频繁出入维护主权，安倍上任后愈发增加对华敌意。基于这些背景，把吴建民与日本前驻华大使宫本雄二同时邀请到香港，在《寰宇大战略》节目中展开直接对话，一直是我的想法。

从 2012 年年底起，邀请吴建民和宫本雄二的准备工作就在紧张进行，双方日程一再推迟，最后确定 2013 年 4 月 27 日在香港展开对话。万事俱备，只欠东风。临近 27 日的最后一周，宫本雄二忽然腰部受伤，无法前往香港，但吴建民的机票、行程已定。好在《寰宇大战略》同时还邀请了东京大学教授高原明生。高原明生是当今日本首屈一指的中国问题专家，我曾多次与他在东京和香港见面探讨。对话在即，我临时决定由高原明生对话吴建民。

吴建民一上场，态度温文儒雅，在原则问题上却丝毫不含糊。

高原明生：我们要全面看日中关系，日中关系中有两个侧面，一个侧面是强韧性的。经济的交流、社会的交流、文化的交流，都是日中关系中很强韧的部分。我们只看脆弱的部分是不行的，脆弱的方面确实存在，我们不能否定，比如尖阁列岛的问题、历史问题、安全问题。可是这些强韧性的方面也是事实，也是我们日中关系的一个非常重要的部分。

邱震海：但现在的问题恰恰是所谓的短板或者脆弱的部分盖过了强韧的部分，至少在媒体中，在老百姓的眼中是这样的。

吴建民：震海先生，你刚才讲的我不大赞成，你认为好像战略上大家有共同利益，具体层面全是分歧。但你忘掉了一条，你把分歧作为载体，这是偏颇的。你想想，中日之间，两国的贸易额去年达到3000多亿美元，为双方都创造了大量的就业机会，这不是虚无缥缈的。

亚洲在崛起，日本是第一个崛起的，中国在崛起过程中得到日本的帮助，这是虚无缥缈的吗？两国民间交流大发展，两国人民之间有很好的交往，这是虚无缥缈的吗？都不是。

事实是有分歧，也有共同利益，问题在于分歧和共同利益哪个是主要的。我认为，现在来看，中日之间的共同利益是主要的，如果说一门心思老是想分歧，不先解决好分歧就什么事都不干，我想这对双方都没有好处。

……

邱震海：二位说得很好，中日双方在经济发展上存在很大依存，但恰恰是中日之间的政治矛盾，在相当程度上已经影响了本来可以走得更快的经济整合进程，东亚的经济整合进程远远落后于北美，落后于欧盟，原因是中日这两个亚洲最强的邻国没有起到领头羊的作用。这来源于两国之间的政治矛盾甚至互相拆台。所以，这种政治上的分歧相当程度上已经在影响我们本来可以走得更快也更加顺畅的经济进程。

高原明生：关于中日关系，我丝毫不低估目前形势的严峻性，中日邦交正常化 41 年以来，人民第一次讲到战争，这在过去从来没提到过，这表明了一种严峻性。

如何看待这种严峻性？我认为必须注意到两个原因。第一是变化，日本从 1968 年变成全球第二大经济体，2010 年中国超过了日本，此后，日本再赶上来的可能性比较小。这么大的变化过去没有出现过，而变化会带来担心，带来忧虑，带来恐惧。

吴建民：第二个原因，我觉得在金融危机的背景下出现了一种思潮，就是民族主义泛滥和民粹主义泛滥的思潮。民族主义包括两重含义：第一是爱自己的国家，这个没有错；第二是排斥外界，这个非常糟糕。民族主义在国家国力上升的时候会泛滥，在国家遇到困难的时候也会泛滥，所以现在我们看到全球民族主义在泛滥。第二是民粹主义在泛滥，比如政治家都希望夺得选票，都希望夺得掌声。这二者结合起来非常危险……

高原明生：日本的社会很稳定，很成熟，当然尖阁列岛的问题是非常严重的，我们要努力避开冲突、事故和战争，大多数日本人认为日中关系非常重要。

邱震海：但是从中国普通老百姓的认知以及媒体的解读上来看，

很多形势的改变恰恰来自日本，如果日本2012年不去购岛，不去参拜靖国神社，中日关系可能会相对比较稳定。

高原明生：我觉得这种看法比较片面，要换位思考，要从日本的角度来看问题。第一次改变现状的行为是从中国开始的——2008年12月，中国的公务船来到尖阁列岛的领海。以前没有发生过这样的事件，以后也有很多中国的公务船来到尖阁列岛的海域，所以日本前任东京都知事石原慎太郎2009年提出搁置主权问题，共同开发。之后仍有很多船过来，日本人非常担心，这种情况以前从来没有发生过。

吴建民：这一点我不赞成高原明生先生的意见。回顾中日关系这两年的发展，中日关系走向恶化是什么时候？首先是2012年10月16日，石原慎太郎先生在美国宣布要购岛，这一点引起中国人民的很大猜疑。为什么石原要跑到美国宣布？然后中国方面一直在努力，劝日本不要购岛，日本政府想实现所谓国有化。2013年9月初，中国外交部常务副部长张志军去日本，就跟日本的官员谈了这个问题，劝他们不要购岛。第二天，这位官员被任命为驻美大使，没有人跟张志军谈了。9月10日，在海参崴，胡主席对野田首相讲不要买岛，否则会有严重后果，但日本不听。原来钓鱼岛是在私人手里，现在要国有化，中国老百姓当然不干。正是这个事件最先引起了极大不满

中国人过去曾多年受人欺负，对于领土问题我们非常敏感。在中国正崛起的时候，日本要把我们有充分证据证明属于我们的钓鱼岛国有化，中国人当然会反对。所以，高原明生先生，恕我直言，

你刚才讲到的是片面的，但是你应该看看整个事态的发展，在这个问题上，应当说日本是存在问题的。

我之所以不惜篇幅地描绘我与罗援和吴建民两人的交往与对话，是为了澄清大家对罗援的“鹰派”和吴建民的“鸽派”标签的误解。罗援在“鹰派”标签的背后，有不失理性的立场和对于国家发展的创造性建言；而吴建民在“鸽派”标签的背后，也不失对原则立场的坚守。

2005 年，当中国将领朱成虎在北京发出“美国干预台海局势，中国将不惜核战”的言论后，我在《联合早报》发表文章，题为《中国鹰鸽两派之争具前瞻意义》。至今九年过去了，现在回头来看这篇文章，忽然觉得它不但没有过时，而且似乎还更多了一层现实意义。下面是这篇文章的节选：

以国际和历史发展的眼光来看，任何国家的鹰鸽两派之争都须满足两个前提：第一，国家实力发展到一定阶段，以至出现对外策略和国家发展方向之争；第二，国家的多元化发展到一定程度，以至从政府到民间的各种思潮均有自由表达的空间和平台。

从这个意义上说，目前在中国渐露端倪的鹰鸽两派之争是一件好事，既说明中国的崛起已经达到一定程度，又反映了中国社会的日渐多元化和自由化——试想，在毛泽东时代或邓小平时代，怎么可能出现中国军方将领自由发表观点而又遭到外交官员否定的事情？

然而同时必须看到，历史上和国际上的所有鹰鸽两派之争又都满足几个共同的条件，即：第一，双方都是从国家利益出发，因此完全不存在“谁更忠诚于国家”的问题，一切试图藉争论作出忠诚度或道德审判之举，不是无知，就是无聊，甚至别有用心；第二，如果说现代西方国家的鹰鸽两派之争多为对外策略之争，那么历史上所有崛起之国的鹰鸽两派之争则大都由两个方面组成，亦即国家策略之争和国家发展方向之争，前者大都会自动向后者转化，只不过前者往往见之于国家机器层面（如政府官员、军人和智囊），而后者则除了国家机器外，还须由知识界和思想界来承担，从而成为一场民族精神世界的洗礼运动。

今天的中国由于种种原因，初露端倪的鹰鸽两派之争不但主要集中在国家机器层面，而且主要集中在策略之争上。但从历史的经验来看，策略之争必然要向国家发展方向之争转移，后者将主要由知识界和思想界来承担，而且其间发生裂变的可能性很大。

“明治维新”以后日本知识界和思想界在这方面有过挣扎、蜕变，尤其是早年一些倡导民族精神和国家主义的知识分子，到了晚年都成为帝国主义的鼓吹者，其间的教训十分深刻。

目前的中国，民间情绪和思潮或强硬，或温和，鱼目混珠，混沌未开，十分典型地折射出崛起之国的国民心态，既自信又浮躁。实际上，随着中国和周边国家对资源和领土争夺的展开，在一些具体的议题上，策略之争和国家发展方向之争的界限已经开始模糊。诸如“是否应放弃韬光养晦”“中国战舰是否应保护有争议领海”“为避免在常规战争中失利，是否应以核战先发制人”等，与其说是策略之争，还不如说是国家发展方向之争的萌芽。而西方国家出于私利，则每每将这些议题视为“中国威胁论”的佐证。

因此，对民间鱼目混珠的各种情绪和思潮作一番逻辑梳理，不但已成为中国执政者的当务之急，也作为历史使命日益迫近了这一代的中国知识分子。

让我们简单回顾一下“明治维新”时期日本思想界的挣扎和蜕变过程。“明治维新”时期日本民族的精神核心就是民族精神和国家主义，其背景则是东方世界近500年来长期遭受西方奴役，日本由此产生了发奋图强、改变民族命运的原始动力。“振兴大和”“文明开化”“脱亚入欧”等，都是这一阶段日本民族的具体策略和精神支柱。

如果说事情发展到这一步时还是正面成分居多，那么尔后日本向帝国主义的转变就十分值得深思了。

由于明治时期的日本具有强烈的“东西方情结”和改变民族命运的原始动力，日本的民族精神和国家主义实际上是一个巨大的混合体，其中既有自由主义和平民主义的成分，也有后来军国主义的萌芽。一些早年倡导民族精神的思想家在“文明开化”的动力下，开始鼓吹“为了文明的发展，不管和平还是战争，可以不问其名而取其实”；近邻中国则被视为“固陋的旧时代”，甲午海战被视为“文明与野蛮之战”，民族精神和军国主义的界限就这样开始模糊起来，并导致了20世纪上半叶日本在民族精神旗号下的集体疯狂，其后遗症一直延续到今天。

日本的情况当然不能与中国作简单的类比，但作为亚洲的两个大国，中日之间的一些情结是相同的，而恰恰是这些情结阻碍了中日两国在今天对双边关系的理性处理。这些情结归纳起来就是，亚洲民族近代以来历经衰败并遭受西方奴役，迫切希望重新站起来并统率亚洲秩序。

日本“明治维新”的经验启示人们，在沉重的“东西方情结”之下开启的民族崛起之路，其国民心态在自信和浮躁兼有之外，还多了一层复杂和略带风险的因素；而对这些情绪的理性梳理远非一朝一夕所能完成，需要知识界和思想界持之以恒的艰苦工作。

当然，作为具有5000年历史的泱泱大国的国民，中国人民理应比“明治维新”时代的日本国民更有理性精神，但“他山之石，可以攻玉”，借鉴日本的经验有助于未来的中国在崛起道路上走得更加自信，更加沉稳。

从这个意义上说，目前正渐露端倪的中国鹰鸽两派之争，具有相当程度的前瞻意义，也值得所有关心中国健康发展的人密切关注。

未来三年，这些问题将继续拷问我们的心灵，同时也将以各种方式展现出来。2013年，我出版了一本书《访与思——中国人成熟吗?》，探讨崛起期中华民族的集体心理成熟问题。未来三年，包括你我在内的国人在面对外部世界的挑战时，心智能否变得更为淡定、稳健和成熟？这值得我们深思。

撇除这些因素，未来三年，中国周边还可能面临另外一些重大考验：

2016年，台湾地区将选举产生新的领导人。马英九执政八年，两岸关系虽有大幅改善，但无本质性突破。2016年，民进党有无可能上台？一旦民进党上台，两岸关系是否可能大幅逆转？两岸关系一旦大幅逆转，大陆地区是否可能在东海面临更大的战略压力？北京之前曾释放出民间气球，希望 2020 年以前能解决两岸政治问题。按照这一时间表，2017 年前后将是两岸政治互动的关键年份；那么从 2014 年到 2017 年，中国又该做哪些战略铺排？

2013 年年尾，朝鲜内部发生重大政治动荡，原“二号人物”张成泽从被捕到被处决，只用了短短的四天时间。2012 年 12 月金正日去世时，包括金正恩在内的八人为其扶灵，其中六人已经被解职。这个国家未来将走向何方？它又将给中国带来哪些新的挑战和危机？这些问题都值得我们深思。

最主要的是，未来三年，中美关系将如何发展？虽然 2012 年 6 月习近平和奥巴马的加利福尼亚庄园峰会基本确立了“新型大国关系”，但这一关系的内涵如何得到充实？未来三年，中美之间究竟可能发生哪些意想不到的变化？从中美经济实力不断接近的事实来看，未来的中美关系只会越来越复杂，而不会越来越简单。

第七章
未来三年：中国不能再犯错

未来三年，具体来说就是2014—2017年，将是中国极其重要的三年。中国经济和社会的绝大多数结构性问题都将在这三年里从深层浮上表层。中国这三年如果能处理得好，那么2017—2022年虽然不能说一马平川，但至少将有比较从容的心情来设计中国未来的长远发展，应对届时可能更为艰难的挑战。

我撰写本书的时候，恰好是中共十八届三中全会即将召开之际。国务院发展研究中心在三中全会前发布了"383改革方案"。所谓"383方案"即是包含"三位一体改革思路、八个重点改革领域、三个关联性改革组合"的新一轮改革的基本思路和行动方案。

这种"三位一体"的改革是指：推动完善市场体系，转变政府职能，创新企业体制。

"八大领域改革"是指：推动行政管理体制、垄断行业、土地制度、金融体系、财税体制、国有资产管理体制、创新体制以及对外开放等八个重点领域的改革。

而报告具体提出的涉及上述八大领域的三大改革突破口则指：第一，放开准入，引入外部投资者，加强竞争；第二，深化社会保障体制改革，设立“国民基础社会保障包”；第三，深化土地制度改革，集体土地入市交易。

无独有偶，“383 方案”也为未来的改革提出了“时间表”：第一，2013—2014 年的近期改革；第二，2015—2017 年的中期改革；第三，2018—2020 年的远期改革。

这个改革时间表与我在本书中提出的中国未来十年的三个时间段也正好大致相同。可见，在对中国未来改革迫切性的研究上，所有的逻辑都会大致指向同一个方向和时间段。

不同的只是“383 方案”将远期改革的时间终点设定到 2020 年。2020 年是一个什么时间？那是 21 世纪第三个十年的开始，也是中国高层提出人均生产总值和居民收入都翻倍的时间点，也是中共建党 100 周年的前夜，同时也是这一代领导人即将卸任的前两年。已经有许多迹象显示，这一代领导人已将 2020 年作为一个重要的时间指标来安排内政外交的许多事情。

如本书上一章所述，当我们埋头国内改革的时候，其实我们的外部环境正在悄悄地发生变化。无论是美国经济复苏及其背后的创新和经济自由度的支持，还是美国的能源技术和战略正在改变世界能源格局，抑或中美之间正在发生的种种细微变化，似乎都显示出，2020 年的世界经济和能源格局以及中美之间的互相依存关系都将会发生一个从量变到质变的演变过程。

届时，中国面临的挑战究竟会更为轻松，还是更为严峻？一切的一切都取决于未来 6 年里中国内外战略的调整。还是让我们看看中国眼下需要克服的难题。

一、2017 年以前：成败在此一举

十八届三中全会前夕，翻开中国主流媒体有关改革的报道和评论，迟福林是一个绕不开的名字。其实，迟福林在改革问题上的名声不是始自今日。早在 20 世纪 80 年代，迟福林就是改革中的风云人物。20 多年后他依然是改革问题的权威，尤其是他曾在海南这片土地上为改革发声，在中国这恐怕已经绝无仅有了。

本书第二章就曾引用迟福林 2011 年下半年出席《震海听风录》节目时与张燕生有关中国经济放缓与社会矛盾的讨论。2012 年开始，我频频邀请迟福林从海口飞到香港出席《寰宇大战略》节目。

节目组孤寒，除了为迟福林购买商务舱机票和预订五星级酒店外，就再也没有经费请他到饭店吃饭了。我们的很多谈话是在凤凰卫视的食堂里完成的；但也正因如此，我们的谈话轻松很多。每次录制完《寰宇大战略》，我与嘉宾们在凤凰卫视食堂里的那些谈话往往是极有意思的，闪烁着很多思想的火花。

“如果没有那些特别的原因，你今天很可能是个大官了。”在凤凰卫视的食堂里，一位朋友这样对迟福林说。迟福林含笑不语。我的团队里的 90 后助理、研究生观察员想了半天也不明白这个“特别原因”到底是什么。看着女孩子们一脸的茫然和不解，我和迟福林都乐了……

20 世纪 80 年代，不到 40 岁的迟福林就在中国改革界颇有名气和影响力。如果不是后面发生的一些不应由他负责的事情，今天的迟福林说不定还真成了高官；当然，那样的话，他是否仍有今天这样的思想自由，那又另当别论了。

在节目里，我与迟福林的对话很多时候是“唇枪舌剑”的。2013 年 10 月，“383 方案”刚公布，我就和迟福林、任剑涛（中国人民大学政治学教授）在节目中上演了一场“舌战”：

邱震海：为什么十八届三中全会这次的改革如此重要？

迟福林：我们的增长转型改革正处在一个历史拐点，我概括为三句话，就是经济转型处在一个历史节点，社会转型处在一个临界点，治理转型处在一个关键点。

邱震海：改革经常是被我们以各种原因拖延了，原来我们一直说改革急不得，因为改革如果推得过快，可能会产生这样或那样的矛盾，中国的改革往往在急不得和等不得之间左右徘徊，这次假如还不能有力地推进改革，会发生什么样的情况？

迟福林：这次最大的问题就是，在这样一个历史拐点上，改革的时间、空间约束十分明显，所以我概括为改革正与危机赛跑。

邱震海：如果改革跑不赢危机，又会产生怎样的情况？

任剑涛：如果改革跑赢危机，当然就满足了我们的三个愿望，一是中华民族的复兴，二是国家的富强，三是向文明社会的迈进。如果改革跑不赢危机，社会就可能崩溃，失望会变成绝望，而整个国家发展可能夭折。

邱震海：中国的改革不能再拖了，因为现在中国的经济在不断下行，中国的社会矛盾在不断上升。所以，零敲碎打的改革孤立地看是有意义的，但是放在经济下行和社会矛盾上升这么一个大环境中看，假如不能解决社会矛盾、转变经济下行，再好的改革都是没有意义的。第一，383改革方案第一细则如何出台？第二，阻力到底如何突破？第三，我非常关心的，改革效果怎么样？这个效果不能一直拖延到未来五年、十年还不显现。比如，八项措施里面垄断改革如何进行？垄断行业，土地改革，财税改革，国有资产改革，我们就拿这四样出来，坦率来讲，这四样放在一起都是阻力重重，所以我现在非常关心细则到底在哪里。

迟福林：现在最难的是固化的利益格局，今天的二次改革和过去最大的不同在于它面对固化的利益格局，但是我比较乐观，这个固化还没有完全凝固，是可以打破的。

邱震海：关键问题是当改革涉及具体的部位时，怎么办？涉及具体的部位时，它的利益怎么来解决？

迟福林：这里当然有一个部门利益问题。我们在打破垄断上已经有高度的、广泛的共识。

邱震海：那是反垄断的人有共识，垄断的人是没有共识的，他是不愿意去打破的。

迟福林：是，我所谓的高度共识是指什么呢，大家认为不打破垄断不行了。比如我们现在的社会资本。

邱震海：迟院长，如果我是垄断行业的人，我一点都不想打破垄断，你要打破垄断，我就会反过来跟你进行斗争，说不定把你告上中纪委。最后会形成另外一种利益格局，一种改革与反改革、垄断与被垄断之间的格局。所以，会不会出现这么一种状况？

迟福林：是，现在就到了这样一个程度，垄断的矛盾问题很多，不但阻碍了社会资本进入，而且在垄断行业内部，本地问题包括腐败问题都很突出，所以在这个时候打破它，是很好的时机，我相信反垄断改革在未来的两三年会有重要突破。

任剑涛：迟院长是非常乐观的，作为改革设计者应当有这种乐观性，否则我们切入其中就非常困难。在我看来，解决国有企业垄断将是一个非常艰难的问题，但不是没有办法切入。比如，在人上、事上、物上、体制上都可以找到突破口，最关键是推动改革的党和国家领导人的决心怎么样。

邱震海：你们两位说得很好。但是无论是下重药还是下猛药，我现在关心的是这个药什么时候能够见效。它当然不可能马上就见效，不可能希望它一两个星期、一两个月就见效，但是恐怕也不能等三五年。因为三五年之内中国的经济还会继续下降，中国的社会矛盾还会继续上升，所以打破垄断的改革能不能跟经济下降、社会矛盾上升有一个时间上的配合？关于未来，迟院长如此乐观，您设计的打破垄断的时间表到底是怎样的？

迟福林：我预计未来两到三年，行政垄断这一块会破题，甚至在某些方面会有重要的突破。

邱震海：具体来说，就是在 2017 年之前，2017 年中共十九大要召开，另外也有一个非常重要的小的换届，换句话说，在中共“十九大”之前，中国垄断问题一定要解决，是这样吗？

迟福林：对，中国至少在行政垄断方面会有一个实质性的破题。

任剑涛：但我看这个383改革，破题不是一个大问题，实际性的经济结构调整才是关键性问题。

邱震海：2017年中共“十九大”召开之前能解决行政垄断的问题吗？或者能实质性地触碰这个问题吗？

任剑涛：我认为解决这个问题或者实质性地触碰这个问题的难度非常大，但实际上就破题来讲，两三年时间过于漫长，打破行政垄断的破题必须在半年内完成。

邱震海：也就是说，到2014年的5月之前必须要开始破题，你这个破题的指标是什么？

任剑涛：破题的指标就是整个行政垄断的结构性问题已经解决了。

邱震海：什么叫结构性问题？

任剑涛：比如，国务院各部委的审批项目要结构性地减少。实际上，自两会以来，半年多时间里已经减少了200多个审批项目，给各地方、各部门以及民营经济已经带来了很大希望。

邱震海：半年之内完成会不会过于急躁？

迟福林：在半年左右的时间里，我们可能也会有一些方案出台。我讲的破题是指社会资本能够进入，能够把坚冰打开；然后，再用两到三年的时间，让社会资本进入这些垄断行业，这个格局可能才会初步形成。

邱震海：基本上两位嘉宾最乐观的推测是在2014年5月之前打破行政垄断，最悲观、最谨慎、最保守的推测是到2017年年底即中国“十九大”召开之前，总而言之，问题是要解决的。

下面第二个问题是央地的财税制度改革。我经常到各地演讲，老百姓问我房价到底会涨还是会跌时，我回答说，房价涨还是跌不是市场本身控制的，与它相关的还有流动性过大、土地财政问题。

迟福林：这是一个极大的问题，因为政府主导性的经济增长方式，现在表现最突出的就是竞争型的地方增长模式影响房地产市场，而且风险很大，另外就是债务风险极大。现在矛盾很突出，问题的关键是要改变竞争型的地方政府增长模式，这是财税体制改革最关键的问题。

邱震海：这两三年从哪里切入？

迟福林：我想，第一，从大的方面说就是由经济总量导向转向国民收入导向，以公共服务为导向理顺中央与地方的关系。第二，下一步要分权，哪些归中央，哪些归地方，在适当分权的前提下才有可能找到财税改革的有效路径。

任剑涛：对于政府自身的改革可以乐观，因为主客观因素都在政府，所以我觉得半年可以见效。但是触及政府和政府之外的中央和地方分权问题，我们没有理由乐观。改革的背景是什么呢？就是经济放缓和社会矛盾上升，如果你通过一个常态的设计计划两年破题、三年进入、四年改革、五年生效、十年成功，那么社会已经丧失了这样的耐心。

邱震海：那个时候房地产已经崩盘了。我认为，所有破题都必须在半年之内，如果半年之内都没破题，大家看不到希望，就会对改革失望。

邱震海：对于未来，无论是时间表还是改革疗效，二位有什么期待？

迟福林：未来，我们马上要进入“十三五”，然后是“十九大”，到2020年实现全面小康的目标。

邱震海：但是2020年的目标能否实现取决于2014—2017年这三年。

迟福林：对，这三年应该说正处在一个经济、社会转型的关键点、临界点或者说关节点，这三年我们要加快走，但是目标要很清楚。

邱震海：如果说到了2016年，三年之后，我们重新来检验今天谈的所有东西，发现垄断行业只改了一半，土地只改了一半，央地财税也只改了一半，然而刚才我们设定的2017年这个时间已经到了，改革并没有完全让我们满意，那时怎么办？

迟福林：如果是那样，那时会面临更大的经济矛盾、社会矛盾、经济风险、社会风险，要付出巨大代价。

读了上面的文字，你可能已经觉得有点喘不过气来了。其间的种种言论，到底是节奏太快还是过于犀利，抑或兼而有之？也许任剑涛的“半年见效论”有点过于急躁，但他说出了很多老百姓的心声——一个再好的改革，最后都要受惠于民，让老百姓觉得有实惠，百姓才不会失去耐心，才会继续支持你。从这个意义上说，“半年见效”虽有点操之过急，但作为“警世之言”不失其意义。

迟福林的“两三年见效论”则是相对专业的表述。任何一项改革，从启动到进入，再到发挥功效，两三年是比较现实的期待。但即便是两三年，也只是短暂的一瞬间。更何况两三年后亦即 2017 中共“十九大”即将召开。

无论是结构性的经济问题还是社会矛盾，抑或出于维护政治稳定的需要，2017 年都是一个“坎”。中国能否过得了这个“坎”？届时，中国若能越过这个“坎”，那么 2017 年以后的几年里，我们才能有比较从容的心情来处理更为复杂的问题。

这一切都取决于 2014—2017 年这三年里中国的作为和部署。

二、调房价：政府不能再忽悠民众了

上面的观点都是理论阐述，也许读者们已经看得恹恹欲睡。下面就谈点大家都关心的问题：中国的房价。

谈起中国的房价，一如谈起中国的股价，恐怕没有几个人会有满意的态度。但你知道过去几年所谓的房价调控，其最根本的问题在哪里吗？

请看我下面的分析。这是 2013 年 9 月 20 日我在一次节目中表达的观点。

主持人：中国国家统计局日前公布了 8 月份 70 个大中城市的房价数据，结果只有不到 3% 的城市房价比之前一个月的价格有所下降，而最近更是出现了日光盘，也就是一天之内全部卖光的楼盘。这显示出市场预期楼市正在失控，这几年政府坚持高举调楼价的大旗，可为什么楼价越调越涨？难道我们对这个“调”字理解错误？

邱震海：这个问题其实我在几个月前乃至一年多前就讲过了，楼价是调不下来的。首先，中国的楼价一开始就错了。政府职能要么是越位，要么是缺位。越位就是指行政权力很大，不该做的一直在做。而缺位就是该做的不做，教育、医疗包括部分房价都属于公共服务产品，理论上应该由政府来承担一部分，老百姓不能说有钱住得起房子，没钱住不起房子。但关键问题是，中国的房价包括中国的医疗、中国的教育，一开始就全面市场化了，这是由于一二十年之前的领导人听信了一批一味相信市场的经济学家的话。然而这条路从一开始就走偏了。

所以，去年这个时候我就讲过，中国的房子、中国的楼市形成两大族，有房一族和无房一族。有房一族不但希望房价不跌，而且希望房价大涨，他们都有权有势，至少是中产阶级，这批人是得罪不得的，这批人一得罪，整个社会就会乱。但是无房一族不但希望房价跌，还希望房价大跌，这些人政府也是得罪不得的，因为他们手中无权无势，但有暴动的能力，这是从政治上考虑。从经济上考虑，一个偏掉的东西不可能再去把它拉回到正确的轨道上。

主持人：拉不回来就不调了吗？

邱震海：只能在原来的道路上纠偏了，一开始的路一定要走对，这个都是已经过去的，我们不讲了，历史问题我们不可能去反悔，也没有后悔药吃。关键是现在，从上一任政府开始，一直在说要调房价，对于这个“调”字，当然大家的理解有所不同，其实以前的领导人从来没讲过要使房价大跌，只是说要使中国的房价不再疯涨，直至回到一个合理的水平。但是大家都对它有一种合理的期待，以为要降20%甚至50%，也有朋友说中国楼市在2012年要大崩盘，这从理论上说当然有一定的合理性，因为中国的楼市确实已经是不合理的，但是对于一个不合理的东西，不可能再用不合理的方式去处理，正如同对于一个荒唐的事情，不可能用荒唐的手段去处理。

比如，北京以前曾经用户籍制度来管控房地产，户籍制度城镇化，而城镇化建设要求取消户籍制度，现在为了调房价，反而用户籍制度来抑制购房，风马牛不相及，手段跟目的完全是不配套的。

任何一个经济中，都存在供给的一方和需求的一方。其中，需求一方无非是三大因素：一个是刚性需求，我有钱了，我要结婚了，我的父母要过来了，我想买大房子。人民的收入在增长，这些刚性需求是永远无法抑制的；第二个因素，一部分人还会有一点投资的需求，这也无可非议，看到房子在涨，不去买才是傻瓜呢；第三个因素才是我们要警惕乃至抑制的，这就是投机，很多人大量囤积房子，以致很多地方成为鬼城，房子闲置没有人住，等等。

以前调房价过程中打压的只是投机这一部分，一不小心把投资也打掉了，之后一不小心把刚性需求也抑制住了，这就好比倒脏水，却把孩子也倒掉了。然而刚性需求就像人的所有需求一样，只能暂时抑制。积攒了多年的买房需求，当调控措施松动之时，刚性需求就会像洪水猛兽般涌出，届时就是房价大涨之日。这个不幸被我言中了，这是需求一面。然而房价高是怎么来的？肯定不是投机引起的，是因为房价大涨，才会产生投资乃至投机需求。对于投机，为什么不先去解决源头问题？源头就在供应的一方。所以我才说，对于房价到底怎么涨起来的，大家都在忽悠。

以我的浅见，房价上涨有两大原因。一是土地财政，地方没钱了，只能靠卖地解决问题，土地财政又涉及20年前的分税制改革，这当然是见仁见智。下一步的财税制度改革很重要，但是只要土地财政问题不解决，地方政府与中央政府互相不满，地方政府卖子孙后代的土地，中央政府要求地方政府对房价调控负责，否则地方政府就要承担责任。如此一来，央地关系在房地产问题上形成高度对决。

第二就是流通性，热钱大量泛滥。除了老百姓的刚性需求，市面上充斥大量热钱。2008年、2009年四万亿人民币大量进入了国企，然而国企又用这些钱派了什么用场？相当一部分用来购置房地产，所有这些"因"不去解决，只追究"果"。所以，我当时就说"调房价"这是忽悠，只不过是在告诉老百姓我在认认真真调控房子，不知道的老百姓以为房价真会跌，其实只要是认认真真研究房地产规律的人，就能立刻明白道理，房价一定会涨。

主持人：您认为在调房价的整个过程中，我们可以汲取什么教训？

邱震海：不管是主观还是客观原因，过去的已经过去了，问题是我们以后不要再犯相同的错误——外表不相同，但逻辑可能相同的错误。关于调房价，有几个启示和教训。

第一，我们还是要注意问题的前因后果，任何一个问题，无论政治问题、经济问题还是社会问题，又或者是以后的改革转型，都有因有果。我们千万不要在"果"上做文章，要从源头解决问题。

演讲。

现场人头攒动，气氛热烈，经济、改革、房地产、股市、风险，现场提问环节像炸开了锅。

不等主持人允许，一位中年听众早已起身把话筒拿在手上："我是个中产阶级，已有五套房子在手，现在正准备买第六套，但我对房价没有信心，不知现在是否应该再下手。另外，中国的股市也让我失望，上周我又在股市上输了钱。我该怎么办？"

这样的问题，我在各地演讲过程中遇到得太多了。这里我不想重复对那位中产听众的建议，只想提出一个问题：撇开股市（这是另一个需要讨论的问题），你知道中国房地产这么多年最根本的问题在哪里吗？

我的回答是：中国房地产最根本的问题不在于房价的虚高或调房价的种种措施不到位，而在于从 1998 年开始的住房改革从一开始就走上了一条偏道。

下面是我在 2013 年 10 月 31 日节目中的分析：

主持人：中共十八届三中全会召开前夕，根据内地高层传递的讯息，在"十二五"期间建设 3600 万套的保障性住房计划还会继续，而且暂时不会有所调整，我们关注到，中国近期的楼价是节节攀升，调楼市调楼市，却越调越涨，中国住房政策是否也在进行调整？

郎震海：首先，这个信号非常好，习近平这几天连续发表了两次讲话，第一就是 3600 万套的保障性住房计划一定要完成，因为这是“十二五”计划中定下来的一个目标。关于保障性住房，李克强2013年3月上任之后，又加了1000万套，等于有4600万套。最近几天，他在政治局第十四次学习会议上又谈了住房的四个关系，我认为非常好，这里可以稍微重复一下。

他说，第一，要处理好政府及公共服务和市场化之间的关系，就是政府的调控之手和市场化之间的关系。第二，住房发展的经济功能和社会功能之间的关系，一方面建住房要赚钱，但另一方面住房首先是保证人民居者有其屋，保障它的经济和社会功能。第三是需求与供给的关系，就是有多少需求量和可能提供多少量。第四是住房保障和防止福利陷阱的关系。提供住房才能实现居者有其屋，但是也要防止居者有太多屋以后会陷入一个福利陷阱。

所以，这次习近平的整个讲话投射出两个信号。第一个信号意味着最近十六七年以来，政府这只操控的手有点缺位，相对来说战略方向上的偏差已经开始得到纠正。

第二个信号，坦率来讲就是过去几年我一直在各种场合批评的房价调控政策，只调控需求那一面，供给那方面完全无所作为。现在开始着重从供给方面解决问题，一方面是推向市场，另一方面是政府保障。不能像过去几年那样，急刹车，限购限贷，现在主要还是要增加供应。

一方面是市场，另一方面是社会保障，我认为战略方向也非常好，而且最近几年房价的调控信号已经得到了根本扭转，但下面的问题是技术层面的问题，这个技术层面也非常重要。现在中国的住房基本上是双轨制并行，一个是市场化的商品住房，另外一个是保障性住房。

我数了一下，现在保障性住房里大概有 7 大类，11 个领域，包括廉租房、公租房、经济适用房，还包括牧民居住区等。其实 7 大门类里面的 11 大品种分得不是很清楚，尤其里面的钱从哪里来，谁承担哪一部分钱，3600 万套住房显然是由政府来主导，主要是由政府提供。政府不可能生产，政府只是聚财，政府的财来自各地税收，那么到底是谁来承担 3600 万套住房的资金？而这里面的公租房、廉租房、经济适用房、限价房，到底哪一部分是地方政府提供的？哪一部分是中央政府提供的？哪一部分应该让社会去承担？哪一部分应该政府跟企业一起通过融资、集资的方式来筹集资金？一涉及钱，问题就很多。

说说很容易，做到却很难。钱从哪里来？这就涉及中央和地方的关系。三中全会很重要的内容之一就是关于财税制度改革的措施。财税体制改革就是要处理几大关系：一是中央和地方的关系，二是企业和社会的关系，三是国家和纳税人的关系，其中重点是中央和地方的关系。

1994 年分税制改革基本上解决了中央获大头的问题，中央获得了宏观调控的能力，同时，在财政上，中央能够贴补一些穷地方，这是非常好的。但是这带来了无穷无尽的后果，就是现在地方没钱了，钱都被中央拿去了，所以地方政府面临事权和财权的巨大分裂，事权是无限的，财权是有限的，要你做的事很多，连维稳都要你做，保障房也要你做，现在城镇化还要你做。财权却是有限的，很多地方政府面对这样一种困境，只能卖子孙的地。这就造成土地财政问题，进而又导致供求面问题，房价从一开始就不断高涨。

现在的问题是，当我们要实现经济功能和社会功能，促进商品房和社会保障房齐头并进的时候，3600万套也好，再加1000万套也好，钱从哪里来？谁应该去承担哪部分责任？这就意味着央地关系再次面临考验，而且这个目标一旦定下来，央地关系在财税制度还没有改革之前会面临新一轮的紧绷。

地方政府肯定又紧张了，3600万套，这是党中央安排下来的政治任务，但是钱从哪里来？所以过去相当长一段时间里，地方政府就是靠举债解决问题。105万亿的债里面有相当一部分是地方债，未来会不会再出台新一轮的地方举债任务？现在有地方政府一听中央下任务就已经浑身发抖。这就叫中央请客，地方买单。有的地方甚至说，我不要财权，宁可你把我的财权收回去，我只要少一点事权就可以了。对于地方政府的这种心态，中央政府也必须有所顾及。所以，对于三中全会，我们还是满怀期望的，看看下一轮财税体制改革到底从哪里切入。

中国的房地产未来怎么走？我在后面还会有所涉及，这里只想谈几个观点：

第一，正如房地产已将中国人群撕裂成两半——有房一族和无房一族，今天的中国房地产也处于两难之中：商品房价格下不来，因为跌幅太大的话中产阶级无法承受；而保障房又上不去，因为在过去十几年的发展过程中，政府之手对保障房的托管又严重缺失或滞后了。在目前这个阶段，需要加速保障房建设，并加快理顺其间的央地财税关系，适度控制房价只是一个表层工程。在可预期的未来，中国的房价问题不可能得到根本的改善，只能予以掌控。掌控什么？掌控风险，尤其是大幅上涨的风险，以及快速大幅下跌乃至崩盘的风险。但从目前情况来看，随着“小产权房”入市交易的展开，房价适度下跌（10%左右）在所难免，但大幅下跌或崩盘的可能性不大。

第二，就中短期的风险控制而言，对房价风险的掌控在于对中国金融风险的掌控。只要中国不爆发大规模的金融危机，那么房价泡沫就不会破裂。而中国是否会爆发金融危机，取决于中国的各种债务风险。从目前情况来看，虽然中国整体债务已经达到 113 万亿，相当于 GDP 的 200%，但从结构上看，非金融机构债务占 64 万亿，地方债务占 16~18 万亿，从整体上看尚在可控范围之内。尤其是地方债虽然这几年成为一个严重问题，但即便以最高值来估计，也还不到 GDP 的 50%，地方政府整体还债能力也还存在。比较值得担忧的是，由各种理财产品组成的影子银行是否会构成还款期限错配，这倒是一个值得警惕的问题。

四、医疗改革：为什么一开始也错了？

都说人民头上有新的“三座大山”，即住房、医疗、教育，搞得政府疲惫不堪，民众怨声载道。经济学家和其他学者忙于进行各种分析、提出建议，但最终还是未能解决问题。其间到底是什么原因？

用最直白的话来说，就是政府角色的严重缺位。我在其他多个场合都无数次讲过：过去若干年，政府的角色要么是越位，要么是缺位。所谓越位，就是不该做的一直做，高度介入经济，尤其是介入审批领域，不但导致经济自由度的萎缩，而且更导致腐败的盛行；而所谓缺位，就是该做的不做，一些本该由政府提供的社会公共服务产品，政府却完全推给市场，结果导致过度市场化后的另一种扭曲。

住房、医疗、教育三者的弊端无不来源于此。但改革早年的这些偏差又究竟是如何形成的？读过我的《访与思——中国人成熟吗？》一书的朋友可能都还记得其中的一节："中国主流经济学家的盲点在哪里？"我在这里愿再引用里面的一些观点：

改革开放初期，一批原本学习马克思主义政治经济学出身的经济学者，开始接触到西方的市场经济理论，立刻为之所吸引，因而在中国的改革开放进程中，为高层提供了大量的具有强烈市场化倾向的参考意见，以为计划经济中的中国只要实施了全面市场化，就能解决一切问题。

虽然我对中国一些主流经济学家依然怀有敬意，但从他们的身上，我能颇为清晰地感受到这些思维的盲点。时至今日，当世界经济危机过去后，我还读到一些主流经济学家在大批凯恩斯主义，几乎将凯恩斯主义等同于计划经济。岂不知，西方的市场经济核心也不光是市场化，而是程度不同地带有政府干预的成分，无论是英国的凯恩斯主义还是德国的社会市场经济都是如此。

当然，如前所述，凯恩斯主义和社会市场经济下的政府干预，又完全不同于中国的政府干预角色，前者是成熟市场经济形态下的政府适度干预，政府不拥有对经济活动的生死大权，而后者则是一个脱胎于计划经济的、正在艰难地向市场经济过渡的经济形态，政府角色依然未完全摆脱计划经济的思维和色彩。

……

苛刻地说，对一个具有一定逻辑思考和思维穿透能力的人来说，只要对中国的问题稍加观察和思考，上面这些基本上都不是问题。问题是，今天中国的绝大多数人，包括层位极高的官员和名声极大的经济学家，似乎都没有完全明白这一切。正因如此，在中国这些年的改革中才会出现许多令人啼笑皆非的现象。

现在让我们回头来看医疗改革走过的偏差。

2013 年 10 月 25 日，浙江温岭发生了一起严重的医患纠纷事件，一名患者因为对治疗效果不满意，持刀砍向了医生，导致一死两伤。

悲剧发生后，医生们穿着白大褂，戴着口罩、黑纱，打出黑底白字的横额“拒绝暴力，保障医护人员身心安全!”高举“还我尊严”“维护正常医疗秩序”等标语，在医院内游行，高呼口号。

治病救人的医生，最后居然成了病人的受害者；需要被治疗的病人，居然对为其治病的医生充满怨恨和不信任。这种反逻辑、反常识的现象之所以发生、蔓延，原因不在于医患双方的任何一方，而在于改革的逻辑出了问题。由于改革早年的逻辑出了问题，所以医疗改革从一开始就走上了一条偏道。

温岭悲剧发生几天后，我在一期节目里作了对医疗改革的评论：

主持人：浙江温岭医患纠纷事件中，33 岁的嫌疑人连某某因为对于微创手术的结果不满而持刀行凶。您怎样来看这个事件？

邱震海：这个事件当然比较极端。第一，据查这位患者或者说行凶者本身可能有精神病病史，这当然是一个非常极端的问题；第二，关于这位患者或者说这位行凶者之前跟受害医生之间到底有些什么纠葛，或者是不是由于医院做了过多诊断和检查，以致他花了很多钱，所有这些问题的内幕我们不得而知。

但是我想说的是一个大背景，就是医患关系紧张的问题。坦率来讲，这已经不是新闻，而且应该说是过去十多年来存在于中国社会的一个非常严重的问题。就在温岭事件出来之后不久，广州有一家医院也出现了患者持刀捅医生的事件，也造成了几个人的伤亡。

从患者的角度说，我花了很多钱，看病越来越难，越来越贵，而且花的多是冤枉钱，由此就怀疑医务人员。

患者的想法有一定的道理和背景，因为在过去相当长的一段时期，医院开始市场化之后，确实医、药不分，医生无论出于收回扣还是出于承包收益的动机，都有过一些不合理的行为。从医生的角度来说，我们也必须承认，也有一些非常有正义感、有职业良心、有道德情操的医生。

整体来说，既不是患者的问题，也不全是医生的问题。那么医患关系紧张的原因到底在哪里？一言以蔽之，那就是改革出了问题，改革出了偏差。我们可以非常简单地回顾一下，在过去的计划经济时代，中国的医院完全是公立医院，当时的病人看病基本上不用花钱，基本上是免费医疗，只需花很少一点钱，医院完全是公家的单位，医生是国家干部。你亏了，国家来贴；你赚了，国家也要把你的大部分利润拿上去，医院完全不是一个企业单位。而在当时的情况下，那种计划经济的模式也是无以为继的，所以从 1989 年开始，中国的很多医院就开始市场化，一是允许医生承包；二是允许有偿医疗；三是开始把医疗服务的价格拉开，有低价，也有高价。

只有市场化之路才能解决计划经济时代遗留的一些弊端，但是这样一来就导致很多后来的问题。从 20 世纪 80 年代末开始，各行各业都开始经商，医生也可以有偿服务，换句话说，把公共医疗服务作为有偿服务进行市场化改革，并且走向另外一个极端。坦率来讲，1989 年后过了十年，一直到 1998 年，中国开始慢慢实行医保，但已经为时过晚了，医保过程中也出现了很多问题。

在这种情况下，一个基本问题是什么呢？就是医生跟患者的关系，一个是供给方，一个是需求方，假如我们把它作为一个经济体，一个是提供医疗服务的，一个是接受医疗服务的，双方就直接在市场上，在医院这么一个小范围的市场上短兵相接，这中间缺了一个很重要的环节，就是国家的位置。

无论是看中国过去这种传统的、无以为继的计划经济模式，还是看西方的比如我们非常熟悉的欧洲模式，基本上国家都承担一个所谓购买第三方的角色，或者由国家来购买医院的服务，或者由一个公立的或私立的医疗保险机构来向医院购买医疗服务。而不是直接由患者来医院购买医疗服务。如果你作为直接以赚钱为目的的医生，我作为患者向你购买服务，你当然会不断把贵的医疗服务卖给我，把不需要的医疗服务向我推介。

而我作为病人一方呢？过去我背后有国家支撑，现在国家退出了，完全市场化了。我背后也没有医疗保险公司支撑，你向我超额提供的医疗服务，要我作为患者完全承受下来，我当然是不肯了，有时我们从香港地区到内地去看病也能非常明显地感觉到区别，明明是一个很正常的检查，弄下来没有几千块钱医院不会放你出来，非让你住院做检查。明显可以感到这里的许多医疗服务是多余的，所以这里是有问题的。

国家之手到底在哪里？过去计划经济时代，国家之手显然太长了，但是改革的初年，我们完全从一个计划经济走向了一个纯市场化制度，以致国家完全退出了，这就是我一直说的，今天中国各级政府要么是缺位，要么是越位。

所以，如果说现在政府这只手无法给患者提供支撑，那么正常的医疗保险在哪里？假如没有第三方来购买服务，直接让患者跟医生在医院这个市场上短兵相接，那么可能引发的事件是无休止的。

主持人：其实我们知道中国的改革一直说是摸着石头过河，在这个过程中，既然是摸，当然也需要一种探索精神。

郎震海：过去摸着石头过河，摸出了很多成绩，也摸出了很多偏差，所以未来我们不应该也不可能继续摸着石头过河，不能在摸出一大堆成绩的同时，再继续摸出一大堆偏差。坦率而言，医疗改革在 1989 年即 20 世纪 80 年代末的时候已经产生了偏差。当时完全是大规模的市场化，然后到 1998 年，中国无论是住房改革还是医疗改革，基本上都出现了一个分水岭，当时的领导人以及他们周围的人——智囊、学者们也基本都认为市场化是灵丹妙药，因为对于过去计划经济的弊端他们是深恶痛绝的。当时给领导人提供决策智囊的这批学者早年都是学马克思主义政治经济学的，他们已经深知那些传统的政治经济学的弊端，而且他们在40多岁的时候，大多到西方去短期进修学习了一下，对两面的东西都是一知半解，对计划经济一知半解，对于市场化也一知半解，所以回来以后就以为市场化是灵丹妙药，认为只要一味地向市场化推进就能够取得成功。岂不知，即使在一个成熟的西方国家，无论是欧洲这样的福利国家、社会民主主义国家，还是在美国乃至中国香港式的纯资本主义体系下，政府这只手是永远在的，发挥一个适度的、最后的保障功能。其中的战略哲学是什么呢？就是让每一个老百姓，无论穷富，无论男女，无论有无能力，都活得有尊严。

在这种情况下，政府是要保障人的尊严的。所以，一方面需要大规模的市场化，但另一方面政府的调控之手也需要发挥作用。

对于医疗改革，到西方国家去看过、住过一段时间的人都知道，像德国或者英国完全是政府保险加私人医院的体制。德国有两种医疗保险，一个是法定的医疗保险，另一个是私人医疗保险，基本上患者永远不会直接向医院购买医疗服务，患者永远是借助背后的第三方即医疗保险公司——或者是法定国家医疗保险公司，或者是私人医疗保险公司——去跟医院、跟私人医生签约。

所以，假如有这么一个第三方来购买医疗服务，医疗服务的提供者就会受到一个制约，因为医疗保险公司作为第三方是不会那么容易支付的，如果你乱开药、乱诊断，他是不会付费的。然而今天我们没有第三方，服务供应者过度地提供医疗消费，由此自然造成患者对医生、对医院的极度不信任。

住房同样也是如此。无论是当时的医疗改革还是住房改革，1998年都是一个分水岭。中国的改革，无论是教育、医疗还是住房改革，其实是在早年就已经出现了严重的偏差，现在我们辛辛苦苦正在做的好多事情其实都是在纠错，而不是在改革，也不是在发展。

五、"改革—试错—纠错—再改革"须结束

如前所述，我曾在多个场合（包括诸多节目和各地演讲中）都表达过一个观点：今天中国的改革表面上看是在改革，其实是在做三件事情：

第一件事情是现代化进程，简称发展。这个进程理论上说与改革没有直接关系，它实际上从洋务运动和民国时代就开始了。这是中国从落后农业国向先进工业国的转型，只不过洋务运动和民国时代都没能成功而已。1949年后开始的工业化浪潮虽然是在一种封闭状态下的工业化，但毕竟也是迈向工业化的努力。改革开放后，这一进程得以加速。今天中国在工业化30多年后开始了城市化（中国称为城镇化）的进程。

第二件事情是改革，亦即改掉原来计划经济体制下建立起来的那套东西，也就是从计划经济向市场经济的转型。坦率地说，这套东西从1949年建立到1978年开始改革，其建立的过程才29年，而我们现在改革的过程已进行了36年，而且很多东西（尤其是政府领域的很多东西）还没有改掉。这听上去有些荒唐，却是实实在在的

事实。

当然，改革在推进的过程中，与前面的中国现代化进程重叠了，两者合二为一，而且压力和难度更大。但就本质而言，发展与改革是两件事情，不可混为一谈。

我们正在做的第三件事情，说出来大家也许不信，那就是纠错。在改革的早年，由于没有经验，因此我们边改革边试错，有些错误得到了及时纠正，而有些错误则一直延续了下来，以致当中国已经成为世界第二大经济体时，我们早年留下的错误依然存在；但由于经济体量很大，而且众多矛盾叠加，因此积重难返之下又需要第二次改革。

但从本质上说，这所谓的第二次改革不是改革，而是纠错，是为了纠正改革早年犯下的错误。这么多年，我们基本上在“改革—试错—纠错—再改革”的循环中运行，有时纠错的成本超过了改革的收益。这是令人十分遗憾的，而且在相当程度上也浪费了我们这个民族的时间、精力和资源。

在《访与思——中国人成熟吗?》一书中，我从中国历史的角度出发提出过，只要我们的认知水平成熟一些，现代化进程中的许多弯路是本可避免的。那是从中国现代化历史着眼得出的结论。但改革开放作为中国现代化过程中非常重要的一个环节，其实也有许多弯路本可以避免，只要我们在设计的时候多一些思考和前后衔接。

今天在这里反思改革早年在住房、医疗改革道路上出现的偏差，不是为了指责当时的人们，而是为了告诫现在和未来的人们：无论改革还是发展，都需要既看到树木，又看到森林；既看到眼下走的这一步，又看到未来的两步、三步、四步。

就横断面而言，改革不但需要看到微观的细节，更要看到宏观的全貌。当年的住房和医疗改革如果能早一点把握全貌，既有利于推进市场化，同时又能紧紧抓住政府的"保障之手"，那么今天我们承受的住房、医疗的压力和社会成本就会小很多。

而所谓走一步，看几步，顾名思义，就是处理眼下改革难题的时候，也要看到这一步可能引起的连锁反应。还是以住房、医疗改革为例，如果当年能够预计住房、医疗全面推向市场化将导致贫富不均的严重后果，那么今天我们在这方面的纠错成本就会小很多。

如前所述，我们其实正在做三件事情：一是现代化发展，二是对计划经济的改革，三是对改革早年偏差的纠错。这三件事情虽然会重叠、相交，但就其本质而言是完全不同的三件事情。

非常遗憾的是，我们今天还时常在做着第四件事情，那就是继续犯错。看看前些日子调控房价时的那些"壮烈"之举，我们大概就可以明白这一点了。住房改革在早年已经出现了单纯市场化的偏差，再加上土地财政和流通性过大，所以才会出现房价持续高涨的局面。对此，不在这些源头上做文章，却一味打压需求一端，其结果必然是在原有的荒唐上建构一个更大的荒唐，甚至还捡回了户籍管控等这些在工业化、城镇化进程中要不断丢进历史垃圾箱的东西。

看到这里，读者们大概可以看清过去若干年我们的一些"瞎折腾"举措：

当20世纪90年代末，开始市场化改革之路时，我们一味笃信市场化是灵丹妙药。但等到住房、医疗改革出现巨大失误之后，我们开始忙着纠错。这时候，我们的思维习惯却是捡回计划经济时代的传统做法。一些地方政府在调控房地产价格时实行的限购以及与户籍制度相挂钩等陈旧的行政高压措施，就说明了这一点。

所以，读者中的官员朋友们注意了：纠错不是改革，我们的民族经不起“改革—试错—纠错—再改革”的往复循环。过去 30 多年里，谁都没有经验，试错和纠错难免发生，但在当今中国的经济总量已经如此庞大的情况下，牵一发而动全身，任何的试错—纠错式实验都会导致极大的社会成本，其危害往往不光局限于经济领域，更会蔓延到社会乃至政治领域。今天中国在住房和医疗改革问题上的彷徨和两难就折射了这一点。今天表面上很多正在改革的东西，其实不是在改革，而是在纠错，尤其是住房改革。

现在关于住房问题的唯一希望就是中国不要发生金融危机，只要不发生金融危机，所谓的泡沫就像啤酒的泡沫一样，啤酒没有泡沫是不好喝的，泡沫太多也是不行的。但恕我直言，这是在纠错，而不是在改革。由于 1998 年开始的住房改革出了很多偏差，我们今天仍在为当年的错误还债，也由此浪费了许多资源和时间。

这些年，我们既在发展，又在改革，还在纠错，纠错的成本有时候高于改革的成本，甚至高于改革的收益。

这不是“瞎折腾”，又是什么？

我们只能说，假如当时能够把顶层设计做得好一点，在看到市场化的同时，政府这只手也能够做一些具体的操作，也许我们的住房、教育尤其医疗状况就不会发展成今天的局面。

所以，让我们想想 20 年以后，我们的下一代会不会也像今天这样指责我们。对此我们就要想到，所有这些改革孤立地看都是有意义的，但是要跟经济下行和社会矛盾的上升速度相匹配。

这些改革完成之后，下一步是什么？下一步这些改革会不会引出一些新的矛盾？今天的住房、医疗和教育改革都是当时的市场化改革引起的，当然我们不能说市场化改革错了，而是由于改革不完善、不到位，出现了偏差。既然这样，我们要看得更长远，未来这些改革成功之后，会不会由此引发新一轮的矛盾？

作为一个警示之言，我要提醒，培育社会是当务之急。政府一定要放权给社会，然而社会有没有能力来承接政府放出来的权力？不是说将来有一天将权力随意地放给社会就可以，当社会不存在或者还不成熟的时候，当社会还无法承接这个权力的时候，就又会出现新的混乱，等到那时，后人又要指责 2014—2017 年进行改革设计时出现了偏差。所以，与其这样，毋宁从现在开始就把培育社会作为一个扎扎实实的任务提上议事日程。

但遗憾的是，今天政府与社会之间的信任度极低。当简政放权已经提上日程的时候，对于要将权放给谁的问题我们却没有认真加以研究。简政放权之后，权力放给谁？自然是要放给社会，让社会逐渐承担社会自治的功能。但我们的政府今天对社会放心吗？显然很不放心。

写作进行到这里，读到《第一财经日报》对一位学者的专访文章，标题是《政府购买服务应以培养社会组织能力为目的》。文章的背景想必大家都已知道：随着政府职能调整的进行，政府向社会购买服务逐渐兴起，但正如文章所写，“政府购买服务的举措是要促进社会组织的发展，但目前，对这个问题的认识并不到位”。

文章写道：

向社会组织购买服务，得看社会组织自身的发展是不是已经具备了可以接受政府购买服务的实力。事实上，这方面的问题是存在的，就是我们的社会组织发展不充分，承接政府购买服务的能力不足，所以我们需要有一个推动社会组织能力成长的过程。

我国的社会组织有三类。第一类是政府直接办的免于社会组织登记的社会组织。其中包括参加中国人民政治协商会议的人民团体。第二类是有官方背景的社会组织，是指带中国字头的组织，包括慈善会、青基会系统，这些大部分都是要登记的。第三类是民间社会组织，其中大量是草根组织。在我国，真正免于登记的社会组织占大头，而免于登记的都是官办的。政府购买服务的对象是登记注册的社会组织，包括第二类和第三类。但在实际运作中，往往存在政府更相信自己的子弟兵，更倾向于让有官方背景的社会组织承接购买服务的状况，因此在推进政府购买服务的过程中，有官方背景的社会组织不断增加。

文章接着写道：

政府向社会组织购买服务，首先要明确的是，这不是为了购买而购买，主要目的不是降低政府财政成本，不是政府要卸包袱，而是要通过购买服务来培养社会组织的能力，来推动中国社会真正的发展。如果目的不清楚，会引起政府购买服务过程中的大量问题。

其实，这篇文章反映的问题还是隐性的。更为严重的是，我们经常看到一些反常的现象：有些部门在认真地谈简政放权，而另一些部门却在“认真”地研究如何抑制或管控社会。显然，这里存在两个轮子不匹配的矛盾：当简政放权不断实行，而同时社会却日益萎缩，或至少不再继续成长的时候，等到若干年后的一天，我们一夜醒来忽然发现，对于要释放的权力，社会全然没有能力承接，因为我们的社会是不成熟的，是严重萎缩的。

到了那一天，恐怕只有两个合乎逻辑的“前景”：第一，由于社会尚不成熟，政府释放出来的权力到了社会那里引起的是一场巨大的混乱；第二，政府重新收回权力，重新恢复对经济和社会的全方位掌控。我们今天所谈的改革前景，要么会导致出现混乱和危机，要么会遭遇夭折的命运。

而到了那一天，我们一定又会开展一场新的“改革”。但读了上面的文字就可以知道，那其实只是在纠正今天的错误而已，根本不是什么“改革”。只不过我们的民族和人民又将为此而白白浪费几年乃至十几年的大好时间。

一切的一切，都由于在我们的改革过程中，“两个轮子”不但跑在不同的轨道上，而且还速度不同，甚至方向不同。当经济的轮子要求厘清政府与市场的关系时，政治的轮子却依然在高度抑制社会。不同的部门及其利益都在这两个“轮子”上寻找自己的发力空间，只是这样的“力”发得越多，就越无法形成“合力”。

无法形成“合力”的两个“轮子”，最后的命运要么是“散架”，飞向不同的方向；要么是“撞车”，发生严重的冲突。

你千万不要以为我这是在写侦探小说，或是在梦呓。按照过去我们搞住房、医疗和教育改革的逻辑，按照今天“两个轮子”各说各话的逻辑，上面这段文字还真不是我的“梦呓”。

希望所有人的梦想永远成真，希望我的“梦呓”永远不会成真。